本書出版得到河南大學歷史文化學院資助

樂静集輯校

〔宋〕李昭玘 撰
張祥雲 輯校

齊魯書社

圖書在版編目（CIP）數據

樂静集輯校 / (宋) 李昭玘撰；張祥雲輯校--濟南：齊魯書社, 2021.6
ISBN 978-7-5333-4461-0

Ⅰ. ①樂… Ⅱ. ①李… ②張… Ⅲ. ①古典詩歌－詩集－中國－宋代 Ⅳ. ①222.744

中國版本圖書館CIP數據核字(2021)第123030號

責任編輯　張　超
裝幀設計　趙萌萌

樂静集輯校
LEJINGJI JIJIAO
〔宋〕李昭玘 撰　張祥雲 輯校

主管單位　山東出版傳媒股份有限公司
出版發行　齊魯書社
社　　址　濟南市英雄山路189號
郵　　編　250002
網　　址　www.qlss.com.cn
電子郵箱　qilupress@126.com
營銷中心　（0531）82098521　82098519　82098517
印　　刷　山東臨沂新華印刷物流集團有限責任公司
開　　本　880mm × 1230mm　1/32
印　　張　11.5
插　　頁　3
字　　數　616千
版　　次　2021年6月第1版
印　　次　2021年6月第1次印刷
印　　數　1-1000
標準書號　ISBN 978-7-5333-4461-0
定　　價　58.00圓

整理前言

《樂静集》是載述李昭玘詩歌、文論的專集，其内容深刻反映了北宋中後期複雜的社會現實，是瞭解李昭玘居家生活、游學仕宦及思想主張的重要史料。該集刊行後，命運多舛：刊本變鈔本，輾轉流傳，多有散佚，訛誤累積。因此，對其進行校正、輯佚，具有重要的學術价值。《樂静集》能够歷經千年而流傳至今，自有其内在原因。下面就李昭玘其人、文集名稱和版本，以及整理原則等作一介紹。

一、李昭玘生平、思想及交游

（一）李昭玘的生平

李昭玘（約一〇四七—約一一二六），字成季，北宋元祐名士、著名文學家。早年自號『天隨子』『天游子』。晚築樂静堂，自稱『樂静居士』（《揮麈録》卷二），後人多尊稱其爲『樂静先生』（《晦庵集·朝請大夫李公墓碣銘》）。

因史料不足，李昭玘的生卒年不詳，衹能大致推定。因李昭玘較好友晁補之『齒差長』（《樂静集·上眉陽先生》），且晁補之生年爲皇祐五年（一〇五三），故其生年必定早於一〇五三年。另據李昭玘元豐四年（一〇八一）於《上蘇黄門》中言：『某成童（古多以年十五爲成童）時，已聞先生文章道德……於今二十年……』而蘇軾《答李昭玘書》作於次年（一〇八二）二月。由此可知：其成童之年當爲宋仁宗嘉祐六年（一〇六一）、出生之年當爲慶曆七年（一〇四七），較晁補之年長約六歲。李昭玘的去世時間，《宋史》本傳記載：『靖康初，復以起居舍人召，而已卒。』故大致可定爲一一二六年。這樣，李昭玘的一生歷經了宋仁宗、英宗、神宗、哲宗、徽宗等數朝，人生閲歷可謂豐富：既體驗過相對穩定的宋仁宗、英宗時的社會生活，亦經受過宋神宗大變革的洗禮，更經歷了宋哲宗、徽宗時期的政局動蕩。下面，就李昭玘的求學時期、爲官時期和閑居時期，詳細介紹。

其一，求學時期。

李昭玘出生於官宦世家，受過良好的家庭教育。其先祖李濤，五代時曾爲宰相，宋初爲兵部尚書，『工爲詩』『以孝友聞』（《宋史·李濤傳》）。伯祖李仲容，官至户部侍郎，『性質醇易，喜讀書……不及勢利』（《隆平集·李仲容傳》）。其父李景山，官至駕部郎中，『信道守義……不趨俗，不干譽』（《樂静集·上孫莘老求先人埋銘》）。其兄長某，『行己端肅，有古人法度，不獨兄弟所愛敬，鄉人尤樂親之』（《樂静集·上顔朝奉》）。顯然，這種家學環境，必然對李昭玘的性格、學識、爲人及仕途産生重要影響。少年時期，因家境較好，李昭玘得以專心學問，系統接受傳統的『書射音弈』教育。同時，對蘇軾等人的科舉時文，也頗爲關注：『讀之反覆』（《樂静集·上眉陽先生》）。這爲李昭玘的科舉入仕及詩文寫作打下了堅實基礎。

其二，爲官時期。

隨着父親離世、家境漸衰，李昭玘兄弟不得不『奔走四方，汲汲於禄仕』（《樂静集·上孫莘老》）。

他自言：『某應舉時，金陵荆公（王安石）初在政府……』（《樂静集·上孫莘老》）由此可知，其初次參加科舉考試，當在宋神宗熙寧二年（一〇六九），年齡大概爲二十歲出頭。後參加兖州類試，并幸運入選：『熙寧中，兖州類試中選者解頭：晁補之，晁端禮，晁端智，晁損之，李昭玘，李格非，李罕。』（《西臺集》卷六）又據《宋史》記載，李昭玘『元豐二年（一〇七九）及第』。次年（一〇八〇），『除學官』（《樂静集·上鄆州安撫劉莘老相公書》）。在徐州，李昭玘『守官於此，獨無他責，俯仰一室黄卷中，日與聖賢對』，得以繼續讀書、研究學問，故有『爲吏之樂，莫甚此職』之感嘆。幸運的是，大學者孫覺時爲徐州長官，與李昭玘意氣相投，相見恨晚，竟成忘年之交。李昭玘説：『嚴事先生，視之以父也；先生所以教育不肖，視之以子也。』（《樂静集·上孫莘老求先人埋銘》）不久，通過同僚王安中的介紹，開始與蘇軾書信往來，獲益良多。任職期滿後，李昭玘調任常州晋陵縣丞，對基層社會生活有較深刻的瞭解。

宋神宗離世後，政局形勢發生變化。元祐元年（一〇八六），李昭玘受高官李清臣的賞識、推薦，得以參加館閣考試，并順利入選。此後，李昭玘在中央政府機構任職。宋哲宗元祐五年（一〇九〇），任校書郎，『加秘閣校理』（《樂静集·上執政求外任》）。又於紹聖元年（一〇九四）任『秘書丞』。宋哲宗親政後，雖『人才均可用，特跡近嫌疑』（《宋史·陳佑傳》），被罷館職，出任潞州通判、權開封府推官，以及永興路提刑、京東西路提刑、京東東路提刑等職。之後，坐『元符黨奪官』，仕途受挫。宋徽宗即位，一度被『召爲右司員外郎，遷太常少卿』，并被韓忠彦起用爲『起居舍人』（《宋史·李昭玘傳》），但很快被罷免，與外任（滄州）差遣（《宋大詔令集·政事六十三》）。崇寧年間，被冠以『嘗傾摇先烈，每改元豐敕條，倡從寬之邪説』（《宋史·李昭玘傳》）的罪名，罷官入黨籍，廢居於家。

其三，閑居時期。

賦閑後，李昭玘也曾感慨「未甘四十而無聞」（《樂静集·謝舉幕職》），但仍堅守「氣節相與」「不可苟合」（《樂静集·跋石曼卿詩後》），而「自得樂有餘」（《鷄肋集·題李秀才成季負日軒》），築樂静堂，悠游其間。或涉獵典籍，潛心著述；或寄情書畫，賞鑒題跋；或關心晚學，指導學業；或依墻向陽，慵懶度日。生活雖清苦，但恬淡充實。其間，雖有權貴垂青、政府召喚，皆無動於心，即所謂「自憐衰晚無多事，心地都成一寸灰」，「慇懃田父勞相語，天命吾今不復疑」（《樂静集·暮冬書懷贈次膺四首》）。宋欽宗即位，李昭玘不及詔用而離世。

「一日得行須有命，百年不死是高名。」（《樂静集·弔劉孝嗣》）李昭玘仕途雖不顯，但其文、其節、其行，皆贏得了人們的贊譽，乃至流傳千古；其侄李邴秉其教誨，官至參政，使門户振起；其「淡然相與，無求無責」之「十友」論，則共鳴於書畫人之心中。可以説，「蔚有休聲」（《道鄉集·李昭玘除太常少卿制》）之譽，對李昭玘來説是名副其實的。

（二）李昭玘的哲學政治思想及交游

史料顯示，李昭玘好學謹畏，以「不若人爲哲」（《水東日記》卷十五），仕宦有操，「廉静樂道」（《山東通志·藝文志·朝請大夫李公墓碣銘》），故而有「才節茂美」（《欒城集·答徐州教授李昭玘書》）之譽。當然，這與其哲學思想有較多關聯。

其一，哲學思想。

李昭玘深受老莊哲學影響，崇尚「自然」，强調「反己」，力求「大通」。「自然」一詞首見《道德經》，即所謂『人法地，地法天，天法道，道法自然』，是説道是自然而然的，無時無處不在。對此，李昭玘有深刻的領會。當有人提出『《管子》中有佛書精要處』的觀點時，他認爲『此亦無可怪。但至理無二言，會於理便爲真際』（《樂静集・上顔朝奉》），進而指出『天地陰陽猶不能反物以行其私，任人之事者不以好惡取捨累其心，從其理之當得，則不待斟酌推移，而天下平矣』（《樂静集・晁伯均字序》），『必曰前人所未至，而天下之智無易於我而力爲之，其克濟者鮮矣』（《樂静集・説二洪》）。

至於『反己』，則源出《莊子・徐無鬼》之『反己而無窮』，是説要加强自身修養，以獲取不竭的發展動力。基於此，李昭玘主張『惟知反己以自求，敢覬因人而幸進』（《樂静集・永興提刑謝到任》），希望通過不斷加强自身修養、拓展施政能力，而不可迷於歪門邪道。故每『見一二輩纔入仕宦，徑得美官，柔聲怡色，惟恐不當人意』，則鄙視之如『木偶人』（《樂静集・上孫莘老》）。『大通』一詞，源出《莊子・大宗師》，意爲『坐忘』，是進行自身修養的方式。李昭玘强調説：『士之爲志也，致一而已。是非可否，重輕利害，衡之於心，而照之以道，無待於人，人亦何與於我也。』（《樂静集・上鄆州安撫劉莘老相公書》）由此可見，李昭玘晚號『樂静居士』，有追求自然無爲、修心以内聖之深意。

此外，李昭玘自號『天隨子』『天游子』，也藴含着道家哲學思想。所謂『天隨』，源出《莊子・在宥》，意爲『隨順天然，純任自然』；而『天游』則語出《莊子・外物》，意爲『放任自然』，有强烈的自我意識存在。李昭玘曾言：『姑從所好，吾豈知有物哉？』（《樂静集・真樂堂記》）表達了其追求人格獨立、自尊自重，而『耻爲躍冶之金』（《樂静集・謝及第》），不願趨炎附勢的處世態度。

李昭玘的思想，還包含諸多儒家、佛家思想。如儒家之『義命』『天命』、佛家之『心性』等觀點。

李昭玘認爲『爲士則有義命者也』（《樂静集·記白鶴泉》），『其爲窮達用捨，則有命焉爾』（《樂静集·上鄆州安撫劉莘老相公書》）。正是受此影響，李昭玘纔會篤定而不偏執，從仕而不鑽營，處變超然而不驚。佛教流行，也深深影響了李昭玘，使其頗爲認同『心外無求』等教義：『佛在身中，莫從外覓。』『若欲問佛，即心是佛；若欲問道，無心是道。』（《樂静集·敕謚靈慧大師傳》）李昭玘主張治學行事必須『執心』：『士之學道者，必以執心爲主，智及之，仁守之，莊以涖之。』（《樂静集·晁子安字序》）

其二，政治思想。

大變革的時代環境，促使李昭玘積極參與社會變革。他既希望因勢變革，也主張改良調和，既要求循名責實，又力主德治寬容。對於變革的必要性，他以書法撰寫爲喻説：『必曰「三折爲波，隱鋒爲點」，正如團土作人，刻木似鵠，復何神明之有？』（《樂静集·跋東坡真蹟》）同時，他認爲變革絶非恣意妄爲，應當切合時弊，凝聚共識，審慎推行，否則會以失敗告終：『自古功名之士，好爲奇智，拂天下之公是，强所不能以成其私欲……卒至於大壞不救。』（《樂静集·説二洪》）對於變法革新中的失誤，主張持寬容態度，并作出必要的調整改良：『蓋法之始行，容有疏緩，行之既久，循名責實。』至於施政舉措之威猛、寬厚，他更傾向於後者。他説：『按事計功，非少加之以威嚴，則不足收斂凝就，其勢不得不然也。』（《樂静集·用相》）『治天下之道，不幸過而失之猛，寧失之寬。……蓋可恃者，德本也；可存者，厚道也。』（《樂静集·試館職策一道》）正是基於上述政治思想，李昭玘在『熙豐變革』的背景下步入仕途，并參與了元祐更化。但在激烈的黨争政治環境下，李昭玘竟因『特跡近嫌疑』（《宋史·陳佑傳》），而被納入黨籍，閑廢於家。

其三，交游活動。

『物以類聚，人以群分。』通過瞭解李昭玘的交游情況，可從另一角度印證其品行、愛好和思想傾向。下面就李昭玘的主要交游情況作一介紹。

第一，與孫覺的交游。孫覺（一〇二八—一〇九〇），號莘老，北宋高郵人，知名學者，正直敢言，宋神宗贊其『知理』（《宋史·孫覺傳》）。且與蘇軾、王安石、蘇頌、曾鞏等人交往密切。李昭玘與孫覺的交往，始於徐州。當時孫覺是李昭玘的上級，但兩人一見如故，『每從容講學及古人行己處世之要，相得驩甚』（《宋史·李昭玘傳》）。孫覺不但學問淵博，更是『有道嚴正君子』。後來，李昭玘曾向其求撰先人埋銘（《樂静集·上孫莘老求先人埋銘》）。元祐三年（一〇八八），朝廷命孫覺、蘇軾等主持禮部考試，李昭玘有幸作爲屬官參與點檢試卷的工作，再次愉快共事（《山谷别集·題太學試院》）。

第二，與蘇軾的交往。蘇軾（一〇三七—一一〇一），北宋名臣、文學家。李昭玘與蘇軾的交往，經歷了間接、直接兩個階段。所謂間接交往，就是神交。李昭玘一直是蘇氏文學作品的忠實欣賞者、學習者，他在《上眉陽先生》中言：『讀之反覆，不知所以不能廢。』之後，又通過好友晁補之、孫覺、王子中等人，對蘇軾的文學新作及爲人行事等有了進一步的瞭解，雙方開始直接書信交往。李昭玘言：『王子中秀才以書見投……扣以先生動止，則曰：「蘇公在齊安，掩關著書，俯仰一室，淡然自足。如巖居隱士之行，與世相遺，少無謫官意。」』（《樂静集·上眉陽先生》）上述史料表明：一是李昭玘對蘇軾仰慕已久；二是孫覺、晁補之、王子中等人促成了李昭玘與蘇軾的直接交往；三是李昭玘與蘇軾的直接交往，始於其仕途不順之際。在交往中，蘇軾對李昭玘給予了積極評价。蘇軾《答李昭玘書》言：『獨於文人勝士，多獲所欲。……今足下又不見鄙，欲相從游，豈造物者專欲以此樂見厚也耶。』不久，李昭玘應蘇軾之囑托，作《記陵家》《記劉向家》兩文，并於元豐五年（一〇八二）冬，因蘇軾建『雪堂』而作《雪堂詩寄子瞻》呈獻，以示祝賀。蘇軾閲後，於《答李昭玘》一文中贊其有令人『耳目眩駭，不能窺其淺深』之境界，可『擱筆，不復措詞』。元祐年間，兩人同在朝堂爲官，交往唱和更多。在蘇軾的引薦下，李昭玘與蘇轍也有一定的交往，獲譽『壯年篤學，才節茂美』（《欒城集》卷二十二《答徐州教授李昭玘書》）。

第三，與李清臣的交往。李清臣（一〇三二—一一〇二），字邦直，雖熱衷於進取，但『居官奉法』『寬博有度』。其文簡重宏放，自成一家，爲歐陽修所重，『以比蘇軾』（《宋史·李清臣傳》）。李昭玘與李清臣的交往，至晚始於元祐元年（一〇八六）。此年，經李清臣舉薦，李昭玘、晁補之、陳察等人得以參加館職考試，進而入京爲官。李昭玘在《謝館職》中評价李清臣説：『文章博洽而不以窮人，器質渾厚而樂於成物。』因史料所限，李昭玘與李清臣的其他交往情況不詳。

第四，與同輩僚友晁補之、李復的交往。晁補之（一〇五三—一一一〇），濟州巨野人，字無咎，號『歸來子』，『才氣飄逸，嗜學不知倦』（《宋史·晁補之傳》）。李昭玘與晁補之爲鄉鄰、同學，相識相知，經歷相似。常一起『促席吟誦』（《樂静集·上眉陽先生》），欣賞佳作，研討學問。又同時入選館職：『元祐元年十二月庚寅，試太學録張耒、試太學正晁補之……知常州晉陵縣丞李昭玘、宣德郎陳察，并爲正字。』（《續資治通鑑長編》卷三百九十三）現存兩人文集中，存留唱和文章多篇。由李昭玘所撰哀晁補之悼文，『念昔握手，笑語道隅，今拜堂上，憑棺以呼』（《樂静集·祭晁無咎文》），亦足見兩人關係之密切。

李復（一〇五二—？），長安人。博極群書，敏於議論，『每執正議，不爲勢利之所移奪』。友人勸其

『勉就制舉』，他淡然處之，認爲『仕途捷徑，知義守分者，不與焉可也』。李昭玘與李復是『文字詩友』（《潏水集》附錢端禮《書潏水集後》），或聚會暢飲、賦詩唱和，或結伴賞花、徜徉園林，或信函往來、研討學問，過從甚密，皆反映在李復的詩文中：《上巳，成季召會於西溪。會上賦詩，須多韻，仍用故事或舊詩十事已上，未終席而成，違者浮以三大白，罰者四人，予與成季免焉》（《潏水集》卷十二）；《閻先復朝議園牡丹一本，四月始開，予與李成季同往觀，閻求詩，遂書絶句於其壁》（《潏水集》卷十六）；『河源圖昨據降酋所説畫之，亦恐未然』（《潏水集·答李成季書》）。交游使彼此獲益，李昭玘曾感慨道：『結交賴有紫髯翁！』（《容齋隨筆·記李履中二事》）

第五，與劉孝嗣、陳師道、晁端禮的交往。劉孝嗣，出生年月不詳。其品性『嶔崎磊落』（《姑溪居士前集·與榮天和》），『文章議論，器業風節，卓然盡在人上』。與李昭玘『把酒笑語，傾露肺腑，情義款熟，復爲同好之友』（《樂静集·答劉秀才求先博士墓誌書》）。李昭玘的詩文集中保留有《觀劉孝嗣寫真》《送劉孝嗣茶》《弔劉孝嗣》等篇什，足爲兩人友誼之證。陳師道（一〇五三—一一〇二），『高介有節，安貧樂道……爲文精深雅奥』（《宋史·陳師道傳》），乃『蘇門四學士』之一。李昭玘與他『聲問應須續續來』（《後山詩注·送提刑李學士移使東路》），交往頻繁。晁端禮（一〇四六—一一一三），字次膺，是晁補之的叔父，但與李昭玘爲同齡人，『投分兹久，情均弟兄』（《樂静集·祭晁次膺文》）。

在多年的宦游中，李昭玘與王安中、賀鑄、張舜民、畢仲游、陳察等，亦多有交往，限於史料，不再詳述。

總之，良好的家庭環境熏陶、佛老儒三家思想的深刻影響，以及豐富的社會閱歷等，對李昭玘的學術積累、行爲修養、仕途沉浮等產生了巨大影響。

（三）李昭玘的籍貫問題

其一，李昭玘籍貫諸記載。

關於李昭玘的籍貫，文獻記載不一，有『濟南』『巨野』『任城』『曹南』等十幾種説法，讓人費解。見表一：

表一　李昭玘籍貫諸説一覽表

序號	觀點	史料記載	史料出處
一	曹南	六月，孫公以書移曹南李昭玘，命採次遺事，爲之記録。	李昭玘《樂静集》卷七《敕謚靈慧大師傳》
二	濟陰	哲宗元祐初，入太學……濟陰學士昭玘，爲記述其懿行。	〔清〕史澄《（光緒）廣州府志》卷一百十三《霍暐傳》
三	巨野	前有建炎二年連江李似之序，略云《前編》六十卷爲鉅野李君樂静先生所著。	〔清〕彭元瑞《欽定天禄琳琅書目後編》卷七《新增合璧聯珠萬卷菁華》
		李昭玘，字成季，鉅野人。	〔清〕黄宗羲《宋元學案》卷一《舍人李樂静先生昭玘》
		李昭玘，字季成，鉅野人。	〔清〕周魯輯《類書纂要》卷二十二

（續表）

序號	觀點	史料記載	史料出處
三	巨野	公諱訦，字誠之，系出唐鄅王禕……曰昭玘，元祐間爲起居舍人……世居濟之鉅野。	〔宋〕真德秀《西山文集》卷四十二《通議大夫寶文閣待制李公墓志銘》
		濟水貫兖與徐……其澤曰大野，是爲十藪之首，鍾英炳靈。……公諱邴……高、曾皆葬濟陰。伯祖殿中丞景圭及宫傅葬濟之任城，故公爲濟州鉅野縣人。	〔宋〕周必大《文忠集》卷六十九《資政殿學士中大夫參知政事贈太師李文敏公邴神道碑》
		昭玘字成季，《宋史》云濟南人。考昭玘籍本鉅野，殆嘗自署濟陰，而史遂誤濟南也。	〔清〕永瑢等《四庫全書總目》
四	濟北	李昭玘者，字成季，濟北人也。有文名，亦爲蘇軾所知。	〔宋〕王稱《東都事略》卷一百十六《文藝傳九十九》
		李昭玘，字成季，濟北人。	〔元〕陳世隆《宋詩拾遺》卷四《觀劉孝嗣寫真》。
五	濟南	主人濟南舊詞伯，芸閣鉛丹事書册。	〔宋〕李復《潏水集》卷十二《上巳，成季召會於西溪。會上賦詩，須多韻，仍用故事或舊詩十事已上，未終席而成，違者浮以三大白，罰者四人，予與成季免焉》

（續表）

序號	觀點	史料記載	史料出處
五	濟南	李昭玘，字成季，濟南人。	〔元〕脱脱《宋史》卷三百四十七《李昭玘傳》
		李昭玘，字成季，濟南人。	〔明〕邵經邦《弘簡録》卷一百三十一
		李昭玘，字成季，濟南人。	〔明〕陸釴《（嘉靖）山東通志》卷二十九
		李昭玘，字成季，濟南人。	〔明〕淩迪知《萬姓統譜》卷七十二
		李昭玘，字成季，濟南人。	〔清〕孫岳頒《御定佩文齋書畫譜》卷三十三《書家傳》
		李昭玘，字成季，濟南人。	〔清〕陳焯《宋元詩會》卷三十二
		李昭玘，字成季，濟南人。	〔清〕曹庭棟《宋百家詩存》卷八《樂静居士集》
		《樂静集》三十卷。……濟南人李昭玘撰。	〔清〕成瓘《（道光）濟南府志》卷六十四
		李昭玘，字成季，濟南人。	〔清〕陸心源《元祐黨人傳》卷八《李昭玘傳》
		昭玘字成季，濟南人。	〔清〕陳夢雷編輯《古今圖書集成·明倫彙編·氏族典》卷三百九十三
		李昭玘，字成季，濟南人。	〔清〕和珅《欽定大清一統志》卷一百二十八『濟南府三』

（續表）

序號	觀點	史料記載	史料出處
五	濟南	李昭玘，字成季，濟南人。	〔清〕倪濤《六藝之一録》卷三百四十五《李昭玘》
		李昭玘，字成季，濟南人。	〔清〕嵇璜《續通志》卷三百六十一《李昭玘傳》
		李昭玘，字成季，濟南人。	〔清〕徐宗亮《（光緒）重修天津府志》卷十《職官壹》
		李昭玘，字成季，濟南人。	〔清〕徐乾學《古文淵鑑》卷五十六
六	任城	李昭玘，字成季，任城人。	〔清〕孫梅《四六叢話》卷三十三
		昭玘字成季，任城人。	〔清〕厲鶚《宋詩紀事》卷二十八
七	齊人	李成季昭玘……五代宰相李濤五世孫。……其家自洛徙齊。	〔宋〕王明清《揮麈後録》卷二
八	齊州	李兆（昭）玘，字成季，齊州人。	〔清〕成瓘《（道光）濟南府志》卷三十九
		李昭玘，字成季，齊州人。	〔清〕成瓘《（道光）濟南府志》卷四十七
九	歷城	李昭玘，歷城人，提刑。	〔清〕岳濬等《（雍正）山東通志》卷十五
十	濟岱	濟岱李氏，移家泉南，數傳濟美。……李邴，字漢老，濟州鉅野人。	〔清〕李清馥《閩中理學淵源考》卷三十一《文肅李草堂先生學派》
十一	温陵	成季與猶子漢老，皆居温陵。	〔宋〕章定《名賢氏族言行類稿》卷六十
十二	開封	晁補之、李昭玘、趙叡，熙六第四甲，開封人。	〔宋〕李燾《續資治通鑑長編》卷三百八十『哲宗元祐元年六月壬寅』

从上表可見，有關李昭玘籍貫的説法多達十二種，很有必要作一厘清。

『籍貫』一詞，初見於《魏書·高祖紀下》：『迺者以來，猶有餓死衢路，無人收識。良由本部不明，籍貫未實，廪恤不周，以至於此。』之後被沿用，如《唐大詔令集·置鴻宜鼎稷等州制》：『其有諸州人，或先緣饑歲流宕亡歸，或父兄去官因循寄住爲籍貫。』又宋李燾《續資治通鑑長編》卷一百八十七載：『奉詔再詳定科舉條制……凡户貫及七年者，若無田舍而有祖、父墳者，并聽從之。』

宋時之『籍貫』，多稱『户貫』『本貫』。如宋曹彦約《昌谷集·論牒試劄子》：『户貫之必欲土著保結之，必用三姓，慮其居鄉之無行也，慮其家世之當錮也……今乃欲改其户貫，改其親戚，改其父祖，改其姓氏，任意所欲。』再如《續資治通鑑長編》卷十三：『詔諸道舉人，自今并於本貫州府取解，不得更稱寄應。』又如宋李心傳《建炎以來繫年要録》卷一百二十三載：『臣本貫河東絳州，趙鼎本貫陜西解州，鄉里相近，士大夫通號曰「西人」。』顯然，『户貫』『本籍』，是宋人對『世居地』之表述用詞。當某人居住地與祖（父）輩居（葬）地一致時，一般用『户貫』，反之用『本籍』『本貫』等。這與現今《辭源》釋『籍貫』爲『祖居或出生地』，大體一致。需要指出的是，當某人的祖輩生活、死葬地不一致時，則遵從本人（或家族）選擇：如《宋故朝奉郎行太常寺太祝雲騎尉石君墓志》載『君諱祖方字幹之，姓石氏，世爲開封祥符人……歸葬於河南府河南縣原光禄君之兆』，是以出生居住地爲準的。

其二，李昭玘『籍貫』諸説條析。

第一，『曹南』『濟陰』説。根據上述祖輩生居、死葬地原則，李昭玘之父雖葬於濟州任城，而其祖塋在曹州，故李昭玘本人自稱『曹南李昭玘』。而友人霍暐稱李昭玘爲『濟陰學士』，是因歷史時期的

『曹南』與『曹州』（今菏澤）、『濟陰』關係密切，甚至可以説是對同一地方的不同稱謂。宋王應麟《詩地理考》卷二載：『曹南山，在曹州濟陰縣東二十里。《詩》「南山朝隮」是也。』由此可知，曹南既是山名之簡稱，也是政區之代稱。作爲山名，是指『曹南山』，是自然、文化名勝之地。即如《詩經·曹風·候人》所言：『薈兮蔚兮，南山朝隮。』另，因春秋時期『宋公與曹人、邾人盟於曹南』，故『曹南』之名歷史悠久，頗具自然文化色彩，以至於後人多喜用此名指代曹州。可見『曹南』『濟陰』説皆有其産生的合理因素。

第二，『齊人』『濟南』『齊州』『歷城』諸説的産生，主要涉及歷史地理方面的因素。檢閲史料可知，曹州『濟陰縣界……七國時屬齊……在濟水之南』（《太平寰宇記》卷十三）。據此，友人李復以『濟南舊詞伯』來稱謂李昭玘爲『齊人』，有其道理。不過，如不理解産生這種説法的歷史地理背景，由『齊人』而推定爲行政區劃之『齊州』『歷城』——濟南，則有主觀臆斷之失。

第三，『濟北』説。『濟北人』之説，是『濟州人』的另一表述方式。歷史上，濟北曾是濟州的舊稱。宋樂史《太平寰宇記》卷十四記載：『濟州濟陽（水之北岸爲陽）郡，今理鉅野縣……春秋時其地屬齊，亦齊、衛二國之境。……隋初置濟州，煬帝復爲濟北郡。』且宋代濟州轄境又包括巨野、任城。所以，『濟北』之言亦自非妄説。

第四，『巨野』説。該説影響較大，原因何在？是否時人以濟州治巨野，而可以之替代任城呢？來看下列兩條史料，《樂静集·李奉議墓誌銘》：『公諱衆字仲師。……自五代爲鉅野著姓，後别葬金鄉，今爲金鄉人。』又《樂静集·王仲遠墓誌銘》：『君諱彦博字仲遠，濟州鉅野人。……君之先實居冀州之信都，涉五季之亂，自曾祖始遷於濟州之任城，君之祖又遷鉅野。』可見，在李昭玘等人看來，儘管巨野是當時濟州治所，但仍不能替代同爲濟州屬縣的金鄉、任城等地名，其界限分明。既然這樣，爲什麼其侄李邴自稱『鉅野李邴』？且南宋初連江李似之也稱李昭玘爲『鉅野李君樂静先生』呢？甚至，還出現了周必大《文忠集·資政殿學士中大夫參知政事贈太師李文敏公邴神道碑》中讓人無法理解的語句：『伯祖殿中丞景圭及宫傅葬濟之任城，故公爲濟州鉅野縣人。』

就此問題，南宋周必大在爲李邴撰寫的神道碑文中，已隱約給出答案：『濟水貫兖與徐，居古九州之二，其在四瀆，得天地質信寬徐之氣。其澤曰大野，是爲十藪之首，鍾英炳靈。』也就是説，『巨野』二字當是指自然水體巨野澤，而非具指當時政區巨野縣。因巨野澤歷史久遠，名聞遐邇，名頭比巨野縣要大得多。李邴之所以自稱『鉅野李邴』，當爲家鄉濟州有巨野大澤而自豪，同時也隱晦地表達了其爲大澤之水孕育出的『英靈俊才』的理念。但無論如何，『濟州鉅野縣人』之説，實爲有誤。或爲李昭玘家族後人，因南遷時間久遠，不熟悉歷史和鄉土實際情況而造成的。當然，也不排除有某種政治因素在裏面。南宋時期的任城，實爲金人占領下的濟州治所（《金史·地理志中》『（濟州）舊治鉅野，天德二年徙治任城縣』）。如自稱濟州任城人，則有認同金人統治之嫌，尤其是在李邴之兄李鄴降金的背景下，這更是李邴族人所刻意避諱的。

第五，『濟南巨野』『濟岱』説。對於此兩説，筆者認爲這當是後世學人對『濟南』『歷城』『齊州』『濟州』『巨野』等紛亂之説的一種折中處理。

第六，『開封』説。此説當爲李昭玘參加科舉考試時的臨時占籍。在宋朝，外地人久居京師開封，臨時以開封人的身份參與科考的情况較爲普遍。

第七，『任城』『温陵』説。『任城』説的産生，當源於宋章定《名賢氏族言行類稿》對李昭玘之侄李邴的介紹：『李邴字漢老，濟州任城人。樂静先生昭玘，其伯父也。』雖然這裏没有直言李昭玘爲任城人，但給後人提供了一個似乎『合理』的暗示，即李昭玘也應是任城人，从而影響了《四六叢話》《宋詩紀事》等書對李昭玘籍貫的錯誤認定。

所謂『温陵』説，當爲李昭玘後人在戰亂之際，輾轉遷居温陵，致使章定誤認爲李昭玘也徙居温陵，從而産生此説。對於這一失誤，明何烱編《清源文獻》，已將李昭玘、傅堯俞二人歸於『遡賢』部分，即如清四庫館臣於《四庫全書總目》卷一百九十三中所言『乃其身未家於是，而子孫載族以從者』，故『温陵』説誤。

概言之，話語變化、政區地理變遷，以及人們的遷徙、改葬，甚至政治、個人因素，致使文獻所載李昭玘籍貫多异。對此，我們應采取客觀分析的態度，儘可能地從歷史人文、政區地理、文本傳抄等視角，具體分析其産生的主客觀原因，辨其是非訛誤。當然，若準确介紹李昭玘，則應表述爲：李昭玘，曹州曹縣（今屬山東菏澤）人，後遷居濟州任城（今屬山東濟寧）。

二、李昭玘文集名稱及傳世情况

李昭玘的詩文主要有兩種傳世方式：一是以别集形式流播，二是借助總集、碑刻等載體流傳。現將其詩文集諸名稱（九種）及傳世情况列表、分析如下：

表二　李昭玘詩文别集名稱、相關記録一覽表

時代	類號	作者	載録書	别集名稱	相關記録
宋	一	朱熹	《晦庵集·續集》（《四庫全書》本）	《樂静李公文集》	《答盧提翰》：此有《樂静李公文集》，謾納一本。
宋	二	朱熹	《晦庵先生朱文公文集》（《四部叢刊》本）	《樂静文集》	《雲龕李公文集序》：蓋公嘗受學於其世父右史樂静先生……其丁寧付授之意，今略見公所撰《樂静文集》後語中。
宋	三	謝伋	《四六談麈》（浙江汪啓淑家藏本）	《静庵先生集》	李成季昭玘……有《静庵先生集》行於世。
宋	四	謝伋	《四六談麈》（宋《百川學海》本）	《樂静先生集》	李成季昭玘……有《樂静先生集》行於世。
宋	五	尤袤	《遂初堂書目》	《樂静集》	李成季《樂静集》。
宋	五	陳振孫	《直齋書録解題》	《樂静集》	《樂静集》三十卷，起居舍人鉅野李昭玘成季撰。……所居有樂静堂，故以名集。其侄邴漢老，爲書其後。

（續表）

時代	類號	作者	載録書	别集名稱	相關記録
元	五	馬端臨	《文獻通考》	《樂静集》	《樂静集》三十卷。陳氏曰：『起居舍人鉅野李昭玘季成撰。元豐二年甲科，所居有樂静堂，故以名集。其任邴漢老，爲書其後。』
	七	脱脱等	《宋史·藝文志七》	《李昭玘集》	《李昭玘集》三十卷。
明	五	楊士奇	《文淵閣書目》	《樂静集》	《樂静集》一部三册，闕。
	五	焦竑	《國史經籍志》	《樂静集》	《樂静集》三十卷。
	五	朱睦㮮	《萬卷堂書目》	《樂静集》	《樂静集》三十卷，李昭玘。
	五	葉盛	《菉竹堂書目》	《樂静集》	李昭玘《樂静集》三册。
	五	陸釴等	《（嘉靖）山東通志》	《樂静集》	《樂静集》三十卷。陳氏曰：『起居舍人鉅野李昭玘撰。元豐二年甲科，所居有樂静堂，故以名集。』
	四	祁承㸁	《澹生堂藏書目》	《樂静先生集》	《樂静先生集》三十卷四册，李昭玘。
	七	柯維騏	《宋史新編》	《李昭玘集》	《李昭玘集》。
	八	王世貞	《彙苑詳注》	《樂静堂集》	李昭玘《樂静堂集》。
	五	解縉等	《永樂大典》	《樂静集》	李昭玘《樂静集》。

（續表）

時代	類號	作者	載録書	別集名稱	相關記録
清	五	傅維鱗	《明書》	《樂静集》	《樂静集》。
	一	徐乾學	《傳是樓書目》	《樂静李公文集》	《樂静李公文集》三本。
	八	岳濬	《（雍正）山東通志》	《樂静堂集》	李昭玘《樂静堂集》，三十卷。
	四	孫岳頒	《御定佩文齋書畫譜》	《樂静先生集》	卷三十三《李昭玘》：……《樂静先生集》。
	五			《樂静集》	卷八十三《歷代名人畫跋三》：……李昭玘《樂静集》。
	六	勞格	《唐尚書省郎官石柱題名考》	《樂静先生李公文集》	《樂静先生李公文集》。
	七	陳夢雷	《古今圖書集成》	《李昭玘集》	《李昭玘集》，三十卷。
	四			《樂静先生集》	《樂静先生集》。
	五			《樂静集》	《樂静集》，三十卷。
	九	曹庭棟	《宋百家詩存》	《樂静居士集》	《樂静居士集》一卷。
	五	厲鶚	《宋詩紀事》	《樂静集》	昭玘，字成季……自號樂静先生，有《樂静集》。雲龕李氏序略云：『伯父詩奇麗愜適，章斷句絶，餘思羡溢，得詩人味外之味。』

（續表）

時代	類號	作者	載録書	別集名稱	相關記録
清	四	倪濤	《六藝之一録》	《樂静先生集》	卷三百四十五《李昭玘》：自號樂静先生，寓意法書圖畫，貯於十囊，命曰燕游十友……（《樂静先生集》）
	五			《樂静集》	《歷代書譜・跋東坡真蹟》注文：李昭玘《樂静集》。
	五	黃宗羲	《宋元學案》	《樂静集》	先生著有《樂静集》，三十卷。蓋其所居有樂静堂，故以名集。
	五	張豫章等	《御選宋詩》	《樂静集》	自號樂静先生，有《樂静集》三十卷。
	二	李清馥	《閩中理學淵源考》	《樂静文集》	朱子撰《雲龕李公文集序》曰：……嘗受學於其世父右史樂静先生……其丁寧付授之意，今略見公所撰《樂静文集》後語中。
	五	于敏中等	《欽定四庫全書簡明目録》	《樂静集》	《樂静集》三十卷，宋李昭玘撰。
	五	嵇璜等	《欽定續通志》	《樂静集》	《樂静集》三十卷，宋李昭玘撰。

時代	類號	作者	載録書	別集名稱	相關記録
清	五	永瑢	《四庫全書總目》	《樂静集》	《樂静集》三十卷，編修汪如藻家藏本。其集前後無序跋，不知何人所編。
	九	錢陳群	《香樹齋詩文集·詩續集》	《樂静居士集》	李昭玘《樂静居士集》。
	五	于敏中等	《天禄琳琅書目後編》	《樂静集》	自號樂静先生，有《樂静集》。
	五	成瓘	《（道光）濟南府志》	《樂静集》	《樂静集》三十卷。……李昭玘撰。
	四	陸紹曾	《古今名扇録》	《樂静先生集》	《樂静先生集》。
	四	厲鶚	《遼史拾遺》	《樂静先生集》	李昭玘《樂静先生集》。
	六	陸心源	《皕宋樓藏書志》	《樂静先生李公文集》	《樂静先生李公文集》三十卷。舊抄本。宋鉅野李昭玘字成季撰。……每葉二十行，行二十字。『構』字注『御名』二字，蓋影宋本也。借校一過，缺卷與此本同。卷一補《摘葉》五古一首，《培花》二聯。卷八錯簡不可讀，照舊抄本影寫一卷訂入。惟周本以卷一、卷三合而爲一，題曰卷三。卷十六《吴正字啓》後半攙以他文，亦賴此本正之。

（續表）

（續表）

時代	類號	作者	載録書	別集名稱	相關記録
清	六	陸心源	《儀顧堂題跋》	《樂静先生李公文集》	《樂静先生李公文集》三十卷，題曰鉅野李昭玘成季。……蓋從紹興時刊本影寫者，祥符周季貺太守藏書也。以所藏閣抄本校一過。
清	五	莫友芝	《藏園訂補郘亭知見傳本書目》	《樂静集》	《樂静集》三十卷，宋李昭玘撰，鈔本。
清	五	丁立中	《八千卷樓書目》	《樂静集》	《樂静集》三十卷，宋李昭玘撰，鈔本。
民國	五	中央圖書館籌備處	《四庫全書珍本初集》	《樂静集》	《樂静集》三十卷。
當代	六	劉琳、沈治宏	《現存宋人著述總録》	《樂静先生李公文集》	《樂静先生李公文集》三十卷。李昭玘撰。
當代	五	錢仲聯等	《中國文學大辭典》	《樂静集》	宋李昭玘（號樂静先生）著，三十卷。
當代	六	四川大學古籍整理研究所	《宋集珍本叢刊書目提要》	《樂静先生李公文集》	三十卷（缺第二卷），李昭玘撰。清道光四年劉氏味經書屋鈔本。

據上表，我們大致可以瞭解以下基本事實：

第一，李昭玘的詩文集早在宋代就已經存在并流傳於世了。

第二，該集之名稱《樂静集》，緣起於李昭玘所居『樂静堂』。

第三，該集在流傳過程中，名稱不一，有九種之多：《樂静集》《樂静李公文集》《樂静先生集》《静庵先生集》《樂静堂集》等。其中，《樂静堂集》之稱，當爲該集未刊之初名。原因是《蘭亭考·逸少蘭亭敘》存李昭玘『樂静堂成季題』親手跋語，且明王世貞《彙苑詳注》及清岳濬《（雍正）山東通志》皆有『《樂静堂集》』之記載。同時，宋人謝伋所言《静庵先生集》，也爲此提供了旁證。《樂静李公文集》之稱，當爲刊本之定名。這體現在宋朱熹《晦庵集·續集·答盧提翰》之記載中：『此有《樂静李公文集》……其後序所云，深可以爲干名求進之戒，幸試觀之。』該史料説明：其一，朱熹的時代，《樂静李公文集》這一名稱就已存在，且爲李昭玘文集刻本名；其二，從附有完整的『後序』來看，該集仍是完整的，并没有散佚。而《樂静先生集》《静庵先生集》《樂静文集》《李昭玘集》《樂静集》之名稱，應爲後學對該集之簡稱，其中《樂静集》爲主流稱謂。

第四，該集之刻版當在宋高宗紹興年間（一一三一—一一六二）。證據是該集『後語』（即後序），實由李昭玘之侄李邴（一〇八五—一一四六）所撰。故該集的編輯刊行，乃由李邴主持進行。具體刊印時間，則當在宋高宗、孝宗之際。《建炎雜記·甲集》卷五載：『紹興初，朝廷褒録元祐黨人，且擢用其子弟。……先是渡江以來，黨碑無復存者。凡自陳者，悉以胥吏私傳之本爲據。』也就是説，長期受到打壓的『黨籍人』，直到此時纔被逐步恢復名譽，其所撰文稿纔可能被陸續刊行。

第五，該集在流播過程中有多个版本，或刻本、鈔本，或三册、四册等，但共有三十卷，當是一以貫之的基本框架。

第六，某些目録文獻對該文集的介紹，一直有很多錯訛之處，如《文獻通考》對李昭玘名字的誤寫、《四庫全書總目》所謂『晁、陳二家書目及《宋史·藝文志》皆不著録』之錯誤等。這應是該集於流傳中刊本散佚、傳寫衍脱所致。

第七，今見諸本《樂静集》中，不少篇章涉嫌爲他人文章混入。從一篇疑似其侄李邴之文混入的情况看，完整宋刊本《樂静集》已失傳，其殘缺本被輯補整理過。故清代所謂『從紹興時刊本影寫者』的本子，當爲輯補整理本之鈔本，而非原刊本。

三、存世《樂静集》諸本情况及整理細則

（一）現存《樂静集》諸版本情况

目前，存世之《樂静集》有五種版本，列表如下：

表三　現存《樂静集》諸版本情況

序號	集名	版本全稱	版本簡稱	備注
一	樂静先生李公文集	清道光四年東武劉氏味經書屋鈔本	味經書屋鈔本	劉喜海跋之。三十卷（實際存卷一、卷三至卷三十），每卷有目，連屬篇目；每葉十一行，每行二十二字；緑格，白口，四周雙邊。 今藏中國國家圖書館、上海圖書館、南京圖書館。《宋集珍本叢刊》之《樂静先生李公文集》即以此本爲底本。
二	樂静先生李公文集	陸心源跋，清祥符周季貺太守藏鈔本	陸跋鈔本	《儀顧堂題跋》：《樂静先生李公文集》三十卷，題曰鉅野李昭玘成季。……蓋從紹興時刊本影寫者，祥符周季貺太守藏書也。以所藏閣抄本校一過。 陸心源《皕宋樓藏書志》：案祥符周季貺太守藏舊抄本，每葉二十行，行二十字。『構』字注『御名』二字，蓋影宋本也。 今藏日本静嘉堂文庫、中國國家圖書館。

（續表）

序號	集名	版本全稱	版本簡稱	備注
三	樂静先生李公文集	清鈔本	無跋鈔本	存卷一、卷三至卷三十；十行二十字，無格，無跋。卷十六《吴正字啓》後半原文有文字校改。 陸心源《皕宋樓藏書志》：案祥符周季貺太守藏舊抄本……蓋影宋本也。借校一過，缺卷與此本同。卷一補《摘菓》五古一首，《培花》二聯。卷八錯簡不可讀，照舊抄本影寫一卷訂入。惟周本以卷一、卷二合而爲一，題曰卷三。卷十六《吴正字啓》後半攙以他文，亦賴此本正之。
四	樂静集	文淵閣《四庫全書》本	底本	《四庫全書總目》：「《樂静集》三十卷，編修汪如藻家藏本。其集前後無序跋，不知何人所編。」四周雙邊，前後無題跋。 內容包括詩四卷、徐州十事一卷、記一卷、傳序一卷、雜文二卷、書二卷、表三卷、啓狀七卷、疏一卷、青詞疏文一卷、僧疏一卷、進卷二卷、試館職策一卷、碑志行狀三卷。卷首無以上「徐州十事」「傳序」等提示。 文瀾閣《四庫全書》本、文溯閣《四庫全書》本係直接鈔録文淵閣《四庫全書》本，三者可視爲同一版本。

（續表）

序號	集名	版本全稱	版本簡稱	備注
五	樂静集	文津閣《四庫全書》本	文津閣本	《四庫全書總目》：『《樂静集》三十卷，編修汪如藻家藏本。其集前後無序跋，不知何人所編。』四周雙邊，前後無題跋。 内容包括詩四卷（古體二卷，卷二缺；近体二卷）、徐州十事一卷、記一卷、傳序一卷、雜文二卷、書二卷、表三卷、啓狀七卷、疏一卷、青詞疏文一卷、僧疏一卷、進卷二卷、試館職策一卷、碑志行狀三卷。卷首有『徐州十事』『傳序』等提示。

以上五個版本之差别，除了版式，還在於是否『每卷有目，連屬篇目』。此外兩《四庫》本首卷有詩十二首，他本則多出《和太守四題》等十三首。除了《摘菓》存全詩及《培花》存句，皆有目無具體内容。諸版本題三十卷，均缺卷二，卷帙内容略有出入。

比較而言，味經書屋鈔本、陸跋鈔本、無跋鈔本保留了較多原本風貌，如有對宋代諱字的規避，有皇帝、陛下等字眼之前的留白等。三者中，或以味經書屋鈔本最爲原始，字詞顛倒脱漏之誤也最多；陸跋鈔本次之，字詞、句殘缺混雜現象較多。無跋鈔本是三者中較好的版本，訛誤相對較少。疑此本即四庫館臣所參用之編修汪如藻家藏本，且該本與陸心源所藏、校之閣鈔本，有直接的淵源關係。因兩者卷帙相同，前後皆無跋，且具高度同一性。尤其是集中對某些篇章之字句的校改，有明顯的承繼性，且殊於他本。

通過與《五百家播芳大全文粹》等其他文獻對比發現，現存諸版《樂静集》可能摻入了較多他人作品，列表如下：

表四　《樂静集》疑似摻入他文一覽表

序號	《樂静集》卷次	篇名	他書卷次	作者及篇名
一	卷十五	賀新潭州張學士	《五百家播芳人全文粹》卷二十三	范西叔《賀張守啓》
二	卷十五	與交代先狀	《五百家播芳大全文粹》卷四十五	陳彦昭《教授與交代啓》
三	卷十五	滄州到任謝韓丞相	《五百家播芳大全文粹》卷三十一	翟公巽《滄州到任謝丞相啓》
四	卷十六	答王賢良	《五百家播芳大全文粹》卷二十五	朱廷瑞《賀試中賢良啓》
五	卷十六	上執政求外任	《五百家播芳大全文粹》卷四十五	吴孝叔《上執事啓》
六	卷十六	回謝馬狀元	《古儷府》卷四	李守真《賀人及第啓》
七	卷十六	賀吴正言	《五百家播芳大全文粹》卷十二	洪景伯《賀吴正言啓》
八	卷十六	賀吴鹽運轉官	《五百家播芳大全文粹》卷十五	謝才叔《賀黄漕遷秩啓》
九	卷十七	謝徐州范教授	《五百家播芳大全文粹》卷二十四	周少淵《賀徐教授啓》
十	卷十七	上南京豐侍郎	《五百家播芳大全文粹》卷十七	朱廷玉《賀豐帥啓》
十一	卷十七	移京東西路憲謝丞相	《五百家播芳大全文粹》卷三十	汪彦章《憲到任謝丞相啓》

（續表）

序號	《樂静集》卷次	篇名	他書卷次	作者及篇名
十二	卷十八	濟倅問候	《五百家播芳大全文粹》卷四十七	李子思《起居鄰倅啓》
十三	卷十九	賀兩府正	《五百家播芳大全文粹》卷二十五	朱子山《賀兩府正啓》
十四	卷十九	賀運司正	《五百家播芳大全文粹》二十七	王晦叔《賀監司正啓》
十五	卷十九	賀孫學士正	《五百家播芳大全文粹》卷二十七	王晦叔《賀監司正啓》
十六	卷二十	謝舉幕職	《五百家播芳大全文粹》卷三十五	周行可《謝監司薦舉啓》
十七	卷二十	謝館職	《五百家播芳大全文粹》卷三十六	任子方《謝試中館職啓》
十八	卷二十	代謝改官	《五百家播芳大全文粹》卷三十五	王元長《謝監司薦舉啓》
十九	卷二十一	謝大漕	《五百家播芳大全文粹》卷三十	佚名《帥到任謝大漕啓》
			《浮溪集》卷二十三	汪藻《帥到任謝大漕啓》
二十	卷二十一	賀右丞	《五百家播芳大全文粹》卷十三	劉子駒《賀吳右丞啓》
二十一	卷二十一	代賀方回謝舉換文	《五百家播芳大全文粹》卷三十三	李漢老《謝侍從舉換文官啓》
二十二	卷二十二	神宗小祥功德疏	《五百家播芳大全文粹》卷七十七	王珪《神宗小祥道場啓》
			《華陽集》卷十五	王珪《英宗小祥道場疏》

（續表）

序號	《樂静集》卷次	篇名	他書卷次	作者及篇名
二十三	卷二十二	《神宗忌疏》	《五百家播芳大全文粹》卷七十七	王珪《神宗忌辰道場疏》
			《華陽集》卷十五	王珪《仁宗忌辰道場疏》
二十四	卷二十二	《神宗小祥開啓道場疏》	《五百家播芳大全文粹》卷七十七	王珪《神宗小祥道場疏》
			《華陽集》卷十五	王珪《英宗小祥道場疏》

（二）整理細則

本次整理以文淵閣本爲底本，因該本繕寫工整，訛奪衍誤較少。并參校以味經書屋鈔本、陸跋鈔本、無跋鈔本、文津閣本等。對於底本的明顯字形訛誤，如『太（大）』『奕（弈）』『鍾（鐘）』『祇（衹）』等，徑改不出校。對於异文，進行彙校，意在保留更多版本的原貌。如底本有誤，則據校本徑改，并出校記；如底本不誤，而校本有誤或有异，皆出校記，包括避諱字、留白、小字等。對於底本中的『己』『已』『冲』『向』『累』『回』『舍』等字，整理時根據詞意儘可能地對字形做了區分，以符合現代語言文字規範。對於底本中摻入的疑似他人作品，仍予保留，并注明。

因本人學識、經驗所限，疏失之處在所難免，敬請方家指正。

目録

樂静集卷四

樂静集卷五

樂静集卷十一

樂静集卷十二

樂静集卷十三

樂静集卷十八

樂静集卷十九

樂静集卷二十三

樂静集卷二十四

樂静集卷二十五

樂静集卷二十六

欒静集卷二十七

欒静集卷二十八

欒静集卷二十九

欒静集卷三十

附録一　佚詩佚文

附録二　相關資料

樂静集卷一

遊白鶴觀〔一〕

春歸數十朝，八九不暇出。萌芽日夜發，百揹競撐突。駕言謁仙祠，古像❶懷髣髴。白鶴來何時，蒼檜暮蕭窣。雲霞斷人世，往事已荒忽。解纓濯泉流，深澈幾照骨。毛寒不敢視，下必有神物。昔人斯徜徉，音影詎磨没。嗟予質汙下，見亦被呵咄。仰慙逍遥遊，未忍塵土汩。時須挹高風，爲我一吹拂。

【注】

〔一〕又見《御選宋詩》卷十五、《古今圖書集成·博物彙編·神異典》卷二百八十二、《宋百家詩存》卷八。

【校】

❶無跋鈔本、文津閣本、味經書屋鈔本、陸跋鈔本、《御選宋詩》、《古今圖書集成》、《宋百家詩存》『像』作『象』。

從張聖塗乞石〔一〕

先生築高隱，趣好清且獨。雲龍峰上石，跋❶草自鑒斸。發竅號陰怪，窮根攬坤腹。山靈不敢愛，鞭吒滿崖谷。危躋❷已穿履，大載幾折軸。直欲起巉巖❸，未容買碌碌。心營合天造，指化出神速。突兀傲中巔，憑陵勇雙矗。獸蹲目❹睥睨，龍攫腰回蹙。縮脰立幽鳥，擎顱卧孤犢。鯨鱗老廉利，相❺角怒撐觸。軒昂鶴引咮❻，贔屓❼鼉❽跂足。騰空快高思，排峭驚醉目。伊余揭來遊，步百吟周復。願從乞其餘，伴我東牆竹。猿鶴莫相嗔，此客意❾非俗。常令月色照，敢使塵土辱。日待風雨來，起看空遶屋。

【注】

〔一〕又見《御選宋詩》卷十五、《宋百家詩存》卷八、《古今圖書集成·明倫彙編·交誼典》卷六十二。

【校】

❶《宋百家詩存》『跋』作『拔』，誤。

❷《御選宋詩》《古今圖書集成》『躋』作『攀』。

❸味經書屋鈔本『巉巖』作『岩岩』。

❹陸跋鈔本『目』作『自』。

❺文津閣本、《御選宋詩》、《古今圖書集成》『相』作『猊』。

❻無跋鈔本、陸跋鈔本『咮』作『味』，誤。

❼陸跋鈔本『贔屓』作『屓贔』，無跋鈔本、味經書屋鈔本、《宋百家詩存》作『負贔』。

❽底本作『鼇』，『鼉』據文津閣本、味經書屋鈔本、陸跋鈔本、《御選宋詩》、《宋百家詩存》、《古今圖書集成》改。

❾《古今圖書集成》『意』作『豈』。

送王子中南歸筠州〔一〕

荆山美璞昔未發，鬼神訶守誰可奪。妙工伐石强剖抉，試之烈火皎氷雪。長虹射天晝不滅，夜堂流光墮明月。堅厚粹温❶函正氣，不許時人巧雕礪。羞❷與佩環爭細碎❸，直登丘壇薦天帝。世無琅玕來作貢，楚人未售空長慟。索價當高勿輕用，緹囊十襲須珍重。

【注】

〔一〕又見《宋百家詩存》卷八。

【校】

❶味經書屋鈔本『堅厚粹温』作『堅粹温厚』。

❷陸跋鈔本『羞』作『差』，誤。

❸陸跋鈔本、無跋鈔本『碎』作『粹』，誤。

送徐州舉人赴省試〔一〕

淮夷之珠照夜明❶，泗濱之石聲泠泠。昔時大禹致方物，神光玉❷色羅廣❸庭。比❹年入❺獻多豪英，褒雄妙思相憑陵。飂飂束❻書去觀國，瘦馬踏雪鬢垂氷。長廊白晝天宇清，落筆冉冉風雲生。千官拱笏赭袍近，碧溝新柳黄鸝鳴。金撾虎士傳姓名，魚龍捲尾隨雷聲。州人洗眼望歸期❼，會約春風載酒迎。

【注】

〔一〕又見《御選宋詩》卷十五、《古今圖書集成·經濟彙編·選舉典》卷八十四、《宋百家詩存》卷八。

【校】

❶陸跋鈔本、《御選宋詩》、《古今圖書集成》『明』作『月』。

❷陸跋鈔本無『玉』字。

❸《御選宋詩》『廣』作『王』。

❹陸跋鈔本『比』作『此』。

❺味經書屋鈔本『入』作『八』，當誤。

❻文津閣本、味經書屋鈔本『東』作『來』。

❼《御選宋詩》《古今圖書集成》『期』作『騎』，《宋百家詩存》作『程』。

送李容甫歸北都〔一〕

先生讀書不下堂，堂上有客語琅琅❶。弟子出觀如堵牆，怪君眉彩生光芒。北都晁夫子，一別久相望。君來道信問，使我開肺腸。三❷日不改服，猶覺芝蘭香。平生寡投分，一笑且云❸樂。慇懃發黄卷，鈍吻慳應酢❹。大杵撞啞鐘，已厭音響惡。更慙河伯觀，未易窮海若。索寞歲華晚，颼颼黄葉秋。歸心劇流水，忽忽不可留。固❺知此鱣鯨，肯託尋常溝。直須見老聃，可化南榮儔。海州歲有衝❻天鵠，卵如萍實光琢玉。蜀鷄眇然何敢伏。羽成不須求日浴，一舉將驚萬人目。

【注】

〔一〕又見《宋百家詩存》卷八、《江湖後集》卷二十三。《江湖後集》記此詩爲釋斯植所撰，誤。

【校】

❶《江湖後集》『琅琅』作『浪浪』，誤。

❷陸跋鈔本『三』作『二』，誤。

❸味經書屋鈔本『云』作『去』，誤。

❹底本作小字『闕』，『酢』據《江湖後集》補，文津閣本作『諾』，《宋百家詩存》作『朦』。

❺陸跋鈔本無『固』字。

❻《宋百家詩存》『衝』作『翀』。

雪堂詩寄子瞻〔一〕

愁雲蔽日昏風發，鵝毛大片舞空闊❶。陰崖氷壓木枝折，一鳥不飛人足絶。山翁口掉肩擁褐，斫❷竹撑茅勞架結。堂成不用巧丹涅❸，却畫東坡四山雪。群石嶄嶄争皎潔，門外堂間兩清冽，萬境一心同瑩徹。石牀雲生濕肌髮，布被飀飀冷於鐵。半夜哀猿叫山月，山翁高哦響修越❹，不道妻啼憂米❺竭。世事薰膏付灰滅，長安高門奔請謁。赤日炙背沙埋轍，僕夫汗流馬吐舌。三謁不逢腹欲熱，怒氣恐成疽❻毒裂。狂走不須求扇暍，此堂一登能濯熱。

【注】

〔一〕又見《宋百家詩存》卷八。

【校】

❶味經書屋鈔本、陸跋鈔本、無跋鈔本、文津閣本、《宋百家詩存》『闊』作『闕』。據《飛鴻亭》『平野浩空闊』句，『闊』字爲是。

❷《宋百家詩存》『斫』作『劚』。

❸《宋百家詩存》『涅』作『綴』，陸跋鈔本作『温』。

❹《宋百家詩存》『越』作『樾』。

❺《宋百家詩存》『米』作『未』，當誤。

❻陸跋鈔本『疽』作『宜』，誤。

謝劉主簿見和乞石詩〔一〕

官居太疏冷，門外少車跡。蕭蕭此君軒，爲我慰窮寂。貪饕起餘慕，遠乞南山石。形模太詭陋，此詠費搜摭。蝦蟇欲上甕，作氣屢跳躑。心知不可强，怒瘦猶鼓息。但勞旁者觀，笑爾不量力。君能惠然來，抵鵲輕尺璧。明月投我懷，坐上光彩溢。神心巧鐫鑿，變化出胷臆。高言寫豪壯，健讀口終吃。衝風捲海濤❶，蕩潏迷四極。陣馬脱重圍，戰士皆辟易。使人魂魄沮，三日不敢食。嗟余性頑闇，兀兀寡知識。臃腫終天年，不願借雕飾❷。黐憐孤僻中，趣味得所適。拂石雲生手，誦詩風滿腋。此應長不飢，富貴乃毒臘。人生多苦辛，嗜好須自擇。

【注】

〔一〕又見《宋百家詩存》卷八。

【校】

❶陸跋鈔本、味經書屋鈔本、無跋鈔本、文津閣本、《宋百家詩存》『海濤』作『濤海』。

❷陸跋鈔本、無跋鈔本『飾』作『餙』。

昂昂千里駒

昂昂千里駒，逸氣吞九區。東馳越夕兔，西走窮朝烏。關山一息過，躑躅疑有無。快哉穆天子，遠駕周四隅。嘶聲想雲海，弄影有❶天衢。昆丘❷距赤水，度足纔須臾。眷言芻粟恩，豈敢論形軀。雄心忽摧頓，倦步成躊躇❸。日暮路途遠，天寒毛鬣疏。此時垂耳心，可復輕疲駑。

【校】

❶陸跋鈔本、無跋鈔本『有』作『看』。

❷無跋鈔本『丘』作『邱』，味經書屋鈔本作『乒』。

❸陸跋鈔本『雄心忽摧頓，倦步成躊躇』作『雄心忽頓倦，摧步成躊躇』。

泛泛水中鳧〔一〕

泛泛水中鳧，上下聲相呼。徜徉信波浪，澡濯羞泥汙。晴洲漾蘋荇，雨❶岸眠菰蒲。飲啄亦自足，飛遊誰我拘。侯門大池籞，富屋誇庖厨。何慙久垂翅，未願輕投軀。雖非黄鵠舉，幸與白鷺娱。逃烹笑窮鴈，啄腐嗟飢烏。三秋熟粱稻，萬里開江湖。寄言澤中子，何用張羅罦❷。

【注】

〔一〕又見《古今圖書集成·博物彙編·禽蟲典》卷三十二、《御選宋詩》卷十五。

【校】

❶陸跋鈔本「雨」作「兩」。

❷底本、陸跋鈔本作「原本闕」三小字，「罦」據文津閣本、味經書屋鈔本補。《御選宋詩》《古今圖書集成》「何用張羅罦」作「何用張網羅」，無跋鈔本作「何用苦張羅」。

飛鴻亭〔一〕

平❶野浩❷空闊，危甍❸兀岧嶤❹。臘盡風日好，春回冰雪消。朱❺絃試揮手，度響何翛翛。此意復誰共，古人今寂寥。眷彼澤中鴻，欻起如迴飈。悠然薄天末，去去不可招。愧無雙羽翰，萬里同飃颻。人生本蕭散，知慮勞煎燒。恈恈覘聲利，傴僂隨紛囂。安知出世間，造適皆逍遥。帝鄉果何在，久願追松喬。行歌歸去來，五斗空折腰。

【注】

〔一〕又見《宋百家詩存》卷八。

【校】

❶味經書屋鈔本『平』作『午』。

❷味經書屋鈔本『浩』作『號』。

❸味經書屋鈔本『甍』作『薨』，誤。

❹味經書屋鈔本、陸跋鈔本『岧嶤』作『苕蕘』。

❺陸跋鈔本『朱』作『有』。

敺雀行〔一〕

田頭小兒杖敺雀，雀飛上枝不敢落。繞樹詋駡語聲惡，三時耕鋤一時穫。老牛力盡石田薄，五龍作嗔風吐雹。赤烏燒雲龍見逐，南村賣桑北村熟。狐尾毶毶穗齊屋，縣門大書催賦粟。南關飛輓夜摩轂，掃❶春縛箕十指禿。一米未炊汝先啄，直須殺汝償我腹。田父坐語兒，雀不暴人人亦飢，但令家雀❷千群飽，莫使征西戰馬肥。

【注】

〔一〕又見《宋百家詩存》卷八。

【校】

❶《宋百家詩存》『掃』作『埽』。

❷無跋鈔本、文津閣本、味經書屋鈔本、陸跋鈔本、《宋百家詩存》『雀』作『老』，誤。

春日遊西池〔一〕

雨餘風日暖，野塘春水滿。天影倒浮人，鏡光環射眼。蘭船不可上，漠漠低煙晚。歸路已埃塵，滄波鳧鵠遠。

【注】

〔一〕又見《宋文鑑》卷二十三、《汴京遺蹟志》卷二十二、《宋詩紀事》卷二十八、《宋百家詩存》卷八、《御選宋詩》卷十五。

樂静集卷二〔一〕

【注】

〔一〕文淵閣本《樂静集》卷二内容缺，此據陸跋鈔本增補，參考無跋鈔本、味經書屋鈔本。

和太守四首〔二〕

摘　菓

霜晴百菓熟，採摘將薦新。貯之黄金盤，絢爛如星陳。苞縢待嘉客，培溉昔已勤。君子務種德，所成非一身。公家有令恩，飣坐多警人。纍纍萬石富，長笑木奴貧。

培　花

惜花如曼容，蠹實害心腹。養之近胎禍，動絶（下闕）

憫菊（闕）

觀畫〔三〕

夢澤正天寒，南峰帶秋色。詩人句不盡，餘意傳粉墨。年來兩眼昏，吏牘苦❶侵迫。明窗展横素，刮膜謝砭石。往時蓬萊宫，圖畫燦東壁。拾遺老陰峭，思訓麗春碧❷。經年一過眼，行繞不暇食。太行逢李生，筆勢妙思索。未成真營丘，不俗已高格。安得十萬錢，盡致鵝溪白。不須念衣裘，礬灰日滋殖。寫我江湖心，浩蕩滿千尺。

【注】

〔一〕《摘菓》《培花》二首又見於味經書屋鈔本卷一。

〔二〕此詩陸跋鈔本僅存目，其内容據《聲畫集》卷八、《宋詩拾遺》卷四、《宋詩紀事》卷二十八補。

【校】

❶《宋詩拾遺》『苦』作『若』，當誤。

❷《宋詩拾遺》『碧』作『壁』，誤。

又和秉文❶赴履中延唐寺早飯（闕）

【校】

❶味經書屋鈔本『文』作『中』。

謝閻子常寄絃（闕）

謝李易初見惠洛中竹❶扇（闕）

【校】

❶無跋鈔本、味經書屋鈔本『竹』作『行』。

觀劉孝嗣寫真〔一〕

程生高價傳兩都，劉子骨相真丈夫。呼兒當軒試一展，噱噱指點相驚呼。此應前日坐頭客，何乃不語嚴襟裾。胸中豪氣不可狀，但見粉墨無紆餘。虎頭食肉亦天賦，尺面封侯宜不誣。須知中令有真相，勿效香山悲故吾。陵煙功臣易磨滅，貞觀學士猶傳模。當時人物不易得，曾看風神有此無。

【注】

〔一〕此詩陸跋鈔本存目，其内容據《聲畫集》卷一、《宋詩拾遺》卷四、《宋詩紀事》卷二十八補。

送劉孝嗣茶（闕）

楊君儀招西園同飯（闕）

謝王鈐轄惠白蒿苣（闕）

謁子常喜耳目漸❶愈（闕）

【校】

❶無跋鈔本『漸』作『暫』，味經書屋鈔本作『蹔』。

飲酒和漢老姪（闕）

樂静集卷三

觀江都王畫馬〔一〕

落落名王唐帝孫，筆端飛灑祇逡巡。風雲絶足知何在，粉墨餘姿若有神。可信權❶奇盡龍種，不應腰褭失天真。驊騮寂寞龍眠死，更復何人接後塵。

【注】

〔一〕又見《聲畫集》卷七、《宋詩拾遺》卷四、《宋詩紀事》卷二十八。文津閣本標題作《挽李端崕》。

【校】

❶文津閣本、味經書屋鈔本、陸跋鈔本「權」作「拳」。

暮冬書懷贈次膺四首〔一〕

一氣推遷星復回，人生常苦歲華催。凍雲欲雪鴈聲過，臘酒正香梅信來。晝夢每因啼鳥唤，柴門獨爲故人開。自憐衰晚無多事，心地都成一寸灰。

不住寒岩不姓龎，亦無短艇釣清江。門庭晝寂人欹枕，几案春生日上窻。五鼎甘心争逐獸，萬夫落膽看尋檑❶。何如種取東皋秫，爛醉床頭酒百缸。

多病猶憑藥可醫，若爲换却鏡中絲。人生得意一搔癢，世事循環千弈棊。幸有歸來陶令計，何須惆悵杜秋詩。慇懃田父勞相語，天命吾今不復疑。

慙愧儒冠誤此身，塗窮何假問通津。門前羅雀正吾事，牆角負暄非世人。自喜小槽長有酒，獨驚華髮不便春。知君澤畔成新築，擬荷鋤犁去卜鄰。

【注】

〔一〕又見《宋百家詩存》卷八。

【校】

❶文津閣本、陸跋鈔本、無跋鈔本「檑」作「撞」，味經書屋鈔本作「艟」。

出郭閒步〔一〕

城市不在眼，始知天宇寬。田園休歲事，風物似江干。茅屋上斜照，水煙生晚寒。徑須追野老，笑語暫盤桓❶。

【注】

〔一〕又見《宋百家詩存》卷八、《御選宋詩》卷三十七。

【校】

❶無跋鈔本、味經書屋鈔本、陸跋鈔本以「淵聖御名」四小字代「桓」。

寇彦時自歷下歸，攜古鐵刀、白石壓尺見贈，因以二詩答之

白石壓尺❶

素質並琳瑯，磨礲若截肪。動摇風莫慮，點污墨須防。色帶❷泉流潤，聲含磬韻長。願登青玉案，時助寫雲章。

古鐵刀

戰地久埋没，洪爐爲再燒。曾因土花缺，不逐血魂銷。擬借庖丁手，寧懸筆吏腰。柔鉛勿多忌，一割定相饒。

【校】

❶底本無此題目，於本詩後另行書『右白石壓尺』，今據意調整。《古鐵刀》同。

❷無跋鈔本、文津閣本、陸跋鈔本、味經書屋鈔本『帶』作『滯』。

次韻庭玉弟暮春作〔一〕

小雨廉纖春欲歸，桃花吹盡鷰來遲。閉門却有宜人處，簾幕陰陰睡起時。

【注】

〔一〕又見《御選宋詩》卷六十八、《宋百家詩存》卷八、《古今圖書集成・曆象彙編・歲功典》卷三十四。

戲贈閻漢臣廟令

香火餘金月十千，指呼巫覡示威權。如何報得君王賜，瀝酒慇懃祝萬年。

又戲贈漢臣

蕭散官資近十千，不須親舊祝無權。虎頭食肉非虛語，可待誰人報有年。

睡起〔一〕

病夫無酒破春愁，掃榻焚香作睡謀。夢覺不知身是蝶，午鷄聲裏思悠悠。

【注】

〔一〕又見《御選宋詩》卷六十八。

病中聞雨〔一〕

官居寥落禁門東❶，秋滿長安一夜風。老病不眠成展轉，五更鐘鼓雨聲中。

【注】

〔一〕又見《宋百家詩存》卷八。

【校】

❶味經書屋鈔本『柬』作『東』，誤。

弔劉孝嗣

富貴從來一羽輕，胷中萬卷復何營。囊錢盡處布衾短，謗焰息時墳草生。一日得行須有命，百年不死是高名。瑶琴掛壁凝塵滿，無復當年流水聲。

經睢陽有感〔一〕

昔日經由一夢同，高樓雖在舊遊空。東流不改當年水，白首已成今日翁。梁苑衣冠共黄壤，隋堤楊柳幾春風。扁舟莫負南來興，咫尺吴松落眼中。

【注】

〔一〕又見《宋百家詩存》卷八。

南游道中〔一〕

玉鱠金齏❶昔未嘗，幾回飛夢到滄浪。鄉關望處歸期晚，風水聲中去路長。梅使南來問行驛，鴈聲北度下斜陽。囊錢未❷盡江湖近，擬買漁舟學漫郎。

【注】

〔一〕又見《御選宋詩》卷四十九。

【校】

❶文津閣本、無跋鈔本、味經書屋鈔本、陸跋鈔本「齏」作「虀」。

❷陸跋鈔本「末」作「木」，誤。

舟行阻雨〔一〕

暮雨來何急，乘時助發生。水邊千樹暗，篷底一燈明。半夜起鄉思，空陂❶聞鴈聲。春風故留客，不爲阻歸程。

【注】

〔一〕又見《御選宋詩》卷三十七、《宋百家詩存》卷八。

【校】

❶《御選宋詩》「陂」作「波」。

道中書懷三首〔一〕

竹樹出平岸，人家藏遠煙。片帆雲度水，雙槳鴈隨船❶。緑變春回地，寒生雨後天。前塗盡佳境，得意且留連。

漸入臨淮路，移舟每問津。行行風逆水，處處雨隨人。啼鳥如留客，幽花忽見春。白魚不論價，沽酒莫辭頻❷。平野青蕪合，長橋緑樹低。客愁須白酒，春意屬黄鸝。落日鄉關遠，孤村煙水迷。清明能幾日，却過❸浙江西。

【注】

〔一〕又見《御選宋詩》卷三十七、《宋百家詩存》卷八。

【校】

❶陸跋鈔本、無跋鈔本『船』作『舡』。

❷味經書屋鈔本『頻』作『貧』，疑誤。

❸《御選宋詩》『過』作『遇』。

過盱眙宿慈氏寺〔一〕

行役經旬不自聊，强將登覽寄春醪。淮吞汴水長增急，城晛南峰不讓高。賈客正來喧萬井，夕陽初下艤千艘。明朝更作留連計，醉卧西窻聽夜濤。

【注】

〔一〕又見《宋百家詩存》卷八。

宿慈氏遥碧齋有感齋榜無咎書〔一〕

高僧邀我暫淹留，細話朱幡此屢遊。不見清談飛麈尾，空流悲淚拂銀鈎。淮山勝絶千年在，人物才華一夢休。欲作招魂弔餘恨，晚煙疏雨不勝愁。

【注】

〔一〕又見《永樂大典》卷二千五百三十五、《宋百家詩存》卷八。味經書屋鈔本無『齋榜無咎書』五字。

天長道中〔一〕

細草眠黄犢，短籬穿緑楊。春❶聲鵓鴣急，田徑蝍蛆長。地暖足春物，雨頻宜水鄉。羈懷不可話，倒橐酒須嘗。

【注】

〔一〕又見《宋百家詩存》卷八。

【校】

❶底本作『舂』，『春』據無跋鈔本、文津閣本、味經書屋鈔本、陸跋鈔本、《宋百家詩存》改。

久雨〔一〕

苦雨經旬久，溟濛勢未收。細聲來短蓋，横點透重裘。澗曲水流急，峰深雲氣浮。此行❶吾自喜，所念老農憂。

【注】

〔一〕又見《御選宋詩》卷三十七、《古今圖書集成·曆象彙編·庶徵典》卷七十九。

【校】

❶《古今圖書集成》『行』作『生』。

南峰閒步〔一〕

足健❶會真賞，眼明逃世紛。風煙入詩畫，杖屨逐僧雲。水闊天疑盡，峰寒日易曛。羇人正愁思，城角不堪聞。

【注】

〔一〕又見《御選宋詩》卷三十七。

【校】

❶無跋鈔本、文津閣本、味經書屋鈔本、陸跋鈔本『健』作『見』，當誤。

登龍游寺〔一〕

飛構❶起崔嵬，江晴宿霧開。風旛兩州見，花供❷四天來。日月依峰轉，魚龍觸石回。蓬壺在何處，更擬上層臺。

【注】

〔一〕又見《御選宋詩》卷三十七、《宋百家詩存》卷八。

【校】

❶陸跋鈔本、無跋鈔本、味經書屋鈔本『構』作『御名』二小字。

❷陸跋鈔本『供』作『共』，《宋百家詩存》作『雨』。

過虹縣有作〔一〕

老態倦羈旅，不堪行舸催。風高鳥橫度，汀轉樹交迴。雨過霧猶濕，春寒花未開。楚傖如見問，不爲米南來。

【注】

〔一〕又見《御選宋詩》卷三十七、《宋百家詩存》卷八。

過淮〔一〕

東風吹雨過淮濱，草木精神一番新。鴈起沙隄煙隔水，寺藏松崦塔招人。盪胷長憶江湖月，眯❶眼曾嫌京洛塵。誰道南來少知識，向人修竹特相親。

【注】

〔一〕又見《宋百家詩存》卷八。

【校】

❶味經書屋鈔本、陸跋鈔本、《宋百家詩存》『眯』作『昧』。

登平山堂〔一〕

斷檻欹簷風雨頻，不逢心賞爲重新。依稀疊嶂宛如畫，憔悴垂楊今復春。一闋高歌長在耳，後來佳客復何人。悠然未盡雲煙思，不見揚州十里塵。

【注】

〔一〕又見《御選宋詩》卷四十九、《宋百家詩存》卷八。

泊揚州城外

地占東南會，舟浮百貨通。惺❶忪喜淮粲，啁晰❷困吴農。借此韻。❸春唤鴈俱北，水將人更東。吾廬杳❹何在，天末暮霞紅。

【校】

❶陸跋鈔本『惺』作『愰』，誤。

❷無跋鈔本、味經書屋鈔本、陸跋鈔本『晰』作『哲』，誤。

❸文津閣本、陸跋鈔本無『借此韻』三字。

❹味經書屋鈔本『杳』作『香』，誤。

贈盱眙令王邦直

樽酒留連淮水邊，一燈相對共茫然。退閒得計我華髮，撫字有聲君壯年。幸有高情種松竹，可無餘思[1]落淮川。南金不用充行牐，古錦囊中乞數篇。

【校】

❶味經書屋鈔本「思」作「忍」，當誤。

還家有作

還家春已晚，風雨誤歸期。飲啖[1]嬉兒笑，形容吠犬疑。江山猶似夢，巾篋謾多詩。未負東園醉，桃花正此時。

【校】

❶無跋鈔本、味經書屋鈔本、陸跋鈔本「啖」字作空格，文津閣本作「饌」。

樂静集卷四

和程適正見贈二首

壯歲干名幸起家，十年蹭蹬一長嗟。憑陵初託風前鷁，淘汰終隨浪底沙。没得玄❶機問黄蘗，却將齊物付南華。感君憐我貽佳句，一段秋光照晚霞。

簿領棲遲嘆陸沉，滔滔何處覓知音。凌雲詞句豪難敵，似水交情❷老更深。鼷鼠飲河聊滿腹，白雲出岫本無心。從今收拾身閒計，洗竹鋤花日醉吟。

【校】

❶無跋鈔本、味經書屋鈔本『玄』作『元』。

❷陸跋鈔本『情』作『清』，誤。

北園書事三首〔一〕

葛巾茅屋自爲娱，門掩槐陰長夏初。聒聒難休❶鳩唤婦，飛飛不定燕將雛。繞池曳策攜雙鶴，架水澆花課小奴。麥飯滿甌葵數筯，丁寧車馬肯來無。

得喪有萬理，古今猶一區。鶴鳬元自足，蠻觸竟同枯。

十年蕭散愈身輕，弄筆翻書亦稱情。當案忽聞緣壁墮，隔池遥見啄苔行。静疑多事非求福，老覺無心勝攝生。自愛吾廬人不到，何須谷口問歸耕。

【注】

〔一〕無跋鈔本、味經書屋鈔本、陸跋鈔本無『三首』二字。其第一、第二首又見《宋百家詩存》卷八。

【校】

❶陸跋鈔本、《宋百家詩存》『難休』作『無端』。

贈子常二首〔一〕

幽蘭一曲思無涯，炊熟黄粱❶日已斜。閉户終年心似水，讀書萬卷眼生花。汗流不捨涪溪刻，糧絶猶須北苑芽❷。束帛不來人已老，衹將清白付吾家。

本無機械亦非愚，自信沉冥與世疏。一段畫圖冬卧雪，平生樂事日翻書。田園無暇供餘税，風雨何堪捲❸敝廬。笑殺貴人門下客，不逢此老曳長裾。

【注】

〔一〕唯底本有『二首』兩字。其第二首又見《宋百家詩存》卷八。

【校】

❶文津閣本、陸跋鈔本『粱』作『糧』。

❷無跋鈔本、味經書屋鈔本、陸跋鈔本『芽』作『牙』。
❸味經書屋鈔本『捲』作『倦』。

贈故人劉器之待制

文史當年共講磨，扁舟此地復經過。流年屈指夢相似❶，白髮論心喜倍多。寄眼偶懷梁苑雪，臨風猶駭洞庭波。從今燕坐參空寂❷，却笑天人被佛魔。

【校】

❶陸跋鈔本『似』作『以』，誤。
❷陸跋鈔本『參空寂』作『空寂寥』，文津閣本作『空寥寂』，無跋鈔本、味經書屋鈔本作『空寂□』。

早秋書事二首〔一〕

正晝睡方起，門無雀可羅。風池亂荷蓋，雨徑滿槐鷰。齒髮流年速，江湖歸興多。終期買船去，卧月扣舷歌。

盡日與琴語，經旬無客過。蟬移鵲争樹，魚散雨傾河。每悟酒如聖，不禁詩作魔。風聲稍蕭瑟，殘熱定無多。

【注】

〔一〕又見《宋百家詩存》卷八、《御選宋詩》卷三十七。唯底本有『二首』二字。

齒落〔一〕

孽蟲負固❶飽羶葷，摧折纔能絶禍根。每遇屠門慙大嚼，猶思夢澤欲平吞。初摇不爲脣先喪，已脱翻驚舌尚存。莫與時人作嘲笑，不如緘口學無言。

【注】

〔一〕又見《宋百家詩存》卷八。

【校】

❶無跋鈔本、陸跋鈔本、味經書屋鈔本、文津閣本『負固』作『負困』。

髮白有感

背娍❶無多日，星星已數莖。不空年可諱，端與事俱生。安得馬肝石，未嘗甘露羹。有情憐陸展，解與小兒争。

【校】

❶底本、無跋鈔本、陸跋鈔本、味經書屋鈔本『背娍』作『剪娍』，文津閣本作『剪滅』，皆誤。據《莊子注》卷九改。

早秋

大暑不可怨，秋來終有時。露驚庭鵲睡，風動井梧枝。逐客長夜感，美人團扇悲。如何陶靖節，獨與菊花期。

贈漢臣〔一〕

夫子以貧病，終身復凍飢。捉衿無可攬，數米不成炊。何以謝蟋蟀，獨能留扊扅。徒勞問倉扁，王老是良醫。

【注】

〔一〕又見《宋百家詩存》卷八。

八月十五日夜大雨

風伯遭讒不自停，鞭龍倒海勢如傾。胷中洗盡三年渴，户外敲殘午夜更。三徑名花含細蕊❶，千倉嘉穀入新耕。野人亦有充飢幸，相見春綿❷滿眼明。

【校】

❶底本作小字『闕』，『户外敲殘午夜更。三徑名花含細蕊』據文津閣本補。無跋鈔本、味經書屋鈔本作『枕底聲高帶雁聲。永夜故人留不屋』，陸跋鈔本作『夜静滿城唯雨聲。永夜故人留白壁』。

❷味經書屋鈔本『綿』作『眠』，無跋鈔本作『眼』。

九月八日雨作〔一〕

瀘滁驕陽勢已回，徧流和氣入根荄。簷間點急侵燈落，枕底聲高帶鴈來。永夜故留❶人不寐，輕寒未放菊全開。明年麥價應如土，安用登高把酒盃。

【注】

〔一〕又見《宋百家詩存》卷八。

【校】

❶無跋鈔本『故留』二字顛倒。

北園偶成二首〔一〕

游宦歸來似繫匏，偶依河渚寄衡茅。以貧爲樂漫喜酒，與世無求非絶交。倚杖静聞風過竹，枕書閒看燕争巢。却憐多事揚夫子，更爲玄❶文作解嘲。

酒昏便書榻，詩瘦怯寒葅。志大懷千駟，功高憶五湖。闕。何如一盃粥，晴日照吾廬。❷

【注】

〔一〕唯底本有『二首』二字。其第一首又見《宋百家詩存》卷八。

【校】

❶《宋百家詩存》『玄』作『元』。

❷文津閣本、無跋鈔本、陸跋鈔本於詩尾注『逸上兩句』四小字，味經書屋鈔本無注。

送春〔一〕

終日無人晝掩扉，緑陰庭草自相依。輕寒曉覺池臺静，半夜春隨風雨歸。恰似舊遊鶯獨語，畧無餘恨燕争飛。飄零不解東君意，却放楊花亂撲衣。

【注】

〔一〕又見《宋百家詩存》卷八。

有客攜扇欲予題字，因以一絶答之〔一〕

平生自笑書成癖，運墨圓毫❶日幾❷回。六角招人聊一戲，區區老媪復能來。

【注】

〔一〕又見《御定佩文齋書畫譜》卷三十三、《六藝之一録》卷三百四十五。

【校】

❶《御定佩文齋書畫譜》『運墨圓毫』作『運筆圖豪』，《六藝之一録》作『運墨圖豪』，無跋鈔本作『運墨圖毫』。

❷味經書屋鈔本『幾』作『己』。

和鮑輦七夕四絶

織女黄姑天一隅，九清飛馭盡通衢。年年須作秋風約，此事朦朧信有無。

奕奕流雲度太虚，盛陳瓜果望天衢。嘗聞刻楮三年久，一夕穿針乞得無。

如何靈匹異人間，脉脉相望卒卒還。不用蛛絲争送巧，自知得拙半生閒。

一水盈盈會合難，古今雲路暫來還。幾多靈鵲成橋去，獨有棲烏月底閒。

十月晦，過舍弟庭玉處，見諸人碁戰方酣，頃之復過，集者皆散，獨枰尚在，窗户闃然。因成三篇呈子常❶、漢臣元一聯用弓字韻，云『兵鎮侯就國，獵獲士藏弓』。後以非同韻，易之。今即録於此〔一〕

妙手固多暇，忿兵終易窮。戲餘歸一笑，戰罷失群雄。風過雨雹❷息，天明星斗空。爛柯人已去，斜日上牕紅。

一先雖自喜，百戰亦須窮。狡兔有三窟，連鷄無兩雄。霸成秦陌廣，騎去楚營空。老子無知解，頹然醉頬紅。

得失信偶爾，好謀徒自窮。前功竟何在，百戰漫争雄。昧者甘守拙，高人成悟空。不如來飲酒，聽唱小桃紅。

【注】

〔一〕又見《宋百家詩存》卷八、《御選宋詩》卷三十七。

【校】

❶陸跋鈔本、《宋百家詩存》『常』作『堂』，誤。

❷《宋百家詩存》『雹』作『雹』。

御試宿集英殿，雨過有作，呈敏甫學士

朝寒生廣陌，宿雨漲方池。霧柳和鴉重，風簾爲燕欹❶。闕。多才惡摩詰，無日不成詩。

【校】

❶陸跋鈔本、無跋鈔本、文津閣本於詩尾注『逸上兩句』四小字，味經書屋鈔本無注。

子常生日，無以爲壽。偶得團茶一餅，因書拙詩一首，藉之以獻

比年方貢競珍藏，膚理豐腴紫璧光。虬脅左迴分絶格，蒻衣十襲護新香。貴人恩澤纔浮賜，俗骨塵埃不合嘗。願作詩翁千歲❶壽，乘風聊復發清狂。

【校】

❶無跋鈔本『歲』作『載』。

迎駕〔一〕

端門萬騎錦衣紅，迤邐鳴稍❶下半空。天極奥居黄道北，瑶池歸仗五雲中。金輿影度長廊日，法曲聲回廣殿風。泗水昔年曾夢到，拜恩何幸接鵷鴻。

【注】

〔一〕又見《御選宋詩》卷四十九。

【校】

❶文津閣本、無跋鈔本、陸跋鈔本、《御選宋詩》「稍」作「梢」，誤。

喜晴寄張使君

使君仁術物同情，日望田疇祝頌成。夜滴未休心欲折，朝陽初放眼先明。比年歲熟多中上，此事邊防繫重輕。食足訟稀真可樂，時傾盃酒話平生。

無咎哀辭二首〔一〕

落落孤標氣吐虹，青雲指日黑頭公。兩行粉字平生盡，一曲龍吟萬事空。夾路衣冠如昨日，故園桃李又春風。朱絃雖在知音絕，樽酒今誰笑語同。

才屈千人未易量，妙年文采已飛揚。終身祇得一麾守，後日空留萬丈光。風馭不來成寂絕，玉樓何在隔蒼茫。可堪回首魚峰路，滿崦青松照夕陽。

【注】

〔一〕又見《宋百家詩存》卷八。

送次膺赴詔二首〔一〕

辭章泛濫昔稱雄，飄泊文園偶未逢❶。舊典鐃歌歸制作，盛時郊祀待形容。久無青眼憐高卧，新有宫詞落九重。異日錦衣還故里，却尋蓮社日相從。

青雲初上萬人看，中路摧頹鎩羽翰。一日馳聲動黃閣，幾❷回飛夢繞長安。翩翾丹鳳來天上，寂寞雙松倚歲寒。自笑白頭冠尚在，十年塵土不堪彈。

【注】

〔一〕唯底本有「二首」二字。

【校】

❶味經書屋鈔本「逢」作「窮」。

❷味經書屋鈔本、陸跋鈔本「幾」作「己」。

次膺哀辭三首〔一〕

翻然矯首奉恩除，却似當年擢第初。憔悴九衢林下客，光明一軸錦裝書。馮陵河岳才無敵，繪畫乾坤思有餘。方板赤虯何太迫，君王曾未識相如。

平昔紘觴浪自怡，暮年薦鶚有新知。蛾眉翻作黃昏哭，樂府空傳白紵詞。上國音塵隨夢斷，東山蕭輓❶結秋悲。風亭月❷觀依然在，遼鶴歸來復幾時。

行止非人不自謀，飄然一葉信沉浮。躊躇去步迷三徑，奄忽平生閉一丘。韶樂已聞更雅奏，瑤池尤喜近中秋。無人解寫昇平事，惆悵騎鯨去不留。

【注】

〔一〕又見《宋百家詩存》卷八。

【校】

❶底本作『管』，『輓』據陸跋鈔本改。無跋鈔本、味經書屋鈔本作『挽』，同『輓』。文津閣本作『瑟』。

❷陸跋鈔本『月』作『目』。

雨後二篇〔一〕

苦雨幾十日，滿庭多土花。行螺上牆屋，倒竹卧泥沙。澄景生凉吹，晴雲變晚霞。却愁清夜夢，無計逐池蛙。

一氣不自息，四時如轉丸。月流天宇静，風掠葉聲乾。紈扇已謝事，莎蟲將戒寒。登臨偶有得，不復計悲歡。

【注】

〔一〕又見《宋百家詩存》卷八。第一首又見《古今圖書集成·曆象彙編·乾象典》卷八十三。

贈漢老姪琴

鄒❶嶧孤桐不可尋，汧公舊斵萬黄金。顧余久有沉舟志，知子嘗懷欲炙心。便好安絃求妙趣，不須變雅作新音。席間弟子來傾耳，爲問何人屬意深。

【校】

❶無跋鈔本、文津閣本、陸跋鈔本「鄒」作「鄭」，誤。

某氏挽辭二首〔一〕

翟茀朝初罷，升堂拜已非。凝塵孟光案，灑血老萊衣。奩鏡悲鸞舞，庭萱感露晞。西風原上路，無復板輿歸。

主饋齊家道，羞蘩肅婦功。疏封秦大國，致養漢三公。世事哀榮極，人生夢幻空。夫人篤好内典。慈顔不可望，彤史有遺風。

【注】

〔一〕又見《宋百家詩存》卷八。

樂静集卷五

記陵冢

陵冢在城南，《圖經》云即王陵母所葬也。案班固《漢書》，高祖入咸陽，陵聚黨數千人居南陽，不肯從沛公。及漢王還擊項籍，陵乃以兵屬漢。項羽取陵母置軍中，陵使至，東向坐陵母，欲以招陵。陵母既私使者曰：『願爲老妾語陵，善事漢！漢王長者，無以妾持二心。』遂伏劍而死。陵卒從漢王定天下。

嗚呼！聖人不作，禮義大壞。君子猶不篤於自信，而閨門女子之行能勇斷不惑者，蓋亦鮮矣。如衛女之思歸，共姜之不嫁，其風烈足以悟動衰俗者，又❶蔑然無聞焉。陵母生於暴秦之世，出於閭巷之賤，未嘗聞風人之詠嘆良傅姆戒告之言，一旦知其存亡去就之義，而引決於死生之際，豈非賢婦人耶？

天下大亂，群雄競逐，市井氣俠小人望風託附。傾貨財，棄墳墓、妻子，冒矢石，披荆棘，甘心萬死之地，而助爲刀俎，所幸封侯鼎食，顯名一世爾。及乎禍亂已定，束手就戮，猶强梁不屈，謂失則爲賊，而犬吠非其主，奚不愧於飛鳥擇木之智哉。

昔嫠不❷恤緯而憂周之亡，齊女見宣王而發四殆之嘆，當其禍見於已形，智生於憂患，何足多也。秦鹿未死，劉、項相持，一起一仆，謀臣猛士睥睨於兩可猶豫之間，此能陰知其成敗之理，而以死明之，信可謂賢婦人矣。

高祖起沛中，委身同患者多鄉閭握手之舊，獨張良以兵法試之，知其能用，遂從而不去。較之陵母先知之言，猶有間焉。夫范增不知項羽殘忍多忌，非天子之度，而區區與漢争王，至其言再不見用，乃曰：『孺子不可與謀！奪天下者，必沛公也。』其後，疑間一行，竟以疽死，何覺之晚耶。曾意奇計之士，不及一婦人，悲夫。然究觀其情，斷頸不辱，由無累而明爲人指蹤者，以私欲害之也。

【校】

❶無跋鈔本、陸跋鈔本『又』作『文』，文津閣本作『久』。

❷無跋鈔本無『嫠』字，味經書屋鈔本無『嫠不』二字。

録僧惠泉事跡

惠泉，彭城人，住南臺閣子院。性孤狷，不妄與人交，知名士多就見之，一與之語落落可喜，數親之則拒而不應。義學超洽，慕唐人爲詩，得趣清淡。

淳化初，曹彬緣珥德超之譖，出領節制，閉閤謝客。孫何自京師來，久不得見，以詩自誚云：『欲謁元戎無紹介，薛能詩板在雕❶堂。』異日登南臺，聞惠泉高槩，扣其門，一見如舊，館於其廬，饋勞加厚，將歸，贐以裘馬。後二年，何爲進士舉首，第二人路振官彭門。何盛稱泉好義甚篤，不求人知。振下車，攜僚客詣焉。其徒曰：『前二日聞公來，已遊二浙矣。』振留詩壁間曰：『漢公嘗説惠泉師，解講《楞嚴》解賦詩。今日我來師已去，草堂風雨立多時。』至今彭門之士語方外之游者，多及泉焉。浮屠氏法：不三宿桑下，棄父母妻子如腐泥朽梗，斷割支體能忍而不愛。若泉之志，可謂善行其所學矣。

嗚呼！士忘其所學者，不能力行義命之説，而養其不動之勇，牿[2]於聲利，膠於事變，顛倒潰亂，撼摇煎爍，如被壞絮坐叢棘中，展轉鈎裂，不可復出。一聞浮屠氏之説，瞪目垂頤，恍若夢覺，遽欲忘形骸、脱世故，而翻然與之遊。此自信不篤之過矣。是猶燕人歸過晉國，悲其城社而忘其真先人之廬塚，此之謂失其本心，亦泉之所笑者也。

【校】

❶味經書屋鈔本『雕』作『鶚』。

❷味經書屋鈔本『牿』作『結』，當誤。

跋秦系詩

右東海釣客、試秘書省校書郎秦系詩，一在南臺懷古堂，一在佛殿東。《唐書·隱逸傳》：系字公緒，會稽人。天寶末，避亂剡溪，北都留守薛兼訓奏爲右衛率府倉曹參軍，不就。客泉州南安，刺史薛播數往見，系不肯一過門。張建封聞系不可致，請加校書郎。以傳考之，系未嘗至彭城。今在此有《登戲馬臺》詩，疑其感事託賦，不然酬建封之作也。

比有客自泉南來歸，出系詩三十六篇，號《秦隱君集》。吕縉叔序其本末，與傳粗合。傳云：東度秣[1]陵，年八十餘卒。序：貞元[2]十六年，過丹陽，不知所終。此差繆異爾。系辭意清遠，諷而不怨，有古詩人之風。一時與遊者錢起、韋應物、劉長卿、鮑防、耿湋，皆知名士，獨權德輿深愛之。非所謂大音希聲，大味必淡者歟。

夫山林、朝廷之士，未嘗不兩忘而更笑。故纓冠濡足則譏耕釣爲亂倫，枕流漱石則薄軒裳爲喪我，不得不然也。若夫道不足興世，才不足任物，幸功名，誇權利，睢盱於頹波末路間，降志愁精而不知悔。彼方且杖藜引嘯於岩石之上，忘形巾屨而注想雲漢，視此輩擾擾，蓋蔑然矣。

余嘗讀系詩，至於『老年唯自適，主事任群兒』，慨然竊嘆，有味其言。則知系之肥遯，蓋有所不爲而後去，非沽激喜名者也。世俗之人，猶欲以半通之綬[3]繫而拘之，難矣。

【校】

[1]文津閣本、味經書屋鈔本『秣陵』作『秫陵』，陸跋鈔本作『林陵』，當誤。

[2]味經書屋鈔本、陸跋鈔本、無跋鈔本『貞元』作『正元』。

[3]味經書屋鈔本、無跋鈔本『綬』作『緩』，誤。

記白鶴泉

臨角門外折行而西二十步，有石井曰『白鶴泉』。野老云：昔有兩白鶴，翔唳而下，因以名焉。泉舊在老子祠，咸[1]平中侍御史趙及築新城，限於其外，自是泉與祠異處，人或不知也。眉陽蘇公來守此邦，治公之餘，抉奇摘古，以寓吟嘯。初得泉焉，味甘色白，於茶尤宜，以謂『雖不及惠山，而不失爲第三水』。人始稱之。

世傳陸羽、張又新《水記》，次第二十種，多出東南，北州之水，棄而不載。一旦蘇公獨爲詮賞，而北人不甚喜茶，雖知之弗貴也。惠山當二浙之衝，士大夫往來者貯以罌瓶，以籜封竹絡，漬小石其中，犯重江、涉千里，而達京師。公侯之家，華堂錦案，招一二貴人，出龍團鳳餅，次第而烹之，雖醴泉甘露，不足比名。

斯泉也，棄於路隅，人足罕至，雨潦浸灌。牧兒餉婦，驅牛馬，負甕盎，飲濯其旁。七月、八月之間，草深苔滑，蝸螺鰌鮒曳泗自得，道上行旅渴不得嘗。歲時遊人過者，既乏瓶綆，一照眉髮而去。蒙煙墜露，涵沙浮梗，以寒冽自持，而不能争名於甌鼎之間，良可悲也。

天下之物，貴於近人，而賤於遠俗。人之常情多隨少執，競於群衆之所趨，而不察君子之獨好。此幸、不幸所從來，而其致不能一也。嗚呼！物固無求於世，爲士則有義命者也。

【校】

❶味經書屋鈔本『咸』作『成』，誤。

辨戲馬臺

城南有山，建佛刹其上，徐人謂之『戲馬臺』者也。宋高祖九日登此臺，賦詩燕集，故事風流，至今存焉。

眉陽蘇公嘗考之曰：『山石犖确，不可以戲馬。其南有亞父塚，疑即故臺也。』余少遊濡須，過范增❶墓，喬木翳日，祠宇無人，里人嚴事之。後讀大歷中張譓《法堂寺鑄鐘記》，考其地，今臺乃鳳凰山。以此知塚即臺，實非塚也。推其附就之始，出於小人好勇，喜於犯險，以誇其氣俗。不然，騷人逐客據登覽之勝，壯山河，悲故國，借其一弔焉。二者之情不同，其於狥名失實一也。

夫弄劍者劍殺之，狎水者水溺之，吾終不知羽戲馬邪，馬戲羽邪？當其馳騁自若，顧瞻叱咤，縱横出没，思欲憑風雲、超日月，南驤五嶺，北踶燕❷代，秣❸流沙而飲碣石，其志亦雄矣。故屠咸陽，收鉅鹿，震讋三軍，氣横宇内。將諸侯兵三十萬，畧河南而西，阬秦士卒，降子嬰，燒咸陽宫室，分王諸將，如左如右。指麾畧定，投策故鄉，以幸休息。

而漢王徐躡其後，張良陰制其鞅，田榮、彭越驅逸毚而驚之。矍然復❹起，雖蹴城陽，蹢躅於成皋、廣武之間，力殫氣褫，乃約漢王中分天下，而志❺局矣。至於烏江之困，不能加一箠而東❻，謂亭長曰：『吾騎此馬五年，所當亡敵，吾不忍殺，以賜公。』噫！未之思也，胡不曰：『使我恃鬭、忌人謀❼而失天下者，此馬也。殺之，以祭居巢老人。』如此，則後世君子猶善其知悔焉。

【校】

❶味經書屋鈔本『增』作『睢』，當誤。
❷無跋鈔本、文津閣本、味經書屋鈔本、陸跋鈔本『踶燕』作『蹄蹀』，當誤。
❸無跋鈔本、文津閣本、味經書屋鈔本、陸跋鈔本『秣』作『秫』，誤。
❹味經書屋鈔本『復』作『後』。
❺無跋鈔本、陸跋鈔本、味經書屋鈔本『志』作『諸』，當誤。
❻味經書屋鈔本『東』作『束』，誤。
❼味經書屋鈔本無『謀』字。

記殘經[一]

南臺古刹有佛書數百卷，多唐季、五代時所書，字畫精勁，歷歷可喜。按《大藏經目》，凡五千四百卷，今所存纔十[1]一，首尾可讀者又無幾也。

《阿含經》四卷[2]，泰寧軍節度使齊克讓造。廣明元年，劉漢宏合黃巢侵揚州，高駢按兵[3]不出，詔克讓屯汝州。會許州部將周岌[4]殺其帥薛能，克讓懼下[5]叛，引其軍還兖。十二月，巢攻潼關，克讓復出戰關外。士飢，燒營以譟，克讓遽走入關，勢不能守，賊遂犯京師。昔王縉相代宗，或夷狄[6]入寇，必合衆沙門誦《護國仁王經》爲禳厭，人事不修而終以賕敗。嗚呼！將相大臣，不能以身任社稷安危，而託浮屠氏以生死，負天下多矣。然辱國喪師，不罹誅殛之禍者，又何幸也。

《正法華經》一卷，乾符六年女弟子[7]牛妙音書。僖宗既立，天下多亂，盗賊群嘯。王仙芝摇毒於江湖，黃巢磨牙於閩粵，荒墟暴骨，不堪行路。士大夫顧唐將亡，竄匿避禍，如觸網罟，畏死無日。閨門女子，區區媚佛以自救，亦可哀矣。

《大[8]涅槃》《般若經》共[9]三十卷，武寧軍節度使朱友恭造。友恭，全忠養子李彦威也，後爲龍武都統軍，與氏[10]叔琮同弑[11]昭宗。全忠亟誅之，以滅天下謗。此經天復三年所書。崔垂休召全忠誅宦官，韓全誨劫天子奔鳳翔。昭宗初不知謀，全忠既至，帝怒，諭使還鎮。未幾，復引兵薄城下，惡焰赫然，寖逼輿衛。强藩悍鎮，陰虞爛額之禍，進退首鼠，莫肯同出一手，以扶天步。全忠禍心滋大，欺天盗國，人共怨怒。友恭猶詭情[12]佞佛，以厭天下耳目。使世無佛則可，果佛能報應人，則又將欺佛而盗福[13]，不亦愚乎？

《毗柰[14]耶雜事》一卷，德妃伊氏造。唐莊宗次妃。初，神閔敬皇后劉氏以微賤得立，歸賜於佛。性喜聚斂，貨賄山積，惟寫佛書，饋賂僧尼，而士卒不得以衣食。妃爲此經，豈非畏后所偪耶？後有印章曰『燕國夫人伊氏』，蓋未進[15]封時所鑄[16]也。唐制：太后、皇[17]后之寶，皆尚寶主之，未嘗用印。凡封令書，即太后用宫官印，皇后用内侍省印，而夫人不聞有用印之禮。是時，兩宫交通藩鎮，使者旁午於道，而恬不知禁，則夫人私自鑄，亦不爲僭矣。

按《五代史》稱德妃與韓淑妃居太原，晉高祖反時，爲契丹所虜。不知是經何從至也。其餘中斷横裂，蟲鐫[18]鼠齧，雨敗塵腐，無復完綴。想夫飄散蹂藉，炷燈拭案，補壞帷、塞屋漏者，又不勝其數也。釋氏之戒：能爲人寫四句偈，獲福無量，心生不信，罪抵千劫。今其徒怠棄如此，何頑頓之甚也。不然，禍福自人，不在於黄藤赤軸之間耶？余感其禍亂之迹、殘缺之餘，因書其事，聊寄其一嘆云。

【注】

〔一〕又見《清源文獻》卷十二、《宋文鑑》卷一百三十一、《曹南文獻録》卷六十。

【校】

❶《清源文獻》『十』作『有』。

❷《清源文獻》『卷』作『本』。

❸味經書屋鈔本『按兵』二字顛倒，誤。

❹底本、味經書屋鈔本、陸跋鈔本、無跋鈔本、文津閣本作『芨』，『岌』據《舊唐書》等改，《宋文鑑》作『公』。

❺《清源文獻》『下』作『不』，誤。

❻文津閣本『夷狄』作『邊庭』，《宋文鑑》作『邊兵』。

❼《清源文獻》『女弟子』三字爲小字注文。

❽陸跋鈔本『大』作『夫』，誤。

❾無跋鈔本、文津閣本、陸跋鈔本『共』作『若共』，味經書屋鈔本作『復共』，《清源文獻》無此字。

❿《宋文鑑》無『氏』字，《清源文獻》誤作『民』。

⓫《宋文鑑》《清源文獻》『弒』作『殺』。

⓬《清源文獻》無『情』字。

⓭《宋文鑑》《清源文獻》『福』作『禍』。

⓮底本作『荼』，『柰』據《宋文鑑》《清源文獻》改。味經書屋鈔本似作『祭』，無跋鈔本作『夸』。

⓯《清源文獻》『進』字下衍一『進』字。

⓰《清源文獻》『鑄』作『制』。

⓱《宋文鑑》《清源文獻》無『皇』字。《宋文鑑》『唐制』後作『太后置之寶皆主之』，他本作『太后（皇）后之寶，皆尚寶主之』。

⓲《宋文鑑》『鑴』作『蝕』。

記劉向冢

酈道元《水經注》云：汴水西十五里，有楚王山。自楚元王後，世葬於此，凡十三冢，皆結石爲之。今向冢獨在城北五里，蛇穿冢罊，斷垣破甓，茅棘蕭然。疑其世非襲封，不得與先王之兆域，而爲別冢故也。

向，元王之玄❶孫，以經明行修擢諫❷大夫。蕭望之、周堪以向忠直，薦於朝。元帝懦昏，小人比德，許、史以外戚干政，恭、顯以近倖盜權。向肺腑之親，乃心王室，抗危言、吐孤憤，必欲推拉❸小人、拔天下正直之士在帝左右，以清天憲。方群邪側目，相與攻詆，勢不能支，初下獄，再免❹爲庶人，終十年見廢。蕭望之、周堪皆被誣自殺，向獨得不死，而志亦不少衰，可謂忠矣。惜乎既以身當怨，毅然特立，不能暴小人之惡，揚於王庭，以動天下之公義。及使外親上變，而戒帝無漏言，彼所以揣其不足畏，而又欲擠之者也。當是時，韋玄成、貢禹以經術位大臣，不能助善排惡，爲向明區區之義，指以爲罔上不道。由此觀之，爲向之言者，果亦難矣。

厥後，成帝沉於内嬖，王氏專制威福，上下之勢將轉衣爲裳，忠臣良士惴惴懼禍。向引《春秋》變異，欲以劫其心，而終不省其一二，豈言有所未中歟？趙氏殺太子，國嗣屢絶，當此之時，因❺以天性不忍之愛、父子之至情，引諭禍福，指明治亂之漸，庶幾惻然知悔焉。

夫震雷變色，作於須臾，蜂蠆螫手，終身戒之，何則？遠於人者，不必甚畏，而迫於所愛，則惟恐傷之也。若向之博極群書，議論不詭，與董仲舒、揚雄、司馬遷相先後，可謂命世之才矣。於今洙泗之上，士多博洽、廉靖樂道者，蓋向之遺風云。

【校】

❶味經書屋鈔本、無跋鈔本『玄』作『元』。

❷文津閣本『諫』下有『議』字，誤。

❸味經書屋鈔本『拉』作『位』，當誤。

❹味經書屋鈔本『再免』二字顛倒，誤。

❺味經書屋鈔本『因』作『囚』，誤。

録張祜詩

勝因禪院有王智興詩刻，凡十餘篇。最後處士張祜酬智興詩曰：『更有柱天功業外，李陵章句右軍書。』

智興，本徐州牙兵，屢擊李師道有功，爲沂州刺史。長慶初，河朔用兵，充武寧軍節度副使，領河北行營。朝廷用崔群爲武寧帥，群畏智興難制❶，密請追還京師，未報。會赦王廷凑，諸節度班師，智興還，群遣僚屬迎之，戒吏士委甲。智興斬關以入，殺異己者十餘輩，然後謝群曰：『此軍情也。』群爲治裝，去。智興以兵衛送還朝，至埇橋，掠鹽鐵院，劫商旅，逐濠州刺史侯弘度。朝廷方罷兵，不能討，詔以全節付之。祜所謂『柱天功業』者，既已誣矣。字畫抵捂❷，如刀筆吏所爲，詩句淺惡，甚於里巷小人嘲哢❸不根之語。祜比之李陵、右軍，又不情之甚也。嘗讀杜牧與祜詩，以謂『千首詩輕萬户侯』，此豈足以輕萬户侯耶？

唐自元和以後，士人多以辭章遊王公之門，謂之『投卷』。所幸者，大則薦聞於朝，小則資以賕貨。士之急於人知，無甚於此時也。戰國之士，挾持詭説以摇諸侯，一見而爲客卿，再見而爲國相，在則令人安，去則令人危。全城廣地獻於朝，白璧黄金將其後，較其所得，止足以咤怨妻、賣仇女，後世謂之『賤丈夫』。況夫彫畫章句，卑辭斂衽，以幸一顧之價，而自信於終身，其視賤丈夫猶十百也。習俗之弊，使人如此。嗚呼！信道不篤，喜於自媒，能不以[4]美言爲禽犢者，寡矣。

【校】

❶味經書屋鈔本、文津閣本、陸跋鈔本『難制』作『蹇捍』。

❷味經書屋鈔本、陸跋鈔本『抵捂』作『抵梧』，文津閣本作『牴牾』，同。

❸底本、無跋鈔本、文津閣本作『調』，『啁』據陸跋鈔本、味經書屋鈔本改。

❹味經書屋鈔本『以』字後衍一『禽』字。

説二洪

泗水有二洪，自城南五里曰『百步』，下『百步』六十里曰『吕梁』。『百步』言其長之數，『吕梁』則見於《莊子》者也。鉅野之北，衆水合并，滙爲大澤。大澤之水又決爲兩支：一則北過於汶，循齊之右足而入海；一則南過於沛，走彭城之脅，達於淮而入於海。由沛而上則謂之泗水，泗與汴交流，爭於兩洪，如吐於咽嗌之中，怒不得逞，此湍險之患也。

夏秋之交，時雨暴集，不辨牛馬；霜寒水落，巨石磥砢，如伏鬬士布陣馬。水之來也，左旋右折，而突出於兩翼之間，騰踏披揚而出。立而睨之，股摇目轉，疑與之俱靡。瀕河之人，狎水如陸，御舟如馬，習於疾徐、上下之數，挾以專利。行人往來，一聽其可否之説，少不當意，則操篙却立，負組鞭牛而不顧，其用情酷矣。

景祐中，李文定公遇水大涸，起徒千人，火烈而醯❶沃之，批以巨鑿而排以飛搥，雖不能盡去其害，而勢亦少洩。後之議者，必欲行公之志，使之淤漫安流而後已，此睫❷論也。夫泗之爲水，若江漢之有源也，游而無節，則不數晝夜而竭，安復有舟楫之利哉？人且車矣。

夫天下之事，有人力所不能争者，皆天也。世俗之人，必曰前人所未至，而天下之智無易於我而力爲之，其克濟者鮮矣。自古功名之士，好爲奇智，拂天下之公是，强所不能以成其私欲，未能以三爲四，而其末流卒至於大壞不救。由是觀之，莊周塞聰攦拍之論，良有取也。

【校】

❶味經書屋鈔本『醯』作『溢』，無跋鈔本、陸跋鈔本作『醯』。

❷底本作『迂』，『睫』據味經書屋鈔本、陸跋鈔本、無跋鈔本、文津閣本改。

録德宗詩

唐德宗賜張建封詩，皇太子誦書，在太守治事堂之東。貞❶元四年，拜建封徐泗濠節度使，以備李納。十三年，朝京師，帝不待日召見延英殿，建封賦《朝天行》以獻。將還，帝賦詩以餞之，即此詩也。

德宗性猜忌，諱過愎諫，甘心姦諛。用盧杞爲相，賊殺賢士大夫，流毒于民，天下側目，欲食其肉，猶曰『我未見其姦邪』。其狠暗可知矣。奉天之難，大器幾覆，殘家破國。出於心寒股栗之餘，深自懲創，始行姑息之政，優恩曲遇，如撫藉兒女，欲以結强臣、悍帥之心，而方鎮日益怙亂，唐之威令自此微矣。

建封以忠力自明，寫情帝側，故歡然眷與，動其忠槩，親製其辭文，使儲后書之，可謂異數矣。然自貞元以來，忠佞不分，誅賞無信，予奪不專於天子，其失民心、誤天下，非一日也。四方幸亂，兵拏不解❷，四凶二孽，煽禍相戛，朝廷出師問罪，如持三尺箠，行群虎狼中，既驅於前，已攫於後，豈建封一手足之力所能捍哉！

觀德宗初用陸贄於艱難奔播之中，能聽其言，引過自歸，以謝天下，故詔書所至，武夫暴卒無不感涕，毅然宣力。戡復之功，贄有力焉。及事平之後❸，蔽裴延齡之讒，遽欲誅之，其忍戾不仁如此！反欲以方尺之紙、膚革之言，以起天下之義心，芟除根柢之患，固已難矣。嗚呼！自古君臣相與之際，無漢高祖之大度、光武之赤心、唐太宗之知人，猶以功業望人者，雖行道之人猶不信也。

【校】

❶無跋鈔本、文津閣本、味經書屋鈔本、陸跋鈔本『貞』作『正』。

❷味經書屋鈔本『解』作『辭』。

❸無跋鈔本、味經書屋鈔本、陸跋鈔本無『後』字。

樂静集卷六

濟州真武殿記

北極大帝位紫微垣，左右四將，真武在其序，明威正一，實帝之司殺者也。按《太上真武經》，元始天尊於上元天宫，説無上至真妙法。時魔鬼流行，横毒人命，幽冤之氣上蒙天闕。有北方大神將號曰『真武』，能以正法祛攝邪厲，即以符召之，付之鹹滅。生人既安，乃復其位。大無量心，不斷仁濟，晦朔之間，一降真馭，蕩除不祥，扶翼廉善，故尊事祈報之禮甚虔，而度危拔厄之功著見非一。

天禧二年，有龜蛇見於都城東南隅，即真武之負足神也。居民不日建堂其上，以表異之。有泉湧其側，病者謁之，一飲良愈。詔遣中使，度地置觀，名曰『禪源』，加真武號曰『靈應真君』。凡神降之日，公侯貴人、宫闈戚里、朝士大夫、閭巷庶人，屏居齋戒，奔走衢路，摩肩擊轂，争門而入，歲以爲常。

方州小邑，間設祠宇，寖久不治，雨漏塵委，狐鼠穿穴，靈響寂絶，無所憑附。大家富室，猶能虚館，寓嚴器、飾薰被，汎掃以迎其來。下里寒陋，敗帷破屋，父子喧呼，腥穢不除，欲望雲旗、聞風馬，九天寥寥，區域萬里，果何在也？夫大淵空谷，窅然静深，如有神物，使人色動形悚，無敢狎侮，有所畏故也。是心也，人誰無之？顧作之何如耳。

天慶觀舊無真君祠，奉議郎陳公縠語道士史知真曰：『天之威神，位在黄籙。汝知日誦其經，不能爲人請福，亦黄冠之罪人也。余願以月俸三十萬造真像，寄位三清之側，以示警發。度材聚工，峙基結宇，汝之責也。』知真領其語，因謁諸里人。有河東薛洙者，士族子也，歡然應之曰：『此吾志耳。』相與風曉善類，積錢一百三十萬。度東南隅，爲殿四楹，涓日之良，作大醮設，以奠神位。劍芒霜冽，目采電射，玄❶衣矯首，赤靈吐舌，天丁、玉童，猛厲静莊。旗旛飛揚，微風觸人，香嬰上騰，髣髴雲霧。

衣冠士庶羅立庭下，拜而升，拜而獻，獻而祝，又拜而退。踧踖屏息，無敢噫唾，如負山嶽、如臨崖谷，猶恐神之不享也。非有畏心，孰能使之？方斯時也，志專氣柔，五官無邪，七情不競，恍惚之間，影動響觸，莫知神之所以來也。如是者，特須臾之感耳。幣焚器徹，飲福言歸，行路顧瞻，不見可畏。嚮時之心，寖爾迷滅，神之去人，亦復遠矣。

神行乎空虚，遠之不得疏，近之不得親，因人之心，爲之去來。故化材以成象，因象以致其心，此奉祠之意也。人能有常心，不變不惰，如獻祝之際，日勵而時出之，無入不爲善，則神將保汝，爲福無窮。事之順適者，不祈而獲，顛危疾苦，必有以振。虎符不飛，靈劍不試，伏妭飛疰，嘯梁瞰室之禍，無得而憑陵矣。凡諸邦人，儆戒無忽。

政和五年四月二十日記。

【校】

❶無跋鈔本、味經書屋鈔本、陸跋鈔本『玄』作『元』。

徐州巽臺記

徐，古大州，氣象雄奥。面抱巨峰，背負連嶂，汴泗走乎兩肋，長洪齧於衿領之間；重岡鈎阜，夾曳旁立，如鬭如逐，如邏如遏，雖欲放觀長想，意已迫矣。州之東南，地勢委靡，紆以平林，演以廣隰，山舒而水緩，悠然逝隤。然止如大路馬，安安徐步；如隱君子，偃卧退匿，可望而不可及。使人心目暢達，而不病乎拘底，獨此一隅爾。鳳山僧行介，即其居之餘址，疊石爲臺，崛然百尺，以直其隅。憑陵半空，睥睨孤刹，東南之勝，交薦於臺上。臺上之觀，委虵而無窮也。

凉秋八月，金氣既明，草木鮮静，天宇空澈，太守王公率傣屬，登其上而讌飲焉。是時也，微風飀飀，墮乎欄檻，飄飖乎衣裾，颯然撇巾髪而過也。煩昏頓祛，神爽超發，邈焉引覽，千里在睫。况練光之横溢、紺螺之明滅，飛帆欻見，孤鶩乍失。不舟不轂，以意爲適，直將跨流雲於蒼莽，軼征鴻於泬寥而後已也。公顧客曰：『異日有此樂乎？吾欲據東南之會，名此爲「巽臺」，非特辨方配物，又以表吾之所樂也。』

有客曰：『巽之名則稱，所以爲巽之説，竊爲公發焉。解倥偬而攬高明，逃諠嚻而接遐曠，欣於暫得而横謂之樂，非樂也。今夫肆目之所逐，快心之所適，觀滄海之浩茫，識閬崑之縹緲，搏扶摇，攬膠葛，浮河漢而問津於牛女，猶未厭也。須臾，思窮力怠，摧頹却顧，盃案狼藉，人語聒聒，曾未離乎一席之上，已愀然不悦❶。及乎風霾暴勃，霧雨迷塞，天寒日暮，不可竚立，嚮來之樂，顛倒潰亂，不可復覩，而憂隨之矣。大哉樂乎！古之爲道者，不交於物，意無所至。收耳目之役，闢吾神明之舍，冥乎至虚，以六合爲内。如此，則高明遐曠，無時而不與吾俱存，又何能終日栩栩，從物飛揚而不返哉。故《易》曰：「巽，入也。」』

【校】

❶文津閣本『悦』作『説』。

真樂堂記

李子以書乞墨竹於眉陽先生，先生不妄許可，得李子之言喜而不拒，作大小竹石二番以貺焉。李子再拜而受，正顔色而觀之：柯葉翛勁，聳動偃仰，風雨霜霰所不能凌；廉角竅缺，盤礴屼嵂❶，百夫不可轉也。一日而神動，二日而心化，三日不知形骸之所忘、意慮之所得，彷徨顧步，如恐其忽然失之也。當此之時，雖疾雷不驚，飄瓦不觸，况乎睡寐、飢飫、晦暘、寒燠所能覺哉。

先生謂李子曰：『君豈復事此兒女子喜好者也？』先生道德高重，冠服天下，歉然猶以兒女自處，則眇乎不足數者，非敢與知也。富貴聲色，得之則淫溺怠傲，不得之則窮日力而争，此壯者之所好也。飴蜜梨栗得之則莞爾而笑，不得則雖若有失而不知所怨，此兒女之所好也。及夫愁精、摇思、昏病、羸僂，雖堂堂之軀，未嘗不爲兒女之所輕。挾懷咀嚼，叫呼相擲，雖三尺之子，未嘗不爲壯者之所嘆。

二者之好，果誰樂邪？然而壯者之好無窮，兒女之好易足，吾以易足者爲真樂。夫爲天下所笑，必以笑天下者也；爲衆人之所棄，必亦棄衆人者也。物我未定，不可奪此而與彼，則姑從所好，吾豈知有物哉？今以先生石竹掛於坐，因名其堂曰『真樂』，且以成先生之貺，而不敢忘也。

【校】

❶無跋鈔本、味經書屋鈔本『盤礴屼嵂』作『盤礴瓦嵂』，文津閣本、陸跋鈔本作『盤礴瓦硉』。

葬遺骸記

元豐壬戌，京師之東，自春徂夏，連數州不雨。徐於他州，獨屢飢而旱甚，故其民尤病。太守高郵孫公，哀民之久窮也，寤寐如疢，憂見言色。凡山川之在境内與其佛、老子之祠，不以遠近疏數，皆躬請焉。至於『徙市』『舞雩』之法，亦復爲之。雖雲徂雷升，徬徨迴薄，拒城四五十里輒止，疑若有所忤而却者，人莫知也。

是時，民以艱食，往往盜發荒塚，取故塼以售，日或百數。州有書生江天錫，能道晉相和魯公凝記夢事，因客以獻，請公加禁罰。公聞之惻然，翌日下令，戒民毋得發塚，期以不貸。遣校吏拾野中遺骸，得一百八十餘軀，葬於城南官之廢地，爲之祭告而後掩焉。後三日大雨，一夕而足。

初，魯公微時，偶歲旱，夜禱於家庭。既寐，夢遊新橋頭，數十人聚語道上，若弔若賀者，怪而問焉。前一人對曰：『吾昔居賓德坊，開運二年死，葬於金山之陽。吾之閭里附金山而葬者，八十餘家，歲遠子孫淪亡，祭祀不主。無理之人，輒破墓暴骸，斂陶甓以爲貨，悠悠之魂，無所棲息，故冤哀之氣，上薄於天。帝實震❶怒，踰時不雨，使彼方之民，愁餓危蹙，爲吾等報也。然來者猶未已，吾方得理於帝君，能爲我言諸守長，可爲之禁而歸吾故宅，庶幾可和陰陽，回帝怒，而致膏澤焉。願公無忽！』魯公寤，即以書抵在位者，如其言而爲之，果驗。

夫鬼神之難知也，久矣。知道者，不必窮諸形聲而後信，以理推之可也。孔子嘗謂子路：『未知生，焉知死？未能事人，焉能事鬼。』信乎死之與生，鬼之與人，雖陰陽晝夜所役之不同，要之情狀，猶未離乎其類也。夏凉冬温，燕居燕寢，覆其體膚，藉以莞簟，一有不足，則通夕不寐。及其爲鬼也，毀其室宅，暴其支首，凄風烈日，無以自蔽，豈獨無人之情也哉。

世固有賤死而蔑鬼者，與其自戕也，特一間耳。昔東海繆殺孝婦，三歲枯旱，後太守得其故，祭孝婦塚，天立雨，歲即大熟。以此推之，掩骼之報，固不疑也。雖然，君子之用心也，不期於巫祝之説，亦曰仁而已矣。達吾不忍人之心，致吾誠而爲之，若夫報施之端，有無之理，不必論也。大矣哉！孫公之仁，其利溥也，明有以振其生，幽有以安其死。輒書其事，以聞諸四方士大夫之仁者，庶幾公之澤益廣焉。

元豐四年七月日記。

【校】

[1]無跋鈔本、文津閣本、陸跋鈔本『震』作『振』。

任城修佛殿記

至人無形，合宇宙以爲形；大道無寄，因萬物以爲寄。形無所窮，則不可思，寄無所在，則不可致。若夫游想於恍惚之間，假名於真寂之外，所見非見，所得非得，是猶鑿地求天，止能見影，尚何足以覽太[1]空之寥寥，指靈明於無礙者哉？

西方有聖人，號其身爲千百億化身，無往而不通，號其法爲大寶藏，無求而不具。變化出没，廣大圓滿，不離自性，行住坐卧，飲食謦欬，皆爲解脱。色所不能見，意所不能取，以三十二相觀，則相相非真，以七寶布施修，則布施隨盡。故非去非來，非有非無，是名『實相』；持一句偈，解無上意，是名『無量福德』。

至於金玉珂貝❷，繒彩雕畫，纖麗昭爛，作而相之，其富無倫；高堂廣厦，丹粢藻棁，岦嶪沉邃，覆而棲之，其貴無敵。瞻傣引仰，胝足血顙，歌唄環遶，無日不在，是於無爲中，妄生緣影，自以爲得妙道之行，是亦疏矣。然則法無二門，根有利鈍，太上無修，非心非佛，其次不修佛而修心，其下不修心而修佛，要其有所至一也。由是言之，以色相觀，以布施修，是人雖不能生無所住心，已於三毒火中得甘露味，必竟清淨，不纏煩惱。與夫誇悍突盜，欺忍頑戾，不知可修，不見可畏，如鬬獸觸格，黠囚抵獄，不順羈紲，不承箠訊，跳梁倔❸强，自速喪害者，固有間矣。此佛氏之崇塔廟，所以有情化也。

昔者燕人生於燕，長於楚，及老而還，過晉國，同行者指其社曰『此若里之社』，乃喟然而嘆；指其廬曰『此若先人之廬』，乃涓然而泣❹。夫悲不自知，對境而作。凡人一禮塔廟，一瞻像貌，生歸信心，起清净想，亦因於境而已。外境所設，豈能使人生如是心，起如是想？由自性中本來有，故冥冥之民必待境而後知化，乃蔽而不自思爾。

噫！性不在境，依境而後覺，境不礙性，見性則自忘。及乎萬想俱融，一真常寂，五蘊六根，悉是幻化，山河大地，悉是虚假。向之所謂塔廟像貌者，乃聚塊積薪而已，其於佛也奚有。

【校】

❶無跋鈔本、味經書屋鈔本、陸跋鈔本『太』作『大』。

❷無跋鈔本、味經書屋鈔本、陸跋鈔本『貝』作『具』，誤。

❸無跋鈔本『倔』作『崛』，味經書屋鈔本、陸跋鈔本作『掘』。

❹無跋鈔本、味經書屋鈔本『潸然而泣』作『涪然而泣』，文津閣本作『湇然而泣』，陸跋鈔本作『喟然而嘆』。

負日軒記

天遊子窮冬苦寒，薪火不足，鑿屋之南垣，盗太陽之暄而曝焉。大明既升，赤烏吐精，玄❶冥收威，萬物皆傾。叢林之鳥，穴罅之蟲，嗚呼攫躍，磨喙伸足，于于愉愉，莫知所作。吾方垂頭隱几，閉目擁鼻，傴僂而負之。

初焉，若沃若嘘，强者柔、屈者舒，爬搔引挽，無意不如。少焉，肌血活流，經於髮膚，骨肉俱融，充乎虚空。吾不知形骸之所以爲我，我之有形骸邪？吾不知洞户奥室，綈帷十重，白狐蒙茸，巨爐獸烘，酒行十鍾，有樂於此邪？吾不知大漠之北，氷厚三尺，鑽木敲石，煙火不出，十指欲呵，呀然已踣❷，有不幸於此邪？

吾疑夫陰陽氤氲，太和渾淪，還我以性命之根，使我遊真挹醇，與天地並存，而獨有此邪？吾是以愛之而不知厭，就之而不能違。晝則遡而東，昃則遡而西，竊竊然惟恐其去己也。已而羲馭將宿，奔於蒙谷，吾不能疾走而逐，於是始不豫於吾心。吾猶計之，卒歲之寒，不薪不火，庶乎計日而長有此也。

及乎朔風吹雨，飛霾四昏，老陰司殺，怒氣慘烈，其禍瀰❸萬物。鳴者吟，飛者戢，吾亦拘攣拳曲，拔肩纍足，鴟蹲蝸縮，敗絮自擁，悽酸百種。蠢蠢時動，如蠠包蛹，雖沸九鼎、燎鄧林，使吾沃而煬之，恐未足發吾生氣，而綴吾餘息。追幸前日之愛，不可復也！故吾心更悲。

夫一晝一夜，陰陽代更，一寒一暑，四時錯行。此萬物無所逃於天地之間，天地亦不得私於萬物。今且狥吾所愛，將獨有以成吾私，既知其不可有也，始則不豫於吾心，終則其心更悲，不亦惑歟。然則天下之物，戛❹於利害之塗，與吾身託於變化之間者，果可以獨有歟？至於鬬逐排擊，一得一失，喜怒相賊而自焚溺者，不亦大惑歟。是説也，雖野人不得獻之於其君，吾將自事其心焉。

【校】

❶無跋鈔本、味經書屋鈔本「玄」作「元」。
❷陸跋鈔本「蹃」作「踣」。
❸底本「禍瀰」作小字「闕」，無跋鈔本、文津閣本、味經書屋鈔本、陸跋鈔本作「禍泣」，誤。
❹味經書屋鈔本「戛」作「擾」。

樂靜集卷七

敕謚靈慧大師傳

師諱仁節，俗姓張，澤州高平人也。母初姙，夢白光照室，生而有異相，眉目澄秀，手過於膝。七歲不肉食，不衣紈綵，耻從諸兒戲弄。父爲館書生授《詩》《禮》，數不受教，書生呵責之，師曰：『自性具足，實無可學。諸法空寂，亦無所說。何用讀書爲？』書生曰：『小子敢爾，吾獨不能教汝邪？』師因詰以經義，怳不能對。師曰：『未能利己，焉能利人？』書生大慙服。其父聞之，曰：『此兒夙生法器，已能出離世間，當求正眼，證了真際。』

是時，白馬寺遠法師號『通性』，相攜往見之。法師使誦《金剛經》，師纔啓帙，逕發問曰：『一切經皆云「如是」，「如是」之體，果在何所？若有處有名，即是我相，無處無名，即是外道。』法師無以答，顧謂侍者曰：『不意今日復見善財童子！後三十年當大揚教法，汝等悉心供養。』師既融徹正智，欲開度迷濁，行化四方，以廣緣遇。幅巾芒屩，不求變俗，初不知其異人也。

儀鳳元年，過濮州濮陽縣，大姓王敬僧邀止居第，躬啓法席，然宿蔽情塵，陰懷我❶慢。一夕，與其母問法，俯仰恍惚，見金粟化身，放大光明，充滿内外。敬僧惶怖回向，亟斷疑網，召畫工潛寫光相，六日不成。師責之曰：『賊心未除，豈見真相！』敬僧阻慴悔罪，更以黄金鑄象，示堅固信，一鼓完就。師曰：

『莫作是念，須自心解脱，方得見佛。』

開元初，南遊黄梅，寓蘭若堂中。見如來像，不加瞻敬，拊膺自呼曰『大雄世尊』。顧謂第一座曰：『佛在身中，莫從外覓。恭敬讚嘆，皆是妄想。作禮圍遶，但行邪道。一切凡夫，知修福德心，不修無住心，知皈依色相佛，不皈依自心佛。如此起解，未免墮落在。』因作偈曰：『真佛不住，有相非真。若求有相，即是迷人。』

中有明法師者，善講《大涅槃經》，指摘疑義，懇師開決。師曰：『三世諸佛，十二部尊經，皆以「無」爲法。未審和尚將何詮説？凡如説《大涅槃》，還見大否？若見大者，即是説《大涅槃》；若不見大而説大者，即是謗《大涅槃》。莫爲語言了了，便持我見，如破此疑障。』師特爲印證，尋亦領契。

一日，都督啓聽事堂，召禪支名宿，與師評對。師辨才流速，無敢敵者，即曰：『是法平等，本無驕慢，亦無怖畏。無爲白衣論道，輒生輕賤。公卿據席，争持怯避。今日諸人，各爲佛法大事，如兩軍決戰，箭鋒相迎，先墮落者，便入死地。有説速道。』時諸禪子，默認玄旨，作禮而散。

開元五年，南遊梁宋，望都梁山氣象明秀，謂其徒元惟良曰：『昔世尊未滅，嘗有五百羅漢於此棲迹，今猶有窣堵波在，乃淮川福地也。佛度衆生，無有差别，而衆生感遇，自有期數。吾將大起佛事，莫如此地耳。』翌日，同次於盱眙先福寺，頓錫涅槃院。相地之東偏，誅墾榛棘，覆茅爲廬，從者如流，不日成聚。或問曰：『大師從何方來，特起化道？』曰：『吾昔居西竺香象山，北方衆生，宿有因會，故來度拔。』

先有僧伽道人過寺，三請不受，乃言曰：『吾因緣不在此耳。後有白衣人，即無垢真身，爲法津梁，汝當歸重。昔五百羅漢居此，嘗有甘井，大石覆焉。是人至止，當自開洩，亦正法流通之驗。』師既來，從者告無水，命具絙鍤，發石出井，而飲溉大給，今號爲『羅漢井』。

九年，師改修故寺，慮嚮道者信心未固，與門弟子曳杖淮上，逢一流胔，扣其額而問曰：『金玉滿堂，莫知誰守？四大六根，今復何有？明妙真性，本無起滅，情境蓋纏，入生死道。故了之者不受後有，昧之者常與物遷。汝等持修，可復流惰？』彼方之人，聞是真語，洗心喜捨，斲材取鍛，千里而至。

師法力願海，函攝有情，故神人弗違，善惡均化。方構❷棟未具，聞豫章石浦山巨木無計，復領徒南度，躬命採度。險翳之間，異物憑負，有大蛇呀噏，氣焰熛烈，衆不敢近。師爲之戒曰：『毒無自性，業力所成。汝❸子在前，肯❹復殘噬？觀汝此心，本來慈忍業未盡，故還生殺害。』作是語已，俯首委蛇而去。斬伐朞月，得美材萬數，皆筏乘流，初艤淮浦，暮夜風烈，漂激殆盡。門人惡晲，師獨恬暇自如。須臾，風息潮泛，俱集浦中，後人號其浦曰『旋異』焉。將達先福，淮水幾涸，最大木❺數百章，重於挽曳，不日水暴溢，木亦隨至。廣陵楊生，誓鑄大鐘，以侈法具，既而金齊方流，如迅雷震，聞於數里。都人士子，竦動驚徹❻，頓有悟入。

越明年，殿告成，未嚴像設。董事者請募檀施，師曰：『異日當天授寶相，行俟之耳。』後果有鐵像浮淮而下，泊於境上，迎置廣筵，巍然端睟，乃彌勒佛也。江都劉氏鼎建寶塔，所費億萬，雕繪瓌麗，工技幾成，乏釦金千番。夜禱于庭，翻空而下，遽就緣力。

門人謝居士西遊陝州，偶都督崔公酺饗於開元寺，居士過其門，顧金剛像，訶擊之曰：『汝知佛性否？』閽者斥其狂，執以見都督，且疑其非常人也。命具❼以情對，居士曰：『吾非狂，但今人誦《金剛經》，不知其義，正如此土梗耳。』崔公却音技，召諸釋子談《金剛經》義，無一人應者。居士爲開析如流，聞者通解。

或問曰：『汝從何證授？』曰：『都梁山三賢大士，吾師也。』崔公昔慕真範，輒東嚮拜，遣使馳五百縑，副金帶以獻。會廉使按縣，或告師以左道疑衆，使即詣焉。引師詆責曰：『道人當以正法示人，可復簧鼓邪説？』師唯唯稱咎，乃衷會學徒，講《涅槃》義，如師子音，振越閎厲，使者深省妙趣，摧伏魔見，合爪稱嘆，奉[8]白金百千，以助香炬。

玄宗皇帝早服高悟，召入内殿，恭問心要，欲以如來衣易居士服，懇託至三，請俟他日乃受澤州司馬，改號『玄寂』，并賜章服、道具，適其所從。師以應緣未畢，願歸海上，詔復其所。將戒行，有大乘雲禪師者，領徒五百，迎詣丈室，祈稟機訣。師曰：『若欲問佛，即心是佛；若欲問道，無心是道。心體清净，與虚空等。不可執取，亦無證解。如如自然，乃是真覺大衆。此是自身中事，莫認他人語句，努力珍重。』

師還抵舊住，有南山暉律師來勞跋履，因問曰：『大士不破律儀，不持戒法，和俗同塵，何有差别？』師曰：『名有緇俗，心無凡聖。吾從阿閦佛已來，深得正法，故内秘菩[9]薩，外現聲聞，與物波流，實非有我。今如此言，迷執我見。持戒出家，本求遠離，而心有我者，即同凡夫。』律師[10]感喻而去。

忽有二梵僧參禮，師引納尤厚，嘗中夜講話，但聞婆羅門語。數日，梵僧辭去，門人訊詰宗嗣，答曰：『此吾師也。昔在西域，遊化五天竺國，爲吾授記。行止相失，今四十年，因謁清凉山，方知投足此地。然彼我異緣，吾亦西還耳。』

師道化大行，風靡四遠，華岳黄冠郭談虚竭來訪問，遽謂師曰：『吾服氣鍊形，積有功地，將何便門，示我解脱？』師曰：『大道無形，至虚爲體。滌除玄覽，物物皆無。捨己尋方，猶鑽冰求火，氷盡力窮，火從何得？』談虚慙屈，悖然告往。遇三虎踞道，求哀戰伏，師遥爲攝持，遂獲行邁。

初，工事起，徒邑人陳招，不倦財施，頓輸錢數萬，師曰：『此暫從汝貸，爲汝守之耳。』師赴詔還，招已殫困。屬夜寢方寤，聞風雨暴至，卒無有也。黎明，家奴報：『數百萬錢，還帑中矣。』師多劫因緣，悲智具足，威力無量，降伏一切。宴息經行，天神擁衛，故能警動聲緣，成不退轉，調服魔戲。爲善知識者，其事非一也。嘗訪臨淮富人藺氏家，有嵩山李全芝蹢闍展謁，藺氏揖與之進，師方隱几澄觀，有二大密跡士，紫金相，持劒左右，全芝怖却，願垂悲濟，師爲攜接。

門人吉證從師往上方，既還，已昏暮，覩介冑巨人，標相威厲，徐躡廡下。師至，具以疑告，師曰：『此名樓至如來，最後得佛，有大神力，護持正法。阿修羅種，見即膽裂。汝以定眼觀之，勿畏也。』

開元十五年，爲凶人誣訟，刺史械付吏，鞠訊尤棘。一夕大雷雨，墻户俱徹，同時繫者五木隨解。吏以變白刺史，徬徨懼禍，師勉之曰：『瞋爲毒業，如火熾然，火盡復寒，終歸清淨。我法無諍，猶如虚空，穢溺兵燒，空終不壞。如是淨念，勿生狐疑。』後縣令以强忍挾恚，召師具飯，餌毒其中，師覆盃於地，震裂三尺。令觸顙謝過，師曰：『法無我人，寃親同等，雖殺父害母，不生憎怨。如來性中，不説罪福，但冥有心，永離顛倒。何多謝我也。』

緇流無明，每忌師出己，陰賂姦俠，託以戕害。偵夜，僚操鋑⑪潛入，見天人捧足，龍象游戲，屏氣辟易。久之，推户闃然，遽欲前進，變現如故，乃投兵悲涕，誓從悛洗。師棲止簡易，不扃戶楗。每出應供，詔執金剛曰：『善爲吾守。』果有盗，得衣將竄，拘不能去。師還，猶奉伏待命，顧謂執金剛曰：『姑捨之。』盗即棄衣慚遁。其變異感忽⑫，不可思議，皆此類也。

天寶初，化事大就，更命督工劉海者，增傳殿址，以杖畫壁曰：『大水將至。』明年，淮流漲溢，不移所誌。廣陵耆老，依止既久，來懇師曰：『我輩與佛同世，未能斷除結習，願畫一音相，晨昏瞻事，庶幾常起正念，不染三毒。』師許之。尋召工和涅丹碧，種種變化，竟不能繪。寺傭李遠者，素侍巾錫，以無心觀相，落筆皆肖，衆競讚禮。

五年十二月十三日早方盥，召門弟子曰：『吾因願既成，來去順流，今將逝矣。吾滅度後四十年，不移此邑，當復相見。學道人，心生則法生，心滅則法滅，心法雙寂，此名見性。諸境攀緣，悉是邪見。應如是知，應如是住，違吾言者，非吾弟子，吾非汝師。』

嗚呼！生死事大，如救頭燃，歲不我與，悔將何及？復作偈曰：『身從幻化生，四大隨變換。還從幻化滅，不滅乃非幻。滔滔生死海，迷者自流轉。但照本來心，一息過彼岸。』是夜嚮晨，沐浴趺坐而滅，報齡一百有五。

平地大雪，林鹿悲鳴，山祇慟泣。門人相與議曰：『昔皇帝爲師改服，云請俟他日，今其時也。』乃掛衣祝髮，儼如生存。卜葬於山之高原，而建塔焉。師惠命⑬無礙，凡所說法，皆密契《楞嚴》《圓覺》《金剛》的義，故順旨投悟，委順而化者，或以側⑭足，或以坐忘，蓋亦千計。

建中末，傳業繼序者猶數百人，屬兵蹴兩河，師昔建净居，竟爲煨燼。因移寺於涅槃院，將遷其化身，傳以塗漆。啓發之日，鐵函已壞，而神色不變，眉髮修黚，即以華旛道迎，藏於別室。往日之言，正四十年矣。

五代之亂，群寇剽削，有士人官于盱眙者，挈取慈相，絶淮浮泗，過于彭門，其舟屹然而止。舟人聞之，闔境奔仰，或相謂曰：『至人化現有方，隨緣度物，豈吾徐之民，將利其賜乎？』越明日，道俗千人，頂負膝行，奉安于乾明寺。法雲所覆，千里蒙潤，西跨梁宋，東達鄒魯，長淮之南，清汶之北，有目有趾者，咸歸赴焉。

我朝慶曆七年，尼惠忠發大願力，造塔於寺西南隅，層甍危絢，寶坐崛起，四方獻饗，綿絡不絶。數當輪巔，發布光相，觀者踴嘆。寺有古鐘，聲振脩遠，而棲庇太陋。方陰霿中，射影簷障，見隱突間，宛然模象。連復數四，玩揭重觀，即不復有。熙寧十年，河決澶淵，東注淮泗，環浸城腹，民命如綫。太守眉陽蘇公軾，率吏民致齋祝，期以旬日之間，水退城完，奏乞謚號。漲怒果息，而淫雨連霔，再罄誠禱，廓爾澄霽。踰月，表上其事，天子⓯異之，賜號『靈慧大師』，塔曰『靈慧塔』。

元豐五年，高郵孫公覺來守此邦也，歲久旱，精禱塔下，甘澤霑足，因取謚號敕書、蘇公祈報詞疏，并刻于石。河南王公説代領府事，六年夏時澤愆嗇，祠禱多不效，公默念靈躅，宿具薰饗，達旦霑沃。六月，孫公以書移曹南李昭玘，命採次遺事，爲之記。

録得大中元年《釋德秀行狀》于尼惠忠院，元和二年翰林學士吴通微碑于故先福寺，以二者參訂，芟其重複，汰其語意鄙近與事不合者，證以年月，爲之傳云。師出世，與僧伽相先後，故其事尤類，蓋於後劫中同一緣化。迄今雍熙塔左猶配禮焉。或者以爲宗門手足，其實非也。

【校】

❶底本作『怠』，『我』據無跋鈔本、文津閣本、陸跋鈔本改，味經書屋鈔本作『侮』。

❷無跋鈔本、味經書屋鈔本、陸跋鈔本『構』作『淵聖御諱』四小字。

❸味經書屋鈔本『汝』作『女』。

❹無跋鈔本、味經書屋鈔本『肯』字前有留白。

❺味經書屋鈔本『大木』作『木大』，陸跋鈔本作『大本』。

❻味經書屋鈔本『驚徹』作『爲徹』，誤。

❼陸跋鈔本、文津閣本無『具』字，無跋鈔本、味經書屋鈔本空缺。

❽『奉』字前，底本及文津閣本有『褫』字，味經書屋鈔本空缺。

❾味經書屋鈔本、無跋鈔本、陸跋鈔本『菩』作『善』，誤。

❿味經書屋鈔本『師』作『詩』，誤。

⓫陸跋鈔本『僚操鉸』作『□操□』。

⓬陸跋鈔本無『忽』字。

⓭陸跋鈔本無『惠命』二字。

⓮無跋鈔本、味經書屋鈔本『側』作『惻』，陸跋鈔本缺。

⓯陸跋鈔本、味經書屋鈔本『天子』二字前有留白。

送吴秀才歸汶上序

唐李衛公薨百八十年，士大夫有覩故物於其家者，感嘆惻隱，斂容肅心，竦動耳目，如見其人。彼其聲音笑貌已散於冥漠，氣血精魄復化爲塵腐，後之人方且區區起慕于手澤之遺物，此獨愛衛公之賢爲不足故也。物之偶存者猶然，果見賢子孫，則愛之宜何[1]如？

故文肅吴公起布衣，致位二府，熙寧初言事不合，出治鎮海，不朞年告薨。澤施于民者日不給，道行于己者未能如所期[2]，天下之論，至今傷之。吴君説禮，文肅公之季弟子也。篤志好學，議高而氣直，落落有大器。吾於文肅公雖不及見，所愛者吴君耳。夫水之阻閼者，決之則灌千里，木之壅壓者，一發則枝大乎榦：所積之勢然也。吾將見魚山之塚松檟有光色、汶水之廬賢士大夫結轍而來遊者，復自斯人始。《傳》曰：『樂與餌，過客止。』吾無能留吴君矣，君可自留耶？日回月周，時不與人遊，君其勉之。

【校】

❶無跋鈔本、文津閣本、味經書屋鈔本、陸跋鈔本無『何』字。

❷無跋鈔本、味經書屋鈔本、陸跋鈔本『期』作『斯』。

晁伯均字序

南陽晁子過余曰：『公秉名，伯父所命也，取周詩「秉國之均」爲義，願請字左右，敬從教。』余因即其義，字之曰『伯均』。伯均之理，固有本，爲子詳説之。

世俗之言，薄等厚，小齊大，割疣補劓，斷脛加足，一視同情，乃謂之『均』，非也。此小仁私智，信情滅理，自以謂得盡物之心，不知搶攘剖擊之患，自此始矣。

天之於物，寒往則暑隨之，春生則秋殺之，一雨即潤，一風即動，不爲大者餘、小者損。乘其運之相推，付其分之自宜，即參而該更，先後而一，此『均』之義也。地道亦然，陵高澤深，水濕火燥，金沈木浮，翼飛角逐，若違若從，若離若合，各正性命，混爲一區，所均亦大矣。有人道焉，貴食肉，賤食藿，君子乘，小人徒，賢役不肖，不能事能，尊則數隆，卑則數殺，使人以域守，以畔立，靡然聽順而無怨争者，各得其均故也。天地陰陽猶不能反物以行其私，任人之事者不以好惡取捨累其心，從其理之當得，則不待斟酌推移，而天下平矣。必曰吾能貴，吾能賤，可進可抑，可與可奪，不任其均，而惟其均之者在我，其克濟者鮮矣。斗斛權衡，不爲怨府，至公之所寄也。輕重虚滿，一有心焉，則無以信於人，操之者罪也。晁氏，漢家令後。文莊公以亮直、忠厚參真宗政事，推大公至正以服天下，而天下稱其賢。吾子四世孫也，好學有遠致，以名節自勵，異日必能似之。吾子勉夫。

晁子安字序

潁川晁子求字於余，而俾序其説，三反而益勤。吾聞『責善，朋友之道也』。吾子既不鄙而與之游，不敢不告。

人之秉物，大小輕重，要之執而勿失也，而莫慎❶於執玉。冕弁入朝，奉祀宗廟，大君天臨，神明交乎左右。圭璧在手，屹然而立，聲氣不動，若有所聽者，安其心以奉之故也。不然，傲而高怠而每下，有所思而墮驚懼，顛仆而倒置者，中自亂耳。

士之學道者，必以執心爲主，智及之，仁守之，莊以涖之。擇術既審，見善既明，吾將操而勿捨也。如彼而阨窮，如彼而利達，吾不知也；行或縶之，止或挽之，吾不知也。所知者，吾如是而已。見得不惑，臨難不懼，奉其身以立於義命之際，甘言厚利，不可撼摇，大威强有力者不能掣而奪也。行無奔息，卧無噩夢，神舒氣怡，泰然自若者，吾能安之耳。

夫心危物也，一動則不可禁。三牲在前，五鼎在後，文綉眩亂，淫哇嘈然。勢利之徒，左右招之，睥睨之間，風迴波靡。一舉手而攬之，頹然形往，安暇固平日之捉持者哉！《詩》曰：『秉心塞淵。』外物之來，不得其隙而入。窅然静深，無以撓之，非安而何？

昔文元公仕仁宗❷朝，致位内相，履道夷坦，與物無競。及其老也，退而家居，著書樂道，以終天年。出處之際，始終完一，天下大夫皆尊仰之。究其心之所安，非一日之積也。吾子好學特立，静以自守，不妄取捨，異日必能似之。謹再拜以告，請字曰『子安』。

【校】

❶無跋鈔本、味經書屋鈔本、陸跋鈔本『慎』作『御名』二小字。

❷味經書屋鈔本、陸跋鈔本於『仁宗』前有留白。

燕遊十友序

余發故篋，得頃歲所藏古器銘識、晉唐石刻、唐人遺書、名公墨蹟、臨倣諸帖❶、小畫水石蟲鳥、傳模畫本，類而緝之，判爲十帙❷，名曰『燕遊十友』。此十友者，淡然相與，無求無責，數見不怠，久不相遺，信乎可與忘年者也。日有餘力，悠漫無寄，遇事齟齬，頽惰不怡，揖十友者，置之坐隅，更出迭進，各獻其能，而爲余勉焉。吾是以出處與之俱，而人莫能間也。

客有聞十友者，過而謁之，謂余曰：『孰無好，子獨瑣陋淺促，非磊落人也，特兒戲耳。』余曰：『以紙爲鳶，以竹爲馬，奔走跳擲，觀者笑之。乃自爲戲，而不以戲人，於人何病？必曰捨己所好以從人，正所病也。』客曰：『垂頭几案，手不停披，目運心移，卷窮意盡，此須臾之適耳。』余曰：『雕堂綺席，歌筦迭作，歡樂飲酒，亦須臾之適也。適去而憂隨之，則余不與焉。』

客既無以屈余意，又從而諛之曰：『《傳》有云：不有博弈者乎，爲之猶賢乎已。爾今子之賢，過博弈遠矣。』余曰：『彼夫子進人之語也，若賢之實，其誰可居？自回、賜而下，不敢覬焉。不然，何其賢之多也。果以此爲賢，必有操戈逐其後者矣。』因强而藏之，曰：『余友者，聊以自娱，非悦於人也。何必示人？』客默默而退。

政和丙申季秋序。

【校】

❶無跋鈔本、文津閣本、陸跋鈔本『帖』作『貼』，當誤。

❷陸跋鈔本『帙』作『秩』，誤。

樂静集卷八

潞州戒焚死榜

今月日，通判軍州事李某，謹出榜告潞州軍民百姓。

某聞：人者，仁也，不易兄弟、父子之恩；葬者，藏也，宜有棺槨、衣衾之制。此皆性所自出，禮不可違。孝子由是盡心，聖人奚以强世，故虆梩❶掩親者❷，必有道矣。土不侵膚，則獨無恔乎？苟爲無傷，是不知本。惟夷狄之異類，猶草木之無知，平居殆絶於恩親，一死即同於腐臭，遽加焚灼，不待覆藏。顧惟中國之民，久被先王之澤，詎從非義，反害大倫。

夫死必有歸，葬之以禮。身體髮膚，昔之所愛❸，居處笑語，尚或可求。而乃藉以束薪，付之一炬，雖悲哀未盡，而殘忍已深。裹灰燼以故繒，封罌缸爲吉宅，棄捐無日，曠久何追？有慙掩骼之恩，幾類析骸之酷。凡人處己則幸其安逸，待物則終以愛存，棟宇以避風雨之憂，犬馬猶加帷蓋之賜。患不思爾，豈其遠歟。至若蜂蠆螫手，變色踰時，蚊蚋嚼膚，廢寢通夕，因心原理，觸類反情，何其冥漠之間，略無痛毒之怨。載懷及此，良爲惻然。

况爾名邦，號爲美俗。去唐堯之千載，猶有遺風；介劉氏之數州，不從僭命。物大地廣，閭里相安；土厚水深，耕稼自養。惟兹大事，獨愧良心，豈生民有此不仁，亦貧者無以爲禮？當州具陳其弊，獲請於朝，出公帑之羨錢，易近郊之善地，置之守塚，繚以周垣，儻未能爲七寸之棺，姑可以寄一丘之土。歲時展省，獲奉掃除，魂魄慰安，不爲祟癘。重申告令，明示通衢。行之非艱，勉焉無忽。

【校】

❶無跋鈔本、文津閣本、陸跋鈔本、味經書屋鈔本『梩』作『而』。

❷味經書屋鈔本『者』作『亦』。

❸味經書屋鈔本『愛』作『受』。

祭枯骸文

年月日，謹遣某人致祭於無主亡人之靈。

嗚呼！人死曰歸，歸於窀穸。棺槨衣衾，以棲沉魄。爾今何辜，暴露殘骼，馬牛踐馳，遊稚鞭擊。穢蒙泥沙，痛梗榛棘，嚴霜烈日，誰爾覆匿？人或過之，掩鼻屏息。

嗚呼！爾非高封大塚，環以楸栢，口珠腰玉，卜歲千億。盜斯奪之，斲伐窮力，解襦摧頤，支首離析❶者邪？爾非擐❷甲負戈，橫身赴敵，士將促❸戰，力殫氣迮❹，折肱斷顱，痛貫❺刀戟，妻子不收，爲烏鳶食者邪？爾非獨馬弊❻車，輕鄉遠客，歲月頹暮，關河斷隔，失志易感，沉憂生疾，漂零路隅，裹以籧篨者邪？爾非衰門敗家，子弟孤阨，故阡不歸，遠寄別域，狐穿鼠嚙，土腐水激，莫知誰何，但餘瓦甓者邪？爾非荒年阻飢，凍餒空瘠，易子析骸，朝不支夕，呶嗷道塗，連藉交踣，不施藁薪，填委坑谷者邪？爾非宿姦老兇，喜爲剽賊，白晝殺人，毒於貨殖，危生殘家，禍抵梟磔，投屍溝中，犬彘跑捽者邪？

今夫荒叢蔓草，廢墟古陌，晦雨淫淫，悲風索索，顧步躑躅，呻吟啾唧，使爾不得歸邪？天門九關，虎豹嚇嚇，磨牙摇毒，啄人肌骨，幽都九重，旁立土伯，三目虎首，噬人如臘，使爾不敢告邪？假時凶災，偷起厲疫，寒熱更作，燒灼澌澌，憑跡附聲，驅巫走覡，濁酒腐肴，日幸咀咋，使爾不得已邪？

嗚呼！古之葬者，既穿既塞，土或親膚，猶爲嗟惻。胡寧忍斯，散棄中澤？藏之壙阡，温以絮帛，魂兮來歸，於此安宅。

【校】

❶無跋鈔本『析』作『拆』，味經書屋鈔本、陸跋鈔本作『折』。

❷底本、陸跋鈔本作『挽』，無跋鈔本、文津閣本作『挩』，『擐』據味經書屋鈔本改。

❸味經書屋鈔本『促』作『捉』，誤。

❹味經書屋鈔本無『迮』字。

❺底本作『冒』，『貫』據味經書屋鈔本、陸跋鈔本改。

❻味經書屋鈔本『弊』作『敝』。

祭晁次膺文

嗚呼！連城之珍，一世埋没，既發其光，墮地而折。千丈之松，半死復生，火❶風横來，無復櫟楹❷。成毁在數，所難者才，有人如此，宜哭之哀。

嗚呼次膺，偉卓疏明，洙泗而西，千人之英。擢第熙寧，文辭驚人，頭角嶄嶄，莫敢與群。游刃百里，事無少留，窾郤俱解，孰[3]爲全牛？側日青雲，軒軒欲舉，初無猜心，乃觸豻虎。解印投檄，幅巾自娱，良醖佳客，日不可無。不愠不戚，薰然以和，人或憫嗟，惟以笑歌。辨説古今，亹亹飛屑，捆[4]載而歸，傾倒不竭。誠心與人，洞見膺腹，窅然曠空，如百間屋。

老驥伏櫪，雄心未平；寒鷄失旦，猶思一鳴。嘘吹投湔，晚有元老，振衣彈冠，翻然西笑。一顧增價，高視上都，不待給札，乘化已殂。易簀方終，命書來下，哭聲滿堂，賀客回駕。奔命之初，促裝晨發，荷夫褰裳，嘶馬漂沫。素車東來，徒御行泣，雙輪不膏，旐旗如濕。哀樂相尋，曾不踰月，感忽之間，星流電滅。投分兹久，情均弟兄，一日不見，鄙心已萌。清風皎月，每與我期；高山流水，誰復我知。華館晝掩，啼猿曉驚，時見墮葉，不聞履聲。

死生往來，聚沫遺蜕，造物者誰？以我爲戲。魂兮歸來，勿起遐想，八荒愁人，跳踉焉往？瞿曇老人，有國無礙，子嘗注心，胡不遄邁。魚山崒峨，天衣來蓋，清流在旁，下貫淮海。宛宛其中，亦既築室，此焉歸骨，百世之吉。大事將舉，已告日時，歆我肴醴，一慟長辭。

【校】

❶底本作『大』，『火』據無跋鈔本、文津閣本、味經書屋鈔本、陸跋鈔本改。

❷文津閣本、陸跋鈔本『楹』作『榼』。

❸味經書屋鈔本、陸跋鈔本『孰』作『熟』。

❹無跋鈔本、味經書屋鈔本、陸跋鈔本『捆』作『梱』，文津閣本作『綑』。

祭晁無咎文

人初有生，豈獨無死？死而可哀，孰不涕泗。維公人豪，標度翹偉，妙峰千尋，玉海無底。九流百家，遠探旁貫，白羽一揮，傾倒河漢。騁辭流離，躪轢韓柳，人皆仰之，維北有斗。名卿鉅人，未識爲媿；牛童馬走，喜道姓字。

海岱千里，翩翩孤騫，中路摧委，垂翅十年。大恩生成，復請試吏，窮陬小壘，直爲貧計。易官淮泗，往綏疲民，坐席猶冷，訃音遽聞。故園來還，三徑掃跡，猿悲鶴怨，松蘭改色。念昔握手，笑語道隅，今拜堂上，憑棺以呼。驪珠沉海，曾嘆遺墨；茂陵殘編，尚寄他日。我有旨酒，魂兮能來，瀉此一觴，莫知我哀。

樂静集卷九

問默

莊周曰：『道無問，問無應。』然則即理而問，則問不在言，即物而應，則應不自我，此之謂無問。無應而問，默所以作也。

思玄先生僻居離群，不誦書，不應賓客，不呼奴隸，不叱鷄狗，坐如寐，立如齋，行如有所失而未得。居❶三年，門無車，庭無屨，人皆怪而莫敢過。有客升其堂，扣其几而問曰：『先生何爲者也？』先生支頤自若。客下堂，三呼而三招之，先生嗒❷然不顧。客將去，爲之歌曰：『明者塞而智者迷，哀今之人兮似是而非。』

先生矍然而起，不待納屨，竭蹷而追之，曰：『吾居三年，口未嘗言，而心之所潛、意之所至，畧自得於成心矣。若夫逐者之闐闐，聚者之讙讙，故不能挫吾精而敗吾思。今子反以爲似是而非，子猶有至道之精，挈我而上遂❸邪？將强聒迷繆，而過詆我耶？』客曰：『吾嘗相先生之形，左耳目聰明，而右耳目不達，殆非陰陽不和，而有偏傷之患。先生幸以嘗覩聞者告我，我因藥其傷而起之。』

先生曰：『甚矣！人之多言也。言不若默，默而識之，是謂大得，故天無言。聖人欲無言，一言以爲彼，二言以爲此，三言以并彼此。道未嘗有彼此者，亦未嘗無彼此也。各操而議之，果奚在？夫言之一出，至於三言而未能定，則是非之相雜，愛惡之相攻，復幾千萬言而後已。言之愈煩，離道愈遠，使天下之人，沈僞而失真，摭華而去實者，言之罪也。噫！言之爲患已甚，而又悲夫言者之自害也。南方有羽蟲，利喙而善鳴，鳴亟益哀，咀血而死。北方有介蟲，服氣而善息，至潛而不躁，其壽千歲。今夫嘵嘵之口，馳心氣而擢精神，撓静淵而洩和理，反以害其生。則吾之默默者，豈特畏罪哉！亦謹養吾生而已。」

客曰：「先生可謂能默者也。夫以言爲無累邪，言多則數窮；以言爲有累邪，言雖滿天下，而吾道寧喪。天地之於萬物也，雷震風鼓，雨流川激，百獸以群嗥，昆蟲以類鳴，有形之相磨，有氣之相觸，未嘗息也。然則太空寥然，至虚漠然，又何累焉。故有道者，無所言、無所不言，終日言而非言，終日不言而亦言。其於言、默也奚擇？浮屠氏號爲居士者，問其徒以不二法，其徒解析連類，操三十二説以獻。瞽然不答，而三十二心皆化，不害爲能言。蒙人學老聃者，著書數萬言，謬悠之説、無端涯之辭，連犿而無傷，恣縱而不儻。稽之無度，逐之無宿，不害爲能默。能言而不能默，能默而不能言，是乃據道之一偏，而非夫泊然大通者也。射者之惡蚊虻則志静，弈者之思鴻鵠則志動。以静對動，則静者勝，然域於静則失也。古莽之民善眠故多息，阜落之民常覺故多勞。以息代勞，則息者勝，然狥於息則非也。今先生能默而不能言，猶拘於所域而蔽於所狥，是以有偏傷之患，而不足於冲和之氣。以吾觀先生之不言，殆惡夫與物争，而先生之志，猶未出乎争也。有人曰：龜長於蛇，白狗黑犬，可以爲羊雞三足。此形色、名數之非其實者也。苟知天下之物，不出於形色、名數之異，則天地之間同一物耳，不足辯也。故横心之所念，横口之所言，亦不知彼之是非利害歟，亦不知此之是非利害歟？如此則七竅流通，百體俱融，尚何鉗吻❹結舌，閉心一氣，譬猶食未下喉，噎不得吐，如此復自快耶。至人之出言也，與物去來，隨起隨滅，如鳥度空，如風過物，可見而不可逐，可覺而不可執。方且躍躍然從其後而掇之，不亦惑歟！』

先生曰：『子之説然矣，是言猶默也，默猶言也。敢問非語默之時孰辨？』曰：『吾智淺意迫，不能知，請詢之黄帝、孔丘。』先生曰：『黄帝、孔丘今亡矣，將焉問？』客趨出，先生頷之而不謝。

【校】

❶底本、陸跋鈔本作『屋』，『居』據無跋鈔本、文津閣本、味經書屋鈔本改。

❷無跋鈔本、陸跋鈔本『嗒』作『答』。

❸底本作『趨』，『遂』據無跋鈔本、味經書屋鈔本、文津閣本、陸跋鈔本改。

❹味經書屋鈔本『吻』作『物』，誤。

書鄧先生石几

先生避地者也，不以世故累其心，人亦未嘗以所狥而干先生之好。低迴隱遠，以自完潔，不願聞乎時，時亦不知先生果何人也。城隍之東北，其地阜以高，先生即而築居焉。葭蔣❶蕉蓼之披折❷，鶖鶬梟鷲之上下，乃數十年之廢墟，先生不以荒污窮僻不可居也，覆茅爲廬，四面環堵，鑿户如竇，傴僂而出入，不關不鑰，無食器，無卧榻，席地而坐，隱几而觀書。草深苔滑，蟲鳴螽躍，斷人足音，人不堪其陋。先生幸是以遯其身，未嘗厭也。

一日先生出，有盗過其廬，棄書揭几而去。先生曰：『吾不遊井里，不受聲利是非之束縛、榮辱之陷溺、富貴之侵忍、權門❸之凌咄，吾逃之久矣而盗不容，尚何遯吾之窮也？夫盗之取吾几，或售而食，或析❹

而炊，吾不知。然盜生於所利，利生於所用，埋黄金於地下，不若瓦棺之能久，無取於利故也。吾今琢石爲几，堅厚重大，絶臂不能移，以利則甚賤，以爲用則大迂，吾庶幾保焉。』

以是語天遊子，天遊子應之曰：『先生以昔之有所利而不可保，過爲堅厚重大使不能移，先生慮則勝矣，先生之跡未免爲誨盜也。天下之物，適來適去，行流散徙，不可捉而有也。故達道者，賓之而不主，得之勿喜，喪之勿悲。先生不能隨物去來，方且强梁去智而與物争，吾恐先生不能遯，而猶區區爲盜者守也。壑舟之藏，其下千仞，勇者或負而趨之，則物有所不能固；北山之險，其上九折，愚者必墾而平之，則力有所不能屈。今先生固我有以屈人之力，吾是以知先生未免爲誨盜也。先生姑無其几，無意其存亡，適爲几之義，以達之於性命之際，庶幾有所有而萬無喪也。几之爲器，憑之以安，石之爲物，置而不動，先生憑而安之且不動也。由是外觀萬物之芸芸，内觀一性之明妙，則知天地賊我，陰陽奪我，亦不甚毒耶。先生冥是心以超乎天地陰陽之外，虚而遨遊，雖萬變迭陳乎前，而湛然常寂。是几也，流落乎千載之遠，或爲柱下礎，或爲塚上碣，霆震風折，水泐火裂，塊而礫，虀而塵，會歸磨滅，亦不足以喪先生之所存，又果可爲先生物哉？』

【校】

❶味經書屋鈔本『葭蔣』作『蒹葭』。

❷味經書屋鈔本『折』作『拂』，陸跋鈔本、無跋鈔本作『柝』。

❸味經書屋鈔本『權門』作『門權』，陸跋鈔本作『推門』。

❹陸跋鈔本『析』作『柝』，誤。

跋閣本法帖〔一〕

太宗皇帝治定餘暇，遊意翰墨，嘗遣使購古帝王、名卿墨帖，集爲十卷，詔鏤板，藏禁中，每大臣登二府即賜焉，歲久寖不復賜。

元豐中，嘉王嘗從神考借其板，模拂幾百本，王府官盡得之，士大夫間亦嘗見一二。初，長沙僧希白再郭❶填❷刻石，河東潘氏、御史劉次莊又作別本。識者謂希白善書，不甚失真；潘復易次，間以他書；御史所模尤疏闊。夫獨前者縱，學步者拘，因人之迹而又加意焉，則目亂而心疑神已虧矣，故終不近也。天下之物，亦有以僞冒真者，亦不能與真並行，蓋有公是存焉。自此，尤以閣本爲貴。

【注】

〔一〕又見《文獻通考》卷一百九、《六藝之一録》卷二百四、《古今圖書集成·理學彙編·經籍典》卷三百九。

【校】

❶無跋鈔本、味經書屋鈔本、陸跋鈔本「郭」作「廓」。

❷《文獻通考》《六藝之一録》《古今圖書集成》「再郭填」作「填本」。

跋三代款識

篆隸出而正書作，正書作而行草興，非獨古異以爲奇，亦所變之勢然也。字畫之工，初盛於魏晉，魏晉之間，江左惟逸少尤著。世數遼絶，散落腐壞之餘，出於物數之幸存、日力之必能保者，時一見於好事之家，良可貴也。昔韓退之作《石鼓詩》，以爲俗書，失之姿媚，亦至論也。紓餘鮮妍，粲然動人，無復高古之遺態，此姿媚之過也。余故以三代款識爲諸帖之冠。

嗚呼！冠劍丈人，朱鉛女子，難以並觀，狐裘純儉，或作約，又作白。繡衣粲錯，不可同笥而進，識者自有别矣。士固有陋古而排獨好者，亦未易曉也。一作士之學道，不能自信，陋古而變其所習，以排其衆人之好，君子不道也。❶

【校】

❶『一作』云云，文津閣本爲正文，代『識者自有别矣。士固有陋古而排獨好者，亦未易曉也』。文津閣本文末又有『悲夫』二字。

跋東坡真蹟〔一〕

昔東坡守彭門，嘗語舒堯文曰：『作字之法，識淺、見狹、學不足，三者終不能盡妙。我則心、目、手，俱得之矣。』觀其用筆，凌厲馳逐，出入二王之畛域，而不見其轍迹。晚年獨與顔魯公周旋並驅而步，不許退也。長牋大幅，風吹雨灑，如掃敗壁，十目注視，排肩争取，神氣不動，兀如無人。譬諸解衣礴礴，未嘗見舟而操之，莫知爲我，莫知爲人，非神定氣閒，孰能爲之。必曰『三折爲波，隱鋒爲點』，正如團土作人，刻木似鵠，復何神明之有？

【注】

〔一〕又見《御定佩文齋書畫譜》卷七十七、《六藝之一録》卷三百四十二。

跋郭填諸帖

余嘗讀張彦遠《法書要録》，載二王書猶有四百六十餘帖，以今所存考之，十無二三。此模書不可廢也。陶隱居曰『郭填』，蕭益曰『響榻』，人空郭存，聲散而響未闋，故蹤餘韻，歷歷可據，慰人多矣。璽楮弱薄，一出囊笈，則没身朽壞。初因傳模，後來者得窺其髣髴，與夫爲去臣鑄金，與亡國繼絶，蓋有不忍之心存焉。智巧之徒，點漬穿缺，綴以印章年次，欺衆人之耳目。不知而受者，徒爲人發笑，知而受之，又挾其欺以迷世。榜牙冠玉，襲以文錦，冒好古之名，掠人之好，己復何心哉！

跋孟仲寧畫蓮社圖〔一〕

舒城李伯時作《蓮社圖》，士大夫傳以爲佳玩，謂可與《輞川》並馳。潁川晁無咎復得遺意，頗加損益，集古名筆，以縉工孟仲寧爲之。曰可曰否，如左如右，獵奇擷妙，變化隨出，雖摩詰復生，恐不能過也。夫意之所詣爲難，了人之意亦非易。伶人吹管，假工捻竅，直肆横出，抗厲厭抑，終不如律。使其心運❶指應，皆與神會，則無不諧矣。古之任事者，嘗患不得其人爲用，用或非其人。故余於此畫，特有取焉耳。

【注】

〔一〕又見《御定佩文齋書畫譜》卷八十三。

【校】

❶味經書屋鈔本『運』作『應』，當誤。

跋石曼卿詩後

右石曼卿詩三篇，爲侍御史高公作也。高公初自御史以言事忤丁晉公，出守淄川。天聖三❶年，擢户部判官，坐試進士擅不如格，左遷監兖州酒。三年復官，知單州。時曼卿爲濟州金鄉宰，馳此詩寄之。高公志大氣剛，學貫今古，論天下事有理，勇於自任，雖屢謫逐，志愈不屈。文章雅重，有法度，作詩務高古，語健而志深，一時望人也。曼卿以豪偉自許，獨深知其爲人，執弟子禮敬事之。其詩引賈誼、韓愈、杜甫以見不得其志。才不下古人，區區冀復用，以發於事業。以此觀之，士君子氣節相與，又不可苟合，必欲致身於功名之會，惟恐汩汩以死，非特言辭取悦而已。未幾，高公再入爲鹽鐵判官。屬大河决澶淵，乃疏利害，議者不喜，罷去。知陝府，卒於官。後十年，曼卿自海州通判遷秘閣校理，上書陳西夏十事，不報。既而元昊犯吾圉，邊邑騷動，天子稍思其言，方試一事，不幸病且死。

嗚呼！高公終身力行而三躓，曼卿纔一進武而遂殞厥身。竊讀此詩，良可歎云。

大觀戊子仲秋朔，樂静堂題。

【校】

❶味經書屋鈔本『三』作『二』，誤。

書六逸四暢畫本

世傳四暢、六逸畫本，人物清肆，不類世俗，多以此愛之。六逸者，或以謂嵇康、劉伶、阮籍之徒，四暢則不知奚人也。觀其氣度超灑，以琴、書相遊，囂然❶有傲岀意，其亦晉人之流乎？

嗹者引仰鶴歙而橋顙，爬者踞蹐鴟蹲而捉膝，拊背者據杖而伸足，剔耳者目駐而心凝。壅閼既攻，竅户流通，痟癢既祛，肌絡皆充，如噎得吐，如跛得走，如川决防，如馬脱羈，猶未足方其快，此四者之暢也。既醉而歸，日暮牛飢，鞭之不隨，偃蹇將墜，扶者不支，欲跨而竚，頹然無所據。奔驢駭御，童子挽繮，却顧後者，擁之而不去，二人者醉也。斟酌俱適，中徧不適，彼罇既空，欲辭莫得，二人者將醉也。吹竹爲歌，以相侑酬，舉手抑耳，請竢曲終，二人者飲方和也。解衿擢帶，脱履墮帽，禮法所不能禁，君上所不能使。以天爲掌，以地爲塊，以日月爲跳丸❷，以生爲衣中虱，以死爲南面樂，寒暑晝夜，罔有知覺。深觥大斗，日以濡口，飛鳥不瞬，疾雷不驚，昏昏冥冥，我將何營？雖禄以天下，爵以人主，無以易其樂，此六者之逸也。

吾不知四者之謂暢，果固然邪？果適然邪？有役人焉，日夜馳負，勞形怵心，皸足胝手，食不充口，卧不并睫。一旦休其作程，藉以筦簟，飫以粱肉，百體既舒，屈伸自足，其心愉愉，莫知所得。吾恐彼以爲暢者，正類是也。吾不知六者之謂逸，果無徇邪？猶有徇邪？有狂者焉，惡聞人聲，不願見色，蔽目厭耳，遠去塗巷，謂人曰豕，謂居室曰牢筴，謂身曰囚，謂衣冠曰五木，散髮徒跣，曠野而走。吾恐彼所謂逸者，正類是也。

夫未能忘形，奚所謂暢？未能忘心，奚所謂逸？形忘者無時而不暢，心忘者無事而不逸。是道也，語不能傳，意不能至，惟天樂而神遊者知之。尚何感通塞於形骸，排夢覺於杯杓哉？彼數人者，居相從，坐相觀，視天下之所得，無以易我者，固不知出甌甕而有大天地，捨斗水而有無津涯之江湖，方且冥冥而飛，相呴以濕，亦可悲矣。夫可悲者既甚愚，悲人者亦未爲智，吾又安知不有悲吾之悲，而不自悲者哉？噫！民之迷也，固已久矣。

【校】

❶味經書屋鈔本『然』作『世』，誤。

❷味經書屋鈔本『爲跳丸』作『跳爲丸』，誤。

戲答閻子常悲墨

寂宴先生畜陳唯進墨久矣，一旦李子挹之而去，先生悲墨之不還也，作詩以追之。李子有辭，代墨以對曰❶：『魯人陳玄敬告先生，先生保我幾三十年，蒙埃如煙，零丁壁間，萬金之璧，猶不易焉。上書公車，移文北闕，俯仰前却，會無一言，愛而弗用，莫如棄捐。遇我何疏，鄙我何厚。玄圭不完，漆身日瘦，縱飲一升，何補藜糗。歸乎歸乎，不若爲李子之壽。』

【校】

❶味經書屋鈔本無『曰』字，無跋鈔本爲一空格。

書筆工王玠

東州筆工視他處爲最勝，前輩如睢陽元道寧，曹南屈士安，金鄉韓振營、丘梁道，皆爲士大夫所稱。近時彭門出一彭嵩，與數人相先後，今已亡矣。惟鉅野秦穎、丘自然，工雖不同，各有妙處。比又得單父王玠，製作精密，已與時流並馳，而獨駸駸未已也。

唐人多善書，疑其用筆亦各自擇，如顏魯公之端重，柳河東之峭整，歐陽率更之遒勁，虞永興❶緩而不弱，褚河南清而麗，李北海楷法好爲卧筆，沈江西行書正出懸腕，隨意作勢，自成一家。故善造筆者，唯務識人意，乃能盡妙。

【校】

❶味經書屋鈔本、陸跋鈔本無『興』字，無跋鈔本『興』作『叔』。

樂静集卷十

上眉陽先生

月日，謹齋潔裁書，馳獻於眉陽先生閣下。

某記爲童時，先生父子兄弟一旦出岷峩，四方士大夫稱誦其文，曰：『有宋已來，未嘗見此文也。』至採拾先生父子兄弟所著書，人人爲長編大軸，手自操札，較其所得多少以相輕重。某是時嘗得其本於親家，雖未能深達義趣，讀之反覆，不知所以不能廢。後數年，偶友人晁補之自新城侍親歸，云：『辱在先生門下，雖疾風苦雨，晨起夜半，有所請質，必待見先生而後去。』先生亦與之優游講析，不記寢食，必意盡而後止。晁君氣豪邁，辨博俊敏，下筆輒數千言，紓餘卓犖，馳肆擎斂，各盡其妙。嘗曰：『此文蘇公謂某如此作，此文某所作，蘇公以爲然者也。』又數年，先生罷東武還朝，晁君見先生於京師。既歸，昏夜扣門，開軒置燭，出先生新文十餘篇，促❶席吟誦。晁君健辭氣，每道先生言語，至險絶處，口吃如不快意。須臾，風雨暴落，窻撼燭滅，倏忽之間，疑有神物。二人者獨把卷囁嚅，恍然不知心形之俱忘也。

某與晁君少同學，而齒差長，自知議論、智識遠不及，而彼獨聞道於賢先生，赬顔熱中，憤悱交作。不幸頻年已來，憂患摧鑠，身窮而志慼，坐則面墻，舉頭則礙屋。慨然思遊四方，趨走於賢士大夫之門，少起其衰惰湫底❷之氣。然而賤跡囚纍，觸事乖闕，猶區區收拾古人腐餘，綴爲文詞，出應有司而輒玷一第，得官於徐。徐，先生舊治也，風迹未遠，門生故吏多出庠序，而半在官府。每相過者論先生德義，誦先生文章，堂上琅琅，終日不絶。

某獲代者舒堯文也，堯文辱先生深知，把酒揮墨，登臨嘯歌，無日不相尋。言先生與人交，畧去圭角，洞見肺腑，恐其不親己，人亦自忘其鄙吝，而不知所以化。一日登黄樓，曰：『此蘇公燕集之地也，酒後喜爲文章，盡篋中無留紙。如方盤大斛，瀉出珠貝❸，照爛磊落，鑠手奪目。衆人排捽，争先取之，惟恐其攫之不多也。是時晚風落日，遠山逶迤，川流無波，白鳥上下。竊思昔年席上之樂，徘徊俯仰，欲去不能。蓋中心眷焉者，不獨在夫山水一時之覽也。』

某與堯文仕宦同，而堯文辱先生之遊最久，物我未忘，每自慚恨。未幾，王子中秀才以書見投，出新文五篇，愛其器質深重，擺去俗習，不類科舉文字，乃知先生弟子由壻也。某竊不自度，扣以先生動止，則曰：『蘇公在齊安，掩關著書，俯仰一室，淡然自足。如巖居隱士之行，與世相遺，少❹無謫官意。』

嗚呼！事不難無以知君子，歲寒然後知松栢之後凋。古之聖賢，安居無事，修身誠心者，必期至於此而後信。今斯人也，某何得預聞焉。故某昔之所謂憤悱慚恨者，皆不留於心，而惟知感動慨歎，夜不卧寐。自謂終身所修，何爲而及此也。

某蹤跡之賤，未嘗聞於執事之前，而出處違忤，不得一拜道德之貌。所幸傳先生之詳者，皆出於先生交從、親舊之間，而得之尤多。然而問魯人以泰山，其言如是而高、如是而大，已載於目前矣。至於雲煙蔽虧，氣象明晦，日麗雨潔，春濃秋瘠，變化無窮，雖魯人有不能道者，要須屏心注目，躊躇終年而後能盡也。

天聰不遠，人意相望，朝廷一旦以詔起先生，而位在公相。不肖方謀爲禄仕，南北未定，不知何時得造門下。區區所懷，輒爾陳叙。窮冬苦寒，惟乞爲道自重。不宣。

【校】

❶味經書屋鈔本『促』作『捉』，當誤。
❷味經書屋鈔本『湫底』作『湫隘』，陸跋鈔本作『秋底』。
❸無跋鈔本、味經書屋鈔本、陸跋鈔本『貝』作『具』，文津閣本作『俱』。
❹味經書屋鈔本『少』作『稍』。

上蘇黄門

月日，具位某，謹齋心服形，裁書寄獻於筠州宣德先生閤下。

某成童時，已聞先生文章道德，光耀震發，驚撼天下耳目。於今二十年，公卿大夫、閭巷之士講服傳道者，嘗竊聞之矣。自以賢不肖、尊賤勢不相及，復至出處乖隔，無緣趨伏門下。譬猶景星一出高者先見，三尺之童行於稠人廣市之中，欲引頸而望光彩，未可得也。守官東徐數月，先生之壻王子中惠然肯顧，不以不肖無可與語。寓學舍幾一年，數道先生議論風趣，頗熟於耳。前者稍獲銘誦，日夜感躍，如窮乏久饑之人，乍食粱肉，縱未得大嚼，聊使染指搶鼻，亦足自慰。幸甚，幸甚。

後於王子中處得先生《筠州東軒記》讀之，其意欲歸伏田里，追求顔氏之樂；又於高郵先生處得《棲賢法堂記》讀之，以謂士苟一日聞道，則死無餘事；未幾，黄州先生以書見復云：『舍弟子由，學道三十年，今粗始聞道。考其言行，信與昔有間矣。』某獲是三説，敬拜避席，斂容以思，雖未能造先生之門，上其堂而窺其室，正猶牧羊之子方散亂失箠於多岐之間，行大道者忽出手而一招之也。

嗚呼！士之困於俗習，易己逐物，頽靡不反，失其本心，而不❶知學道之可樂者久矣。非高明君子，篤好而特立，以振擢其昏憊欲死之質，則聖人之門何賴焉。此天下想望先生風采者，非獨某一人也。薄禄所縻，未能脱然以去，屈膝請教於下風，而願爲灑掃之列，不勝慙恨。伏乞爲道自重，下慰士望。不宣。再拜。

【校】

❶味經書屋鈔本『而不』作『不而』，當誤。

上孫莘老

月日，具位某，謹百拜獻書于留守先生几下。

某應舉時，金陵荆公初在政府，四方士大夫望風而來者，户外滿屨，堂上滿席。得荆公一言則公卿爲之改容，得一言則天子置之高位。當時，士大夫待荆公而進退，不知幾何人也。後荆公之罷政，平日爲之倒履促席❶者，稍稍去而從他門，毁短排陷，詘詘百出，雖市道不若也。由此觀之，前日之來，逕爲勢利爾。今天下與語荆公道德同、器識均，趣捨之迹獨不負於終始之義，特先生一人爾。此天下有知之士歸先生宜如何矣。

某天與遭遇，幸先生來守徐，憫其可教，不忍棄之汙賤，樂與之進，三沐而三薰之，日夜感勵，不知所使。而心中區區，有欲傾寫於左右，拘以屬吏，不能豁然自道者久矣。某生質卑近，所見多昧，性復緩闊，不急於事。每聞時人議論，謂『貧賤可耻，富貴可致』，如夢睡中聽人語天上事耳。雖略省心，獨不知其可到也。見一二輩纔入仕宦，逕得美官，柔聲怡色，惟恐不當人意。如觀木偶人戲，伸眉俛首，舉動不自持，但竊笑其機索使然爾。

某家本儒素，先人在仕三十年，纔有田數頃，子弟閉關讀書，未嘗苦生事。先人棄養，既終喪，私故敦逼，弟兄奔走四方，汲汲於禄仕。不肖守官於此，獨無他責，俯仰一室黄卷中，日與聖賢對，爲吏之樂，莫甚此職。但人生多事，薄宦去來，正如逆旅爾，恐未能盡如今日之優游也。

自少强聒，笑人親俗事，喜就書史，雖不能多記誦，古人趣嚮，粗覽大槩。平生藝習，書射音弈，略無所好，一讀古文，輒終日不厭。遇事感激，聊復自賦，雖組織非工，要隨意遣適。此二者，縱使窮老愁餓，决知其不能廢。若夫形骸之外，非志所願，而力不足者，久已忘之矣。

仲尼曰：『四十五十而無聞焉，斯亦不足畏也已。』自惟齒壯子長，去四十之年，如數朝暮。修身行己，治性養心之效，曾未及古人之一二。而忽忽將老，此寤寐憂懼，深自痛恨者也。不幸事先生纔數月，僅熟於聲貌，而先生移鎮留府。官責所拘，不獲追隨杖几，豈復天使之終愚乎？伏承使旌，戒道有日。謹齋心服形，三日不外視，敬拜坐末，願終餘教。使今日之遭遇，獨有異於碌碌者，他日不辱門下之遊，没齒知幸。不宣。某再拜。

【校】

❶底本作『倒屣跣足』，『倒履促席』據文津閣本改，無跋鈔本、味經書屋鈔本、陸跋鈔本作『倒履

屣足席』。

上孫莘老求先人埋❶銘

具位某，今月日謹齋潔裁書，西嚮再拜獻於秘監學士先生閣下。

某嘗謂天下之情，有欲於中者，不能無求於外。其求之也，或樂而與之，或拒而不應，蓋求之則一，而所求之者二也；以利求人者，戛於世俗之所必争，宜拒而不應也；以義求人者，合於君子之公好，宜樂而與之也。某今日之求，正爲義爾。此所以内省而無疑，直往而不懼，特有望於左右爾。

先君在仕四十年，信道守義，端重静肅，不作苟見，不治苟得，不趨俗，不干譽。世之所謂貧富、貴賤、寵辱、利害者，未嘗攖拂其心，進退去就之際，漠如也。故見利則知畏，未衰而早休，安其志而已。挾此之志以遊乎世，其爲人深知之也固寡矣。雖然，在先君言之，志不願知於人則可；在人子之心，不能明先君之志，以貽子孫，以聞後世則罪也。使有勢位者明之耶，則不敢累其心；使善辭説者明之邪，則不敢誣其實。必求諸有道、嚴正君子而已。

恭惟秘監學士先生，道足以信萬世，行足以服天下，取捨以公，議論不妄。後生學士潔己以矜仰，王公大人悚心而畏屈，非獨不肖所受教也。今得先生一言，以銘先人壙中，使其志足以貽子孫、聞後世，不泯泯於寂寥茫昧之中，則人子之情，没齒不忘。伏祈先生優恤之！幸甚幸甚。

自惟不肖嚴事先生，視之以父也；先生所以教育不肖，視之以子也。事人以父者，必如其父而不欺；教人以子者，必如其子而不外。此區區之心，尤恃其必獲也。俯伏聽命，下情無任徬徨、激切之至。不備。

【校】

❶味經書屋鈔本『埋』作『理』，誤。

上顏朝奉

某啓。前日嘗辱賜手書，曲示存恤，屬私事未定，尋失裁報，獲罪多矣。

先人棄養十年，門緒衰墮，兄弟仕宦，粗知所立，手足相助，日望起家。先兄最孝睦，行己端肅，有古人法度，不獨兄弟所愛敬，鄉人尤樂親之。年方四十三，官至一尉，平生所志，未及開發一二，遽爾摧謝。天罰何大酷邪！二子雖已勝衣，可以奉後，而田園廬舍久廢不治。某中春須暫謀歸計，使孤嫠稍安，然後復還，顧未得罷去爲恨。

伏聞子由先生過彼，數年之别，一日會遇，相與解斥世故，講其學道之妙。此賢者所樂也，不肖安得與之。志氣所同，必見於酬唱，使一咀餘味，猶不陷溺於小人，乃所願也。中年多難，觸事氣喪，兩鬢蕭然，輒已半白。自悔少時務學鮮淺，不求深趣，區區所聞，正在膚革。今日思之，大是謬悠爾！此所以急聞救藥也。

見諭子由先生云，《管子》中有佛書精要處，此亦無可怪。但至理無二言，會於理便爲真際。井巷常談，出於鄙夫鄙婦，有與聖人合者，理不外是故也。鬼谷、韓非之書，推本道德，時近玄旨❶，二子安足知老子哉？其言適中爾。管氏之時，固未聞有佛，縱有之，亦不爲佛。觀其書者，喻其理可矣，安在學所問耶？昔人有談不死者，或從而學之，未及門而其人已死，猶恨其學之不早。或曰：『自謂不死，而其人已死，乃誣也，奚恨？』曰：『彼雖死，安知其無不死之術？』正如管氏未知佛，而其言有似之也。先生以謂如何？滕人來，得《雜録》一卷，寫畢，歸左右。《巽臺記》，更二日可模。《單氏東園記》方謀鑱刻，此月末必得馳上。新著必多，願無吝貶教。春温不雨，惟冀節宣自愛❷。不宣。

【校】

❶味經書屋鈔本『玄旨』作『玄百』，無跋鈔本作『元旨』。

❷無跋鈔本、文津閣本、味經書屋鈔本、陸跋鈔本『自愛』作『自後』。

樂静集卷十一

上鄆州安撫劉莘老相公書

某皇恐頓首百拜，上某官閤下。

某元豐間作舉子，同相公二令息登進士科，後一歲復與今管城令偕除學官。是時，方執子弟之禮請謁左右，相公亦以禮進而不拒也。聽言侍坐，茫然如循大海之涯，莫能窺測一二。退以自許以謂：寒鄉晚進，望大人先生名德之重，一造其門，以得見爲幸。

元祐初，詔試入館。相公位既顯，德業益著，天下之士奔走望風，摩轂而至，皆一時之豪傑。相公坐政事堂，爲天子調緝百度，道迎太平，塞天下之觀望，以得失爲輕重，外則爲朝廷考觀人才，内則相與講論經世之具。相公固不輕於與人，士之吐奇畫策者，亦平日感慨自負，不疑於有爲也。

自惟涉道甚淺，聞見鄙野，氣孱志狹，一無所長。乘馬從徒，陪三館之士，出入掖門，塵埃風雨，破帽自障，蹌踉俯僂，日復一日。顧左右虎士如有愧色，區區亦莫知其何爲也。同列之間，俊異朋合，吐辭論事，伸眉抵掌，方使雄、向挾輈，賈、馬執鞭其後，相與並驅周旋。每坐其間，不敢據席，面熱氣茀，竟不能語，闒闒如屋上鵙，惟恐其彈射之將至也。退而治事，則磨丹和鉛，鐫補字畫，一見蠹蟲，則惡而殺之。獨不知無功而禄，坐官舍，食太倉，黑頭利喙，便腹蠢蠕，月費三萬錢，亦書林之一蠹也。當此之時，便有投劾而去，暇[1]振衣彈冠，趨步王公之庭哉。

夫犯分而進，不若知守而退，使人可賤，不若以賤自安。往時雖數月未嘗一走門下者，其志亦如此而已。如某等輩，雖百數十，必無補於盛德之萬一，猶能退自屏縮，以冒昧爲罪，亦於相公進賢退不肖之道，有助焉爾。苟爲不知此，三日一謁，五日一拜，縱不蒙箕踞而慢駡，亦門下之罪人也。京居纍年，職事既非所安，又迫以貧病，求去甚懇，纍月未報。猶以莛撞鐘，幸其鏜然以應，固不可得也。

伏蒙相公造物無間，與之曲成，憐其無用之愚，一言埏鎔，獲遂所請。被命奔迫，束裝東歸，灑掃敝廬，上先人冢墓，哭兄長於室，問勞孤嫠，飲食族[2]子弟。私願既畢，徑趨官期，度白馬之横流，覽鄴都之頽址，浮清漳，探滏口，弔黎人之墟，訪赤狄之祀。

如歷階升天，底於上黨。其地襟以三關，帶以汾、沁，七國之時爲韓邊邑，趙、魏倚以障秦，而相爲鴈行，秦不破韓，不敢循東山而下。開元以來，連絡六州，爲　大鎮，騎太行之脊，前扼幽、并，旁蹙鎮、定，當四塞之衝，屹爲完城，亦形勢之國也。其俗儉嗇固陋，克於自守，爾我不相易，故急衣食而緩節義，重財賄而薄婚姻。地高氣寒，故堅忍而毒；陵阜多，川澤少，故有餘於力，而不足於智。雖强聒難令，而無椎牛發冢、群行剽劫之患，斯有取焉爾。

上自秦、漢，下及五代，阬趙卒，封馮亭，直盜兵之冤，翦鳴辰之禍，夾城之圍，三垂之戰，遺蹤舊事，歷歷可按。一來於此，年穀既豐，民訟希闊，飽食而日有餘力。山經水志，斷碑遺史，田野老人之語，究其本末，足以增益所未聞。登高望遠，山川氣象，負抱迴合，感事賦詩，足以泄其羇旅之思。不知爲吏之勞，而有宦學之樂，此皆相公前日之賜也。幸甚幸甚。

日夜奮勵，未知所報。雖然，士之爲志也，致一而已。是非可否，重輕利害，衡之於心，而照之以道，無待於人，人亦何與於我也。要之不辱於終身之義，自信其所爲而不苟，挺然中立，不倚於物，而姑從吾所好。其爲窮達用捨，則有命焉爾。

如某之説，雖相公之自處者，猶若是也。以身任國事，宰平天下，裁量斟酌，合千萬人之情，同不齊之口，愛憎毁譽，動盪排觸，紛紛藉藉，特未定也。日使百手百喙，撫藉解釋，必不能平。惟相公應之不撓，使物自爲輕重去就，而不相薄者，爲能洗濯其心，一以待之而已。

士之與王公，雖貴賤異勢，苟爲學先王之道，要其自得之志，未嘗遠也。汶爲東藩，非勳德之盛，無以壯京師而鎮方面❸。股肱勤勞，暫爾分逸，西歸之召，正在朝夕。伏冀爲時貴生，還踐鼎席，宗社永賴，天下蒙福。某官守拘隔，末由、參侍臺座，下情無任傾依、激切之至。不宣。某皇恐頓首，再拜上。

【校】

❶疑『暇』字前有脱字，或當爲『何』。

❷文津閣本『族』作『挨』，當誤。

❸無跋鈔本、味經書屋鈔本、陸跋鈔本『面』作『回』，誤。

答劉秀才求先博士墓誌書博士劉孝嗣也

某再拜，伏蒙遣人寄示先博士行狀，委之誌銘。伏讀反覆，泫然墮淚，哽塞終日。恭惟先博士，文章議論，器業風節，卓然盡在人上，士大夫知其名者，莫不嘆息追憤，願爲之載述，而猥先不肖，理亦疑焉。

自念與先博士元豐初擢進士第，名列奏籍，有同聲之舊。元符間攝事南都，因緣聚首，把酒笑語，傾露肺腑，情義款熟，復爲同好之友。古之人既曰：『故舊朋友，凡有以赴患難、託子孫者，皆受之無拒。』不幸且死，俾之書數百言，納諸壙中，以信後世，乃餘事爾。來使惠然，必以此也。幸甚幸甚。

某不敏，輒逡巡再拜以辭，固有説也。某杜門屏處十餘年，中間禍患摧併，哭泣之哀相踵者七八。志慮凋耗，餘息僅屬，忽忽如迷人，未嘗涉書史，窺古人製作之意，筆硯塵涸，覆棄地上，不復收拾。逮今事往痛定，遇意少適，欲爲小詩，陶寫情性，經營終日，不能成章。間得一二句，瑣俗淺惡，正如劇兒行歌，乞人擊節之語。竊自鄙笑，亦復慚恨，竟與敗絮❶敝屣，投之糞壤，示不更作。

行年幾七十，百事斥廢。每遇天日暄和，藉菅擁絮，坐墻下暴背摩腹，氣血俱融，頹然一寐，此日用也。其他種種，現前不復經意。若夫枯腸索奇字，嚼齒造健語，蓬頭搔鬢，其色焦然，傲倖於世俗、牙頰之間，固不暇也。此某所以當辭，而左右者不得不聽某之辭也。必欲强其所不能，使某不得以不能自免，則一切荒浪顛倒，苟塞來諭，一聞於人，百手指笑。足下方以顯親爲孝，而無以慰其心，某之玷負先德，亦不克終故舊朋友之義，非所安也。

昔柳子厚死，皇甫持正爲文哀之，知子厚者，止如此而已。韓退之爲誌其事，辨説明偉，信非常人所能知者。光芒一出，千古不滅，言足以發之故也。足下欲以此意見屬，實非所敢當！必求諸能者，毋勤來使。幸甚。某再拜。

【校】

❶無跋鈔本、陸跋鈔本『絮』作『帑』，文津閣本作『帍』。

代賀方回上李邦直書

伏念犬馬之齒，既壯且老，望門下之日，不爲不久。方未冠時，碌碌無所知識，閣下應直言詔，嶄然起北州，策天下利害於天子之庭，卓卓皆經濟大務，傳之四方，士大夫誦其言，想見其人者，摩轂而至。某自量何如人，不敢奉灑掃，以從衆人之後，竊以爲慚。後數年，迫於致養，遽從一官，監門管庫，義苟不辱，坐則如窘木索，動則與輿皂等勤。一忤上官，訶詆隨至，且虞誅責之不可脱，則無以事親、畜妻子，故垂頭塞耳，氣息奄奄，崛然自奮之心，日已微矣。

閣下位益顯，名德日重，一旦參預❶大政，門下之客，皆一時豪傑。而某之貧賤猥陋，不改如平日，縱能操尺紙之謁，膝行下風，門闌典❷謁之吏，一覘其姓名，已偃蹇不問。左右青紫，愕眙耳語，不怪則笑，雖某之心，亦不能自信也，故又逡巡中輟。某嘗思古之王公鉅人❸，出則爲名世，不幸不同其時，不可復見。時雖同而老死窮僻，終身不得而見之者，皆命也。可以往見矣，言不足以自媒，力不足以自舉，欲行而如有挽之者，而又蹷焉，疑亦有命爾。然以謂或出於人事之不齊者，猶末志也。

比江外代歸，閣下方出鎮咸陽，距京師二千里。堂上之老，不可去須臾，升斗之禄，甘旨不足，蓋未能贏三月之糧，褰裳以往也。今則調官衡陽，將浮汴達淮，涉江漢，絶沅湘，萬一有逃於風波之患。而長沙之南，地苦卑濕，皆騷人逐客，悲吟歎息，不自聊生，非北州之士所能安也。而又母老、妻病、子弱，身復多疾，一月之間，飽食甘卧者，不過數日。方且日夕促促，以鼓鑄爲事，金錫之氣，薰灼腸胃，叫呼咄吒，驅策吏卒，以赴其員❹程。此賤者之事，非敢辭也。

自惟平生多艱，小有所須，動不諧適，百步十躓，一食三噎，又安能必後日之志哉。所幸守官彭門，辱與公子有一日之雅，今輒以悃愊自託，繕寫所爲惡詩若干篇，上獻臺座。俳歌諧語之比，試以閲之，幸甚。若夫渭水秋風，倚樓長笛，固未能挹司倉渭南一勺之細，又安敢望李、杜之波瀾哉！區區之心，伏惟左右憐其憔悴之餘，無他好而已。

【校】

❶底本、文津閣本作『領』，『預』據味經書屋鈔本改，陸跋鈔本、無跋鈔本作『頂』。
❷味經書屋鈔本『典』作『具』，誤。
❸味經書屋鈔本『鉅人』作『女臣』，誤。
❹味經書屋鈔本無『員』字。

代賀方回請見書

某聞古之士，方其奇窮瑣賤未遇之時，或束書裹糧，周行四方，跋山涉川，冒犯霜露，固非去墳墓之國而樂它邦，捨安佚而好遠遊也，將欲覽天下之風俗，交天下之賢士大夫，收其聞見議論之益，去其卑污固陋之弊，以自成其所志者，不得不然耳。與夫抱殘編、屏窮巷，傴僂蹙縮，端坐則面墻，舉頭則礙屋，幽憂沉寂，志衰而氣促，區區掇拾古人之腐餘與兒女子語，欲望遭時而立功名者，亦可鄙矣。

孔子曰：『父母在，不遠遊，遊必有方。』此古之士，未嘗不遊也。昔司馬遷二十而南遊江淮，上會稽、探禹穴、窺九疑、浮湘沅，北涉汶泗，講業齊、魯之都，觀射鄒、嶧，過梁、楚以歸。若夫高山大川，名都沃壤，物産之蕃美，士人之豪秀，固已洽聞多識，而昭澈乎胷中矣。然後辨論古今，馳騁千載之上下，著書以名後世，此有志者所爲也。

某不肖，生質孱懦，未能强立，而竊有志焉。感慨先王之餘風，想聞士大夫之高義，惟恐身不及見，而見之且不多也。間者南遊梁、宋，東走鄒、魯，還過於滕。滕，古侯國也，山林深茂，氣俗淳重，宜有賢者爲政於此。某一至境上，而閤下之休問溢於民言，喜躍不自勝，以幸其及見，輙有請於執事者，願一識風采，而服其緒論，惟閤下受之而已。

代四兄求薦舉書

某聞萬金之賈❶，陸駕大車，川浮巨舶，南窮甌越，北極胡漠。龍皮象齒，文犀紫貝，夜光之珠，照乘之玉，一旦得之，則深居大第，拱手待價。通侯巨室，先之以將命，繼之以飲饌，以幸一閲。方牀大案，藉以藻繡，大僕挾扶，逡巡而進。革匱十重，綺囊十襲，整襟濯手而後發，照爛錯落，神動心悸。徐問其價，則以千言萬，以萬言億，下酬之則勃然作色，中酬之則掩口而笑，上酬之則躊躇不欲而後應。蓋所得者重，則所予者不欲輕故也。販婦販夫，陸拾❷棗栗，水捉螺蠃，足皸指秃，暴露風雨。罄其力，不過一鈞之舉；計其價，僅足一日之食。正晝過市，欲人問之，而未嘗顧也。日暮人散，鷄棲於塒，豚歸於笠，突未及薪，釜未及粟，其色焦然。揭之則屢用，棄之則可惜，皇皇扣人之門户，幾何不悲吟行乞矣。此其意何也？所養者薄，而所售者急也。

蹈道之士，被褐懷玉，志足以輕王公，氣足以驕富貴，致恭盡禮則見之，誠親心合則交之。非其徒，招之不來；非其義，就之不見。嘗恐山之不深、林之不幽，世俗之人將逐其後也。又何嘗以半通之綸、五斗之粟，折腰下邑，踧踧於人眉睫間哉。若夫道不足以任己，才不足以驚世，其志懦而卑，其器拘以迫，使之效一鄉、任一官，輕趨疾作，以應期會，指呼不知勞，訶叱不知辱，如轅下駒顧一束芻，垂頭塞耳，不憚鞭箠。當是時，又何暇議高節卓行，矯激自負哉。雖悲吟行乞，亦所不恤也。

某生質頑昧，讀書二十年，三試不第。晚從蔭補，得官下邳❸，碌碌獲佐大邑。生齒繁浩，簿檄填委，勾考之詳，出納之吝，日夜砥礪，計功補過，苟免罪負，中心所幸者，一薦狀耳，薦狀所願者一縣令耳。今則已踰兩考，未能如格，摇摇引睇於門下者，日夕以之終，亦不敢以鉗結自廢也。

恭惟閣下道德在躬，仁恕成物，屬部之吏洗湔出塵泥而脱枯槁❹者，固已多矣。以某不才，何以與此。然而竹頭木屑，無間於大匠之手，牛溲馬勃，不棄於良醫之門，此某之心猶有待也。昔者莊子舍於故人之家，故人命孺子殺鴈而烹之，孺子曰：『其一能鳴者❺，夫能鳴者，則矯翼而飛，不能鳴者，則合喙而死。』如是，則某今日之言，不得不聞於左右也。伏惟閣下貸其僭易，憐其幾成，出一手而挈之。糜身之報，不敢爲衆人後，伏惟聰明亮察。幸甚幸甚。

【校】

❶文津閣本、味經書屋鈔本『賈』作『賞』，誤。
❷陸跋鈔本『陸拾』作『六十』，味經書屋鈔本作『迷□』。
❸味經書屋鈔本『下邳』作『不鄙』，陸跋鈔本作『不邳』。
❹味經書屋鈔本『槁』作『稿』。
❺『其一能鳴者』下，《莊子·山木》有『其一不能鳴者，請奚殺？故人曰』數字。

樂静集卷十二

賀太皇太后生辰表〔一〕❶

候屬西成，届金方之正氣；時生上聖，配天德之鴻休。聲文所臨，舞蹈同底。中謝❷。恭惟❸太皇太后殿❹下，母儀恭肅，坤德静柔，弼成永圖，休有顯烈。三光明而四時節，九功敘而百度熙，恢基業於無垠，躋民物於交泰。文武之興周道，華胥之贊軒圖，迪是芳風，敻超治古。臣守職藩佐，叨榮聖時。觴獻萬年，莫預造庭之列；心肩一節，徒傾就日之誠。宜益介於延洪，庶克符於頌祝。云云。❺

【注】

〔一〕又見《五百家播芳大全文粹》卷二一。

【校】

❶《五百家播芳大全文粹》『表』作『箋』。

❷《五百家播芳大全文粹》『謝』作『賀』。

❸無跋鈔本、味經書屋鈔本、陸跋鈔本、《五百家播芳大全文粹》『太』字前有留白。

❹底本作『陛』，『殿』據《五百家播芳大全文粹》改。

❺『云云』據無跋鈔本、味經書屋鈔本、陸跋鈔本、《五百家播芳大全文粹》補。

賀皇帝即位表〔一〕

臣某言。伏奉三月五日詔書，恭承❶皇帝陛下，虔奉寶圖，踐登宸極。震雷一發，聲赫四方，大明❷繼升，光被萬國。生靈鼓舞，動植昭蘇，凡在撫臨，無不欣戴。中謝❸。

臣聞盛德之後，世有天下，有道之國，篤生聖人。恭惟❹陛下，席六帝之洪休，對三靈之丕眷，仁孝純乎天至，聰明茂於日躋。岐嶷之間，已能動悟❺先帝；號令之始，足以慰悅衆心。社稷有所憑依，神祇❻以之安樂。皇天右序，復開命武之符；率土祇懽，行見紹堯之化。臣限拘符守，阻造闕廷，無任舞抃、蹈踴之至。

【注】

〔一〕又見《五百家播芳大全文粹》卷一。

【校】

❶無跋鈔本、味經書屋鈔本、陸跋鈔本、《五百家播芳大全文粹》『皇』字前有留白。

❷底本作『寶』，『明』據無跋鈔本、文津閣本、味經書屋鈔本、陸跋鈔本、《五百家播芳大全文粹》改。

❸《五百家播芳大全文粹》『謝』作『賀』。

❹無跋鈔本、味經書屋鈔本、陸跋鈔本、《五百家播芳大全文粹》『陛』字前有留白。

❺底本作『娱』，『悟』據無跋鈔本、文津閣本、味經書屋鈔本、陸跋鈔本、《五百家播芳大全文粹》改。

❻《五百家播芳大全文粹》『祇』作『靈』。

賀太皇太后表〔一〕❶

伏承太皇太后，誕膺寶册，同攬乾綱，號越常尊，禮隆無上。孝慈交感，遐邇祇懽。中謝。恭惟太皇太后殿❷下，柔順在躬，聰明齊聖。輔佐英帝，肅陰教於六宫；保鞠先朝，端母儀於萬國。載加盛典，允答徽音。挾日以升，均照臨於南面；與天同久，擁康樂於西朝。臣限守藩符，不獲趨詣闕廷❸。無任瞻天望聖，舞抃激切之至。

【注】

〔一〕又見《五百家播芳大全文粹》卷二一。

【校】

❶《五百家播芳大全文粹》『表』作『箋』。

❷底本作『陛』，『殿』據《五百家播芳大全文粹》改。

❸無跋鈔本、味經書屋鈔本、陸跋鈔本、《五百家播芳大全文粹》『廷』作『庭』。

進奉❶賀皇帝登寶位上絹表〔一〕

大人繼明，神祇❷協相。四方來賀，玉帛交馳，仰罄懽心，畢輸❸邦物。臣❹猥叨符守❺，阻觀❻帝闔。

敢陳在篚之儀，少助充庭之實。

【注】

〔一〕又見《五百家播芳大全文粹》卷二。

【校】

❶《五百家播芳大全文粹》無「進奉」二字。

❷《五百家播芳大全文粹》「祇」作「明」。

❸味經書屋鈔本「畢輸」作「輸畢」。

❹味經書屋鈔本「臣」字爲小字。

❺《五百家播芳大全文粹》「守」作「竹」。按，「符守」「符竹」，宋人通用。

❻《五百家播芳大全文粹》「覿」作「覲」。

謝告諭表

伏蒙聖慈特降敕書告諭，臣即時集官吏、軍員、將校、僧道、百姓等宣讀訖。睿智纂圖，深恤艱難之託；邇遐聽命，載銜撫育之恩。中謝。

恭惟皇帝陛下，純孝在躬，至仁感物。奉時昭考，將圖天下之安；咨爾庶邦，使知王者之志。臣猥叨符守，誕布德音。坐食見堯，盡識宅宗之念；謳歌歸啓，共迎極治之期。

臣無任瞻天望聖，感戴激切之至。

賀册皇太后表〔一〕

伏承皇太后❶，允膺寶册，增奉鴻名，大孝隆親，事光墳史。萬邦蒙福，喜極人神。中謝❷。恭惟❸皇太后殿❹下，育粹坤元，服勤陰教；輔佐先帝，志在静柔。保鞠聖躬，德惟均一。式彰懿範，推講盛儀。祇答懿慈，盡明王之要道；誕敷徽命，鼓百姓之歡心。臣❺限守藩符，不獲躬詣闕廷。無任抃蹈、激切之至。

【注】

〔一〕又見《五百家播芳大全文粹》卷二。

【校】

❶《五百家播芳大全文粹》無「伏承皇太后」五字。

❷《五百家播芳大全文粹》「謝」作「賀」。

❸無跋鈔本、味經書屋鈔本、陸跋鈔本、《五百家播芳大全文粹》「皇」字前有留白。

❹底本作「陛」，「殿」據《五百家播芳大全文粹》改。

❺味經書屋鈔本「臣」字爲小字。

賀册皇太妃表〔一〕

伏承皇太妃，誕膺徽册，增奉隆名，凡在邇遐，孰不抃蹈。中謝❶。

恭惟皇太妃殿❷下，慶傳貴緒，瑞發靈源，率嬪御以静柔，奉蘋蘩而蠲潔。屬真人之纘緒❸，推盛典以褒崇。懽動宫闈，事光史册。

【注】

〔一〕又見《五百家播芳大全文粹》卷二。

臣限拘藩守，阻造闕廷，無任抃蹈、激切之至。

【校】

❶《五百家播芳大全文粹》『謝』作『賀』。

❷底本作『陛』，『殿』據《五百家播芳大全文粹》改。

❸底本作『紹』，『緒』據味經書屋鈔本改。

進貢綾表

禹分九州，均節諸侯之貢；周建太府，校登天下之財。入之必以其時，制則各從所有。方帝仁之愛養，滋物産於盛多，追講舊經，畢修常獻。臣猥叨符守，獲奉歲輸，敢陳在篚之儀，以助充庭之實。

賀興龍節表〔一〕

四序周而在朔，方成一歲之功；二陽進以爲臨，允叶❶大君之吉。篤生真主，奄有庶邦，紹六帝之休光，懽兩宫之孝養。車書所暨，舞蹈攸均。中謝❷。

恭惟皇帝陛下，聰明日躋，智勇天錫，應千齡而出震，操大器以乘乾。虎嘯龍翔，共覩聖人之作；風行雷動，坐躋萬國之寧。衆賢濟濟以在朝，至化新新而美俗。三靈助順，六氣薦和，人情胥悦於謳歌，天祜沓❸來於福禄。將窮冬律，俯屬誕期。載瞻❹虹渚之祥，竊效封人之祝。恭默思道，允懷上帝之心；安樂延年，永邁南山之壽。

【注】

〔一〕又見《五百家播芳大全文粹》卷一。

【校】

❶《五百家播芳大全文粹》『叶』作『協』。

❷《五百家播芳大全文粹》『謝』作『賀』。

❸味經書屋鈔本『沓』作『偕』。

❹無跋鈔本、味經書屋鈔本、陸跋鈔本『瞻』作『瞻』。

慰皇帝表

今月日，神宗皇帝小祥者。渭水衣冠，想神明之如在；石門霜露，驚日月之難留。中謝。

恭惟❶大行皇帝，澤被生民，道躋曠古，收成功於六閏，垂鴻業於萬年。欲窮海上之山，遽厭人間之世。言未忘於在耳，歲已换於終星❷。皇帝陛下，孝極事亡，念深率考❸，盡憂勤而纘禹，感冥漠以見堯。屬練❹服之將更，結聖衷而永戀，昊天罔極，春露既濡。雖哀不可忘，顧奄經於時變，而禮當有節，庶下慰於人情。

臣限守藩符，不獲躬詣闕廷，無任激切、屏營之至。

【校】

❶味經書屋鈔本『大』字前有留白。

❷味經書屋鈔本『終星』作『星終』。按，『星終』『終星』，宋人通用。

❸陸跋鈔本『孝極事亡，念深率考』作『孝極亡念，深事率考』。

❹底本、文津閣本作『維練』，『屬練』據味經書屋鈔本改，無跋鈔本作『禹練』，陸跋鈔本作『禹惟』。

慰太皇太后表

日月變遷，人神感惻。中謝。愛深母道，慘結聖衷，覬少順於天時，庶下安於人欲。闕❶。

【校】

❶無跋鈔本、味經書屋鈔本、陸跋鈔本無『闕』字。

賀玉璽表〔一〕

大明當寧，百辟造❶朝，翼赭案以前登，發金箱而跪進。靈光焕燿，虹氣屬天；妙刻蜿蜒，龍文照日。作乾安之樂，奉天子之觴，誕布宥恩，敬謝宗廟。慶流海宇，驩動人神，實曠古所未聞，宜四方之來賀。中謝❷。

竊以明德在御，嘉應並臻，蓋天將有示於人，故地亦不愛其寶。至神變化，非意所知，和氣薰蒸，爲時而出。惟珍符之肇見，錫景命以來崇，眷懷本自於帝心，追琢疑非其世造。學者之辨，無以稽諸史；玉人之巧，莫能喻其工。不必論前世之所遺，要非偶❸聖人而不受❹。

恭惟皇帝陛下，仁孝率考，嚴恭事天，朝廷治而庶官修，陰陽和而五穀熟。百神協相，四表❺乂安，宜保無疆之休，以稱甚盛之德。靈芝朱草非難致之物，神鼎丹甑不足效其❻祥，非假秘文，孰昭休貺。昔堯享封人之祝，漢聞嵩岳之呼，曾未若躬承受命之符，永爲守國之器。聖作明述，方啓佑於千齡；史書樂歌，將有辭於萬世。

【注】

〔一〕又見《五百家播芳大全文粹》卷二。

【校】

❶《五百家播芳大全文粹》『造』作『趨』。

❷《五百家播芳大全文粹》『謝』作『賀』。

❸《五百家播芳大全文粹》『偶』作『值』，味經書屋鈔本作『遇』。

❹《五百家播芳大全文粹》『受』作『見』。

❺《五百家播芳大全文粹》『表』作『海』。

❻《五百家播芳大全文粹》『其』作『之』。

賀元符改元表〔一〕

准❶敕，自紹聖五年六月朔已後改爲元符元年。神休沓❷至，昭示聖時，歲號更新，欽承天意。布宣萬國，鼓舞群情。中謝❸。

恭惟❹皇帝陛下，一德感❺通，三靈眷佑，諸福之應，緣類而來。明照下土，則神光燭天；澤潤生民，則甘露如雨。欲付以享邦之慶，又申之受命之符，皆前世所罕聞，不踰時而來上。載諸❻簡册，播之❼聲詩，猶未足著無窮之傳，復何以表非常之貺。方❽將詔世，宜重紀元。太史編年，無愧祖宗之美；明❾堂頒曆，永同天地之期。

【注】

〔一〕又見《五百家播芳大全文粹》卷一。

【校】

❶陸跋鈔本、無跋鈔本『敕』字前有留白。味經書屋鈔本留白處作『詩』字，誤。《五百家播芳大全文粹》略去『准敕自紹聖五年六月朔已後改爲元符元年』等字。

❷《五百家播芳大全文粹》『沓』作『遝』。

❸《五百家播芳大全文粹》『謝』作『賀』。

❹無跋鈔本、味經書屋鈔本、陸跋鈔本『皇』字前有留白。

❺《五百家播芳大全文粹》『感』作『咸』。

❻《五百家播芳大全文粹》『諸』作『之』。

❼《五百家播芳大全文粹》『之』作『諸』。

❽底本作『大』，『方』據《五百家播芳大全文粹》改。

❾味經書屋鈔本『美明』作『明美』。

樂静集卷十三

賀皇帝即位表〔一〕

臣某言。正月十六日，准進奏院遞到制書❶皇帝登寶位者。❷龍德時升，紹一王之休運；天恩下霈，鼓萬國之歡心。凡在蓋容，一歸撫御。中謝❸。

竊以可托天下，必允屬於真人；克享帝心，實有懷於明德。恭惟❹皇帝陛下，聰明齊聖，曆數在躬，孝悌感於人神，言行動乎天地。奉兩宫而無間，就外傅而弗煩。道學生知，德心日邁，宜先王之眷命，付大器以受民。二聖嗣興，益隆乎世祚；一道相授，蓋篤於天倫。謳歌朝覲之有歸，禮樂政刑之具在，享七世崇高之業，應萬年熙洽之期。繼體元豐，均是吾君之子；承華紹聖，載安百姓之心。永孚四海之休，咸賴一人之慶。

臣❺限拘官守，阻造闕廷。無任抃蹈、激切之至。❻

【注】

〔一〕又見《五百家播芳大全文粹》卷一。

【校】

❶無跋鈔本、味經書屋鈔本、陸跋鈔本『皇』字前有留白。

❷《五百家播芳大全文粹》『龍』字以上文字略。
❸《五百家播芳大全文粹》『謝』作『賀』。
❹味經書屋鈔本、陸跋鈔本、無跋鈔本『皇』字前有留白。
❺味經書屋鈔本『臣』字爲小字。
❻無跋鈔本、味經書屋鈔本、陸跋鈔本、《五百家播芳大全文粹》以『臣無任（云云）』代『無任抃蹈、激切之至』。

賀生皇太子表〔一〕

臣某言。伏覩進奏院報今月八日降誕皇子者。❶太史觀天，已識前星之應；大人占夢，果符男子之祥。喜溢宫闈，慶均海宇。中謝❷。

竊以誕彌厥❸月，有開后稷之先，則百斯男，於顯文王之盛。由人神之相與，荷福禄之無窮。恭惟❹皇帝陛下，孝安祖宗，仁遂動植。疏爵賞以繼功臣之世，發廩庾以惠天民之窮。廣大德以好生，示神武之不殺。萬事咸理，允格丕平；四夷皆來，實獲多助。三辰昭鑒，六聖具依，載錫洪休，篤生元嗣。至誠能動，無待薦高禖之薌❺；流澤有源，何煩種北宇之竹❻。況乃岱祇見象，媧聖呈光，共扶萬世之基，來兆一人之慶。岐嶷之性，先自得於神靈；聰明之資，將弗煩於師傅。大本有系，衆情以熙。

臣猥服外僚，親逢盛事。上南山之壽，阻預班聯；誦螽斯之章，莫知鼓舞。❼

【注】

〔一〕又見《五百家播芳大全文粹》卷一。

【校】

❶《五百家播芳大全文粹》「太」字以上文字略。

❷《五百家播芳大全文粹》「謝」作「賀」。

❸《五百家播芳大全文粹》「厥」作「吉」。

❹無跋鈔本、味經書屋鈔本、陸跋鈔本「皇」字前有留白。

❺底本作「牲」，「薌」據《五百家播芳大全文粹》改。

❻底本作「行」，「竹」據《五百家播芳大全文粹》改。

❼無跋鈔本、文津閣本、味經書屋鈔本、陸跋鈔本文末有「臣無任（云云）」五字。

謝永興路提刑到任表〔一〕

從事府僚，訖無善狀；詳刑陝部，遽忝誤恩。祇命入疆，撫躬失次。中謝。

伏念臣學非知奥，才不逮中，晚掇辭科，濫登仕版，猶未棄詩書之習，初不更州縣之勞。講藝泮宫，無以應諸生之問；校文芸閣，莫能窮未見之書。朝廷勸養❶之甚優，事業空疏而幾廢，低徊末路，慙負盛時，未嘗赫赫以動人，姑幸循循而寡過。勉從吏責，出佐藩方，甫及再朞而還，寖遷大尹之佐。顧浩穰之多責，益黽勉以自持，實有愧於吏能，偶遂逃於官謗。

屬以田廬蕪没，兄弟凋零，孤窮不收，嫁娶未畢。事君之義，固内外以一心；在臣之私，有出處之異勢。屢殫愚懇，過覬便州，豈謂天能聽而弗違，日雖幽而必照。不加以罪，曲盡其情，特優假於使華，俾分持於邦憲。量材非稱，冒寵若驚。况關中之奥區，爲天下之劇部，廣輪者三千里，襟帶者十八州。氣俗喜争，動成抵冒，山林多阻，易致奪攘，必得通明之才，以均察治之寄。如臣凡❷闇❸，遇事闊疏，雖❹知任大而盡心，尤恐力微而敗責。

此蓋伏遇皇帝陛下，性齊舜哲，政邁湯仁。表德禮以示人，亶誠明而格物，將使路遺不顧，人有夷齊之心，田畔相推，家成虞芮之俗。臣敢不仰思欽恤，俯務静安，閑於無事之時，衡以至公之聽，鄉鄰不擾，犴❺獄無留。誓殫夙夕之勤，力圖毛米之效。澄清之志非敢望於古人，忠厚之風期少裨於聖治。

【注】

〔一〕又見《五百家播芳大全文粹》卷五。

【校】

❶底本、文津閣本作『課』，『養』據《五百家播芳大全文粹》改，味經書屋鈔本作『勵』，無跋鈔本、陸跋鈔本作『農』。

❷底本作『煩』，『凡』據後文改。

❸《五百家播芳大全文粹》『闇』作『冗』。

❹味經書屋鈔本『疏雖』作『雖疏』，誤。

❺味經書屋鈔本『犴』作『行』，誤。

謝京東西路提刑到任表〔一〕

詳刑陜右，已乏事功；易部畿東，再叨恩旨❶。量材非稱，戴寵若驚。中謝。賦性迂疏，聞道蹇淺。沾濡薄禄，游泳聖時。學文未去其陳言，從吏不聞於善狀，亦嘗陪書林之豪秀❷，佐天府之浩繁。必有可觀，未始錚錚而驚世；竟無他異，但能碌碌以同塵。屢懇便州，遽分煩使，事滋多而智宥，責已重而心危。勵志竭精，知惷愚之無補；曩日易月，顧罪戾之益深。久玷官聯，坐縻廩給。方申❸前請，復俾就遷。既奔命以戴星，徒摇心而望日。

惟京都之近壤，連海岱之故區，生齒實繁，獄訟惟冗。豈兹孱緩，可使澄清？攬轡登車，慙非任使，過家上冢，預有光榮。此蓋伏遇皇帝陛下，堯性自天，舜功成物，措世於中和之地，道民於禮義之風，將使四海爲家，有外户之不閉，群生咸遂，無一夫之向隅。臣濫總刑章，恭承德意，敢不究心審閲，先事禁防，寬猛以和，上下無擾。勉立涓塵之效，仰酬覆載之恩。❹

【注】

〔一〕又見《五百家播芳大全文粹》卷五。

【校】

❶《五百家播芳大全文粹》『旨』作『宥』。

❷味經書屋鈔本『秀』作『傑』。

❸味經書屋鈔本『申』作『中』，誤。

❹無跋鈔本、味經書屋鈔本、陸跋鈔本、《五百家播芳大全文粹》文末有『臣無任』三字。

謝移京東東路提刑到任表〔一〕

承乏再朞，訖無裨報，易官東部，尚玷恩榮。循省已還，兢陵失措。臣某中謝。❶

伏念臣學非稽古，才不過人。晚登仕版之榮，寖通朝籍之貴，兩叨持節，三見周星。疾病相仍，安恤陰陽之患；精神俱耗，空❷言犬馬之勞。多慮近迂，積憂成畏，姑幸屏心而遠罪，未嘗飾智以近名。審閱獄辭，唯恐失好生之意；芟除偷黨，庶幾移❸癉惡之風。間❹屬年穀順成，生民咸遂，桴鼓之驚幾息，桁楊之繫亦稀。皆神明之化陶成，非奔走之臣能預。

方將東裝待罪，指日言歸，豈謂寬恩，復更華使。去長安之日，雖遥千里之圍；望岱宗之雲，猶均一雨之潤。文書有報復之速，吏卒❺無將迎之勞。昔乃吾鄰，盡爲屬郡；今雖别部，曾是故僚。顧如此之便安，實非臣之覬望。而况全齊大國，瀕海奥區，水極魚鹽之饒，陸多桑枲之美，大姓挾貲而犯法，細民御貨以爲姦，非有强明之才，孰分察治之寄？自惟迂暗，難稱使令。

此蓋皇帝陛下，憲天聰明，體道變化，紹復先王之政，圖終寧考之功，御一世之英豪，納四方於仁壽。夫何微品，亦備下僚？謂臣無他，已嘗試之任使；察臣寡過，猶將責以事功。蓋天地之大而無私，日月雖幽而必照。敢不勉脩官責，祇奉憲條。察辭於差，庶不愆於明慎❻；除惡務本，使無害於善柔。誓有補於涓塵，期少酬於覆載。

【注】

〔一〕又見《五百家播芳大全文粹》卷五。

【校】

❶『臣某中謝』據《五百家播芳大全文粹》補。

❷《五百家播芳大全文粹》『空』作『敢』。

❸《五百家播芳大全文粹》『移』作『惟』。

❹無跋鈔本、文津閣本、陸跋鈔本、味經書屋鈔本、《五百家播芳大全文粹》『間』作『簡』。

❺《五百家播芳大全文粹》『卒』作『職』。

❻無跋鈔本、味經書屋鈔本、陸跋鈔本『慎』作『御名』二小字。

知滄州謝上表〔一〕

禮官失職，甘俟嚴誅；邊壘析符，尚叨優寄。以不可貸之罪，蒙非所望之恩，驚魂既還，零涕無已。中謝。

伏念臣迂疏無取，選❶輭不持，惟知任物以直情，不善❷周身而避患。每事必問，已失仲尼之前知；三思乃行，終違文子之常誡。一昨奉太母因山之制，謹百官趨事之期，夙有司存，各以類舉。逮壽宮之易奠，道虞主以告行，竟違空函，幾敗乃事。既身爲之官守，反自闕於禮文，仰誤神靈之依，中攖仁孝之感。過莫大者，誰其歸之？固當戮以市朝，可復付之民社。

眷浮陽之封壤，控北虜❸之喉襟。澤浸稽❹天，雖馬牛之弗及；風聲屬耳，實鷄犬之相聞。宜得望人，以壯方面。敦詩閱❺禮，鎮以静安；緩帶輕裘，應之閒❻暇。况乃大河泛溢❼之後，一方飢窘之餘，必先謹養以惠和，尤在周知其疾苦。如臣孱暗，非所克堪。

此蓋伏遇❽皇帝陛下，天地同仁，日月齊照。澤及行葦，每思視物以如傷；網漏吞舟，不忍向隅之獨泣。聊褫官而示罰，猶守土以長人。敢不砥節奉公，肅心悔過！盡爲臣之道，於事無難；推愛國之心，以民爲本。誓殫夙夜，少補毫分。觀海知瀾，宛隔蓬丘之望；舉頭見日，長存魏闕之心。臣無任。❾

【注】

〔一〕又見《五百家播芳大全文粹》卷六。

【校】

❶味經書屋鈔本『選』作『巽』。

❷《五百家播芳大全文粹》『善』作『思』。

❸底本、文津閣本作『敵』，『虜』據陸跋鈔本、味經書屋鈔本、無跋鈔本改。

❹底本作『際』，『稽』據《五百家播芳大全文粹》改。

❺底本作『説』，『閲』據《五百家播芳大全文粹》改。

❻味經書屋鈔本『閒』作『間』。

❼《五百家播芳大全文粹》『溢』作『濫』。

❽無跋鈔本、味經書屋鈔本、陸跋鈔本『皇』字前有留白。

❾無跋鈔本、文津閣本、味經書屋鈔本、陸跋鈔本文末有『臣無任』三字。

謝落秘閣校理表

備校讐之列，久玷寵名；委按察之權，尚叨華使。退尠僥倖，復荷矜存，聞命已還，省躬知懼。中謝。伏念臣學術淺鮮，器識拘疏。偶中詞科，濫登文館，日見群書[1]之浩博，坐逃俗吏之紛囂。物或儻來，敢怠若驚之戒；義[2]難苟得，每懷非據之憂。何敢取容，屢嘗求解。逮俯從於外補，猶竊假於前稱，不自請陳，寖成冒昧。

索驪珠於魚目，已失諸真；衣羊質以虎皮，終非其有。宜循名實，無紊故常，曲被寬恩，上還虛授。此蓋[3]皇帝陛下，紹隆先烈，總核百工。予奪必盡其公，各從分守；内外一歸乎正，無忝司存。亶堯智以知人，博舜仁而愛物，養之廉恥，收以事功。臣敢不勉激愚衷，益勤吏責。天地之造，難補報於生成；犬馬之軀，誓糜捐於驅策。臣無任。[4]

【校】

❶味經書屋鈔本無『群書』二字。

❷味經書屋鈔本無『戒義』二字。

❸無跋鈔本、味經書屋鈔本、陸跋鈔本『皇』字前有留白。

❹『臣無任』據無跋鈔本、文津閣本、味經書屋鈔本、陸跋鈔本補。

謝降授承議郎表〔一〕

臣某言。八月二十二日，都進奏院遞到官❶告一道，特降授承議郎、差遣❷、勳賜如故，臣尋跪授訖❸。禮官被黜，方在退思；敕命❹示懲，止從薄責。重干文憲，疊負釁疵❺，撫己懷慙，感恩零涕。中謝。伏念臣斷斷不敏，碌碌何知，初無奇勛以動人，每以疏愚而取禍。詩禮之訓，幼則嘗聞；刑名之書，素❻所❼未學。偶預都司之進擢，適當常憲之變更。宰府付❽以官僚，惟命所赴；法吏摘其帋❾尾，謂可則書。文既失於舊章，罪寧逃於顯戮？止從貶秩，尚玷承流。雖天地無所不容，而犬馬何以爲報。此蓋伏遇皇帝陛下，聰明睿智以獨斷，慶賞刑威之必行。遵制揚功，永懷善繼，亂名改作，先務謹誅。謂使人知過，則能盡其忠，故用罰以寬，而終歸於恕。臣敢不省身夙夜，砥節事功。知無不爲，庶竭事君之義；死而後已，益堅報國之心。

【注】

〔一〕又見《五百家播芳大全文粹》卷六。

【校】

❶『官』據《五百家播芳大全文粹》補。

❷陸跋鈔本『遺』作『遺』，誤。

❸文津閣本『訖』作『託』，誤。

❹文津閣本、無跋鈔本、味經書屋鈔本、陸跋鈔本『命』作『扃』，當誤。

❺底本作『玼』，『疵』據文津閣本、《五百家播芳大全文粹》改。
❻味經書屋鈔本『書素』二字顛倒，誤。
❼《五百家播芳大全文粹》『所』作『知』。
❽《五百家播芳大全文粹》『付』作『任』。
❾味經書屋鈔本、《五百家播芳大全文粹》『帋』作『紙』。

謝復官表〔一〕

天地既交，適契施生之序；雷雨方作，悉霑曠蕩之恩。歸復官資，洗除罪戾，莫知手舞，但極涕零。中謝。

伏念臣材非過人，學不知道，濫登仕版，誤置書林。必有可觀，未始錚錚而驚世；終無他異，但能碌碌以同塵。逮躡省闈，遽參宰屬。偶官僚之有請，謂國憲之當更，初無預於講論，漫不思其抵謬。罪同破律，議在謹誅，止鐫階秩之微，聊殿籍書之末。豈謂矜前車之既失，開局步於自新。

川澤納汙，一歸曠度；父母愛子，皆出至情。此蓋❶皇帝陛下，堯性生知，舜聰遠格，庶事憂勤而協帝，小心寅畏以事天。常善救人，恐匹夫之失所；爲能盡物，期一視以同仁。曾是孤生，亦蒙聖澤；併還舊物，復領真祠。

官守不出於田廬，家食❷盡資於廩粟。葵藿之心常在，終幸照臨；犬馬之力已衰，空慚豢養。一無裨報，獨負生成。雖已寖於桑榆，顧未填於溝壑，猶能中田擊壤，日陪野老之歡聲，清夜焚香，每效封人之善祝。

【注】

〔一〕又見《五百家播芳大全文粹》卷六。

【校】

❶無跋鈔本、味經書屋鈔本、陸跋鈔本「皇」字前有留白。

❷《五百家播芳大全文粹》「食」作「餐」。

謝出籍表〔一〕

滌瑕蕩穢，共承雨露之霑濡；振衣彈冠，莫知手足之抃蹈。追惟前日，感涕厚恩。中謝。

伏念臣生也有時，仕而無學，智識非遠，議論甚卑，每慙事往而知非，不悟才疏而多累。兩干吏議，三丐宫祠。顙白❶不可以適河，猶叨豢養；帷❷敝或堪於裹馬，未即棄捐。間者上帝降康，天❸祇薦瑞，備成寶刻，均福蒸民。敢期負釁之餘生，亦預❹竄名於載籍。

此蓋伏遇❺皇帝陛下，愛人無已，視物如傷。賞罰之公，時乃天道，予奪之節，本於人情。法以示懲，亦既❻屢更其歲月；過而必改，誰將自棄於君親。曲示函蒙，一從湔拭。而臣計功無取，蹈悔良多，載省始終，莫酬❼萬一。

蓋嘗喻父老以戴上之美意，教子弟以事君之小心，長歌天保之六章，百拜封人之三祝。雲天在望，但知傾日以爲心；溝壑未填，尚冀殺身而報國。❽

【注】

〔一〕又見《五百家播芳大全文粹》卷六。

【校】

❶《五百家播芳大全文粹》「纇白」作「于纇」。

❷無跋鈔本、陸跋鈔本「帷」作「唯」，誤。

❸底本作「大」，「天」據《五百家播芳大全文粹》改。

❹《五百家播芳大全文粹》「預」作「惟」。

❺無跋鈔本、味經書屋鈔本、陸跋鈔本「皇」字前有留白。

❻《五百家播芳大全文粹》「亦既」作「既已」。

❼《五百家播芳大全文粹》「莫酬」作「方酧」。按，「酧」同「酬」。

❽《五百家播芳大全文粹》文末有「祇敷誠悃，莫罄名言」八字。

謝八寶赦轉官表〔一〕

甫除罪籍，遽進文階。望遠雲天，特預一時之澤；光生簪紱，如非前日之身。寵至若驚，感深成涕。中謝。

伏念臣材猶社木，性實❶組人，初非可用於時，終有自貽之悔。間❷屬禮陳八寶，慶洽萬邦，赦其既往之愆，開以從新之路。雪霜制物，天將使之成材；鞭撲御家，父終無以❸棄子。矜憐舊物，安養殘年，復陪多士之步趨，再奉真祠之灑掃。已踰望表，仍玷序遷，未聞圖報之一端，併荷流恩之三錫。此蓋伏遇❹皇帝陛下，大道善貸，至仁無親，凡百姓皆得其心，靡一物不遂其性。聖功丕冒，瑞應並臻，嘉與庶工，共承多福。而臣偶緣幸會，濫服寵休。籧篨蒙璆，既容可録，支離受粟，尤❺愧無功。敢不誦明訓以刻肌，披愚衷而指日，儻萬分之有補，視❻九死以如歸。

【注】

〔一〕又見《五百家播芳大全文粹》卷六。

【校】

❶陸跋鈔本『實』作『寶』，誤。

❷味經書屋鈔本『間』作『簡』。

❸底本作『無終於』，『終無以』據味經書屋鈔本、《五百家播芳大全文粹》改，陸跋鈔本、文津閣本作『終無有』。

❹無跋鈔本、味經書屋鈔本、陸跋鈔本『皇』字前有留白。

❺《五百家播芳大全文粹》『尤』作『深』。

❻底本作『雖』，『視』據《五百家播芳大全文粹》改。

樂静集卷十四

代人賀元圭表

欽承休貺，叶至日之迎長；肆設盛儀，闔❶萬邦而來賀。列華紳而星拱，翼寶盝以階升，上公跪進而前，天子再拜以受。大樂備九成之奏，群臣奉萬歲之觴，麾幡縹緲於祥風，雲物冲融❷乎和氣。人神胥悦，霈澤横流，以答自天之休，於昭不世之瑞。曠古盛典，一時榮觀。中賀。

自昔陶唐，聖神獨運，惟時文命，水土既平，歸我帝功，薦其器寶。謂俊德克明者本於智，黎民於變者生乎神，用此以知人而人績成，推此以則天而天道順，故外黑以示智之所出，内赤以顯神之所存。顧强名莫得其緒餘，惟默識可求諸形制，書猶具在，世獨無傳。

三代下衰，曾莫聞其付予；兩漢甚陋，終不發於沉潛。天心未有以感通，人意亦難於窺索。綿歷歲時之久，寂寥霄壤之間，爛然光明，了不刓缺。蓋上穹眷佑，有待治時，而神物護持，乃至今日。

恭惟❸皇帝陛下，儲精稽古，恭己愛民，聽言同衢室之詢，化俗猶大章之作。兢兢以行道，巍巍乎成功，家陶德化而可封，人競耻心而不犯。亦堯之盛，與帝而俱。屬景命之方興，果珍符之來格，學士討論而不謬，工人辨閲以無疑。再考秘文，益詳嘉應。得玉璜於磻水，何乃不經？出寶鼎於汾陰，是誠小物。固宜告圓丘而饗上帝，拱南面以朝諸侯，迎福禄之大來，對天地以同久。

臣親逢熙旦，猥預下僚。彷彿闕廷，徒極望雲之想；婆娑田里，聊賡❹擊壤之歌。

【校】

❶陸跋鈔本『闔』作『盍』。

❷味經書屋鈔本、陸跋鈔本『融』作『蝸』。

❸無跋鈔本、味經書屋鈔本、陸跋鈔本『皇』字前有留白。

❹底本作『陳』，『賡』據味經書屋鈔本改，無跋鈔本缺。

代濟州命官學生道僧耆老請皇帝封泰山，乞車駕經幸本州表

竊以封禪大事，古昔有聞。數千百載之相望，時難偶值；七十二君之可記，遺跡尚存。非至德無以動天，惟聖人乃能行禮。義當有請，時弗可違。衆議所同，不謀而合，輒殫愚懇，上瀆嚴宸。中謝。

恭惟皇帝陛下，亶聖智之才，邁帝王之德，仁被動植，孝感神明。朝廷正而庶官修，庠序興而衆賢出。禮極商周之盛，樂同《韶》《濩》之和。四時序而五穀順成，九澤通而百蠻請吏❶。囷窮有養，囹圄屢空，爲道難明，視古無並。

萬邦咸乂，豈惟同德之三千；百化已成，何獨大功之二十。三靈協相，諸福薦臻。太史書祥，殆無虚日；輿人頌聖，如出一辭。冲融六合之間，充塞太和之氣。元圭載出，垂眷甚休；青帝來臨，示人尤著。當躬行於昭報，無久曠於上儀，必展時巡，用虔祀事。

顧兹東土，有曰泰山。『泰』言作鎮之尊，『東』乃資生之本。群靈之府，衆岳之宗，近在大邦，素爲

福地。升煙中頂，可近接於皇天；檢玉圓臺，亦深明於精意。不特享一人之慶，蓋將蒙萬世之休。幸詔諸儒，敷求故實，矧規模之具在，皆耆老之能言。追真皇已講之文，請從今日；繼神考方興之志，奚俟來年。

惟麟野之舊封，附陶丘之大邑，去畿無幾，視魯爲鄰。路固少於縈迴，地尤多於平衍，萬人無擁，六馬不勤。纔經清泲之郊圻，已見東山之雲物。伏望❷皇帝陛下，曲從人欲，俯屈帝尊，遡日馭以啓行，揭龍旗而來幸。肅傳鳴蹕，徑取便塗。舜禮方修，敢願陪於群後；堯車儻過，竊有效於封人。庶仰矚於清光，不虛生乎盛世。

【校】

❶無跋鈔本、陸跋鈔本「請吏」作「清吏」，味經書屋鈔本作「清□」。

❷無跋鈔本、味經書屋鈔本、陸跋鈔本「皇」字前有留白。

第二表

投寸莛❶於洪鐘，固知難動；納細流於滄海，尚或能容。是誠力所不量，恐亦行之甚易，躊躇欲却，僶俛復前。中謝。

竊以奉牲玉於圓丘，以展報天之禮；潔粢盛於泰折，式昭事地之儀。此皆有國之常經，未盡聖人之極致。非升中，不足以對上穹之佑；非降祀，不足以接厚載之靈。自伏羲以來，斯焉可考；由祥符而後，今則其時。敢布懇辭，再幹宸聽。

恭惟皇帝陛下，聖心天縱，神化日新。造士訓官，群俊在位，制禮興樂，習俗已成，木❷索俱閒，倉箱徧溢。犀利蒙皮而不試，遐荒削枉以來庭，洋洋乎歡樂之聲，恢恢然仁壽之域。精神之妙，既已和同，天人糟粕之餘，猶將陶鑄堯舜。冬祀方修而清真格，韶音纔作而白羽來，大功岌業以升聞，諸瑞❸紛綸而畢至。草木山川之勝，競出珍符；日星雲露之精，次垂喜應。不爲創見，非止一書，此皆前古之罕聞，何獨大封之未舉。

惟岱宗之作鎮，在方岳以居先，巖巖之望尤高，生生之德滋盛。神房阿閣，即先聖所棲；紫蓋黃光，盡吉祥之氣。舜帝時巡之禮，具載遺書；真皇夢感之靈，竊聞殊貺。伏望皇帝陛下，躬行升降，丕答顧懷。鶴髮相扶，每共談於古事；鑾輿來幸，將復望於清塵。宜奉三神之懽，以錫庶民之福。雖貶成抑定，謙不自居，而附厚增高，禮寧終廢？是弗爲也，尚稽檢玉之期；侯不邁哉，徒鬱搢紳之願。

載言大野，俯次輔藩，參考舊經，最爲便道。五百里之非遠，東北望以甚平，乃汶陽接畛之區，正羽衛徐行之地。幸頒俞旨，夙戒候人。煌煌華蓋之來，四郊風動；隱隱春雷之轉，萬騎雲從。臣某等夢寐傾心，掃除先路。進陪朝序，敢希闕里之榮；親見聖時，誰復周南之歎。

【校】

❶無跋鈔本、文津閣本、味經書屋鈔本、陸跋鈔本『寸莛』作『取梗』。『取』字似爲『孤』字之誤。

❷無跋鈔本、文津閣本、味經書屋鈔本『木』作『寸』。

❸味經書屋鈔本無『瑞』字。

第三表

盥手奉章，鞠躬俟命，望雲雖劇，伏地無從。獻一得之愚，已幾喋喋[1]；下十行之詔，尚復遲遲。中謝。

竊以因崇祀以告成，禮當有報，爲生民而祈福，意本無私。乃上聖所優爲，亦下情之公願，凡在照臨之屬，莫知鼓舞而來。稽於衆則可從，冀蒙兼聽；至於三而必瀆，敢避多言。筮日之良，瀝誠斯迫。

恭惟皇帝陛下，化行俗美，治定功成，陰陽天地以流通，禮樂刑政之明備。丁寧德意，孰非堯舜之用心？熙廣聖功，不忘文武之勤教。交萬物以道，得百姓之歡，衆賢並興，五兵俱偃。養材有本，造小子以詩書；懷遠無方，裂殊鄰爲郡縣。九年粟腐，比户錢流。惸獨孤窮，飽餘糧而鼓腹；桁楊纆索，掛空犴[2]以凝塵。朝廷胥樂於清明，田里蔑聞於愁嘆。馨香有感，惠澤無垠，共陶一炁之和，徧爲諸福之應。

元圭發見，上帝降觀，九霄光明，日有戴氣。千里澄澈，河無橫流，甘露葳蕤，寶山崒嵂。竹實供九苞之食，野蠶增卒歲之衣。雙蓮駢莁，不並生於庶草；赤烏白鵲，獨先至於四靈。淮人瞻崒堵之光，嵩阜示高真之相，嘉穀動盈乎拱把，瑞文繼出於山林。九皋之鶴蔽天，同傾萬目；五色之芝連篚，幾困十夫。禮部受圖，歲嘗百數；外朝稱慶，日或貳參。呈露紛綸，變化奇詭，事出乎見聞之表，意存乎象數之間。譽[3]流聲詩，光動簡册。此太平之極致，何嵬嵬乎！彼載籍之所傳，特小小耳。

惟天之垂眷者甚厚，故民之報上者益勤。圓丘方澤之齋嚴，未爲之稱；束帛金錢之慰遺，詎已其來。必先喬岳之封，允答三靈之眷，庶弗違於上下，亦曲盡於情文。庸示光揚，非爲進越。博士濡毫於册府，夙備討論；封人側耳於路隅，屢從汛掃。載稽前古，無越此時。雖退託以未遑，顧久留之何待？蓋曠世罕逢於盛際，况舊章非設於空文。今復仰冒嚴誅，堅陳丹懇，幸稍迴於淵慮，難終抑於輿情。魯邑儒冠，已顒顒而北嚮；岱宗雲物，每靡靡以西來。

伏望皇帝陛下，追祖武以聿修，奉天時而順動。自大野達東山之境，導屬車無五日之行，良出便安，最爲平易。填金秘册，罄一人昭事之心；刻石層崖，張萬世無前之烈。訪仙閭之縹緲，觀海日之騰陵，百神之御遝來，萬歲之聲相屬。回鑾夷路，瘞帛崇壇，麾仗雲屯，琛貢山積。先端冕以受四方之賀，大作樂以舉諸臣之觴。躬問高年，畢修群祀，尊儒闕里，款帝真庭。賜酺飲以交歡欣，濡德音以蕩瑕穢，榮光均被，慶賚並行。永孚宗社之宏休，丕顯帝王之能事。

臣某等敷言纍牘，引領踰時，恍迷丹闕之岧嶤，想見翠華之髣髴。躊躇終日，摇役寸心。奏帝典之一篇，慙無宿學；望聖人而三祝，竊效前驅。

【校】

❶陸跋鈔本『下』與『喋』顛倒，誤。

❷味經書屋鈔本『犴』作『行』，誤。

❸底本作『驩』，『譽』據味經書屋鈔本改。

代賀平瀘賊表

勇校鷹揚，赫天聲而莫禦；窮陬電埽，殲鼠類以無餘。三捷告旋，萬方交慶。中謝。

臣聞漢闢牂牁之地，始定南夷；蜀興瀘水之軍，寖通諸夏。雖屢更酋族，時擾疆陲，固不煩浮以六師，止可以驅之尺箠。夫何狂醜，敢黯皇靈！謂中國之兵不習山林之險，聖王之法必寬夷獠❶之誅，輒肆披猖，自媒剪覆。以至虎臣受略，貂使移輪，先攖必死之喉襟，大索已窮之淵藪。踝頭顱於川谷，卷廬落於灰埃，何能逃螻蟻之生，無復恃螳螂之臂。風馳旁檄❷，魄落諸蠻。

伏惟陛下，聖德静淵，武烈神速。萬全之勢，灼見於目中；千里之師，焱來於天上。以山壓卵，如火燎枯，孑無遺兇，少快宿憤。昔方叔之征玁狁，柔服蠻荆；貳師之伐大宛，震驚西域。跂觀遐俗，畢附中邦。臣素荷國恩，忝分符守，喜聞寬詔，竊助懽聲。欽至行封，莫陪於周廟；頌功稱壽，徒望於堯天。

【校】

❶文津閣本『夷獠』作『邊塞』。

❷底本作『徹』，『檄』據味經書屋鈔本改。

代知徐州馬大夫謝上表

祇擇時日，初見吏民。當朝廷訪落之時，各修其職；濫師帥長人之寄，徒愧於名。撫己知榮，感恩欲涕。臣某中謝。

伏念臣斗筲淺器，畎畝孤生，遭遇聖明，因緣仕宦。亦嘗登進言責，披瀝肺肝；分貳計司，運量金穀。載更使指，出領憲綱，未歷歲時，遽銜哀恤。養既違於將母，義當許於致身。逮賜對于天光，復轉輸於嶺表，出入谿蠻之徼，馳驅瘴霧之中。以革裹屍，分捐邊野；舉頭見日，莫望長安。

方撫水之繹騷，病師糧之難給，粗完經費，遂致招徠。幸蜂蠆之無虞，顧形骸之可乞，猥蒙寬詔，退守真祠。屬瘴疹之稍平，奉詔恩而入對。荷先帝神明之照，知孤臣忠梗之心，假以便藩，養其暮齒。惟徐方之奥壤，實鑾❶服之舊封，井邑浩繁，風俗剛悍，宜資名德，以賴藩宣。夫何妄庸，輒膺任使。此蓋皇帝陛下，道膺堯智，德邁湯仁。謂犬馬有一日之勞，簪履乃昔時之御，曲加完愛，詎思棄遺。臣敢不勉激吏能，奉行德意。桑榆雖晚，未忘幼學而壯行；金石不移，敢有先難而後易。少立涓埃之效，上酬覆載之恩。

【校】

❶無跋鈔本、味經書屋鈔本、陸跋鈔本無『實鑾』二字。

樂静集卷十五

賀河中府經略游龍圖

此❶者伏審肅拜恩綸，榮遷帥閫，經畫歸乎素業，注倚出於上知。成命甫行，縉紳相慶。恭惟某官，學通聖奥，識照事微，抱忠義以有爲，喜功名之自致。暫將使指，頓實兵儲，坐馳智筭於幄中，生致羌首於闕下。功高百戰，聲屈四夷。初進躡於書林，旋入登於卿寺。游心魏闕，暫勤三節之趨；厭直承明，遽起一麾之請。惟秦亭之奥壤，爲邊邑之具瞻，特賴名臣，作鎮方面。廉頗尚壯，必寬西顧之憂；靈武可平，佇報東門之役。行膺詔握，入贊帝猷。某方幸依仁，繼聞易地，尚期展晤，少罄敘陳。

【校】

❶味經書屋鈔本『此』作『比』。

與虢州孫學士〔一〕

此❶者濫被宸恩，誤叨憲領，量材非稱，負寵若驚。幸緣聯事❷之榮，遂獲見賢之願。恭惟某官，天姿俊拔，國器宏深。早擢❸巍❹科，寖揚膴仕，行義足以範模多士，文章足以粉澤太平。步履瀛州，俊聲莫競；翱翔蘭省，賢望益高。方虞❺侍於親闈，屢懇求於藩服。大邦作屏，暫資善政之才；四輔維人，允屬❻元功之後。徑趨召節，入覲凝旒。某晚接英游，並登策府。奉一介之使，將觀大國之風；啣盃酒之歡，良幸故人之遇。方圖奏記，先屈飛緘，感服之私，誦陳莫究。

【注】

〔一〕又見《五百家播芳大全文粹》卷三十。

【校】

❶味經書屋鈔本『此』作『比』。
❷文津閣本『聯事』作『持節』，味經書屋鈔本作『聯□』，無跋鈔本、陸跋鈔本缺。
❸味經書屋鈔本『擢』作『掇』。
❹底本作『嵬』，『巍』據味經書屋鈔本改。
❺《五百家播芳大全文粹》『虞』作『娛』。
❻《五百家播芳大全文粹》『屬』作『囑』。

上開封府蔣待制〔一〕

言念少學屬文，嘗起執鞭之慕；晚從試吏，濫陪入幕之遊。稍親間❶燕之談，良若喧囂之役，遽緣補外，遂失依仁。鷦鷯一枝，暫託蹤於美蔭；鴻鵠千里，徒絕睇於青雲。仰惟剸決之餘，休有吉祥之助。恭以某官，識周萬理，學造大原。以王佐而自期，非聖言而不道，躡❷聖❸科而特起，軼❹俊❺躅以先馳。彈擊百僚，皂鵰[6]橫漢，澄清屬部，皎鏡懸秋，優服使華，增嚴帥[7]領。泉流六路，半居天下之利源；贍落諸羌，獨出幄中之勝筭。重以儒林舊德，延閣清班，未親日月之光，屢從軍旅之政。暫輟[8]藩方之節制，用鼇天府之浩繁[9]，初落筆以無留，不閱旬而稱治。大黠結舌，情窮片言；群偷屏心，首戴一尹。方久虚於近弼，已密簡[10]於上知。意在東[11]朝，顧未伸其素業；天將大任，宜永庇於斯民。

某竦服誨言，悵拘官守，地遥望履，心劇戀軒。浩蕩江湖，何待飛梟之集；低徊鸎雀，終懷賀厦之歸。敢乞勉爲邦家，精調寢餗。下情無任傾頌、激切之至。[12]

【注】

〔一〕又見《五百家播芳大全文粹》卷四十七。

【校】

[1]無跋鈔本、文津閣本、陸跋鈔本、《五百家播芳大全文粹》『閒』作『間』。

[2]陸跋鈔本『躡』作『踵』。

[3]《五百家播芳大全文粹》『聖』作『賢』，味經書屋鈔本缺。

[4]味經書屋鈔本『軼』作『超』。

[5]底本作『後』，『俊』據陸跋鈔本、《五百家播芳大全文粹》改。

[6]味經書屋鈔本『鵰』作『雕』。

[7]味經書屋鈔本『帥』字後衍一『帥』字。

[8]《五百家播芳大全文粹》『輟』作『綴』。

❾《五百家播芳大全文粹》『繁』作『穰』。

❿文津閣本『簡』作『柬』。

⓫《五百家播芳大全文粹》『東』作『本』。

⓬《五百家播芳大全文粹》無『下情無任傾頌、激切之至』數字。

賀新潭州張學士〔一〕

竦聞譽命，光奉恩綸。解印陝郊，作藩楚服。伏深❶慶慰。恭惟某官，學通今古，識際天人，遇事敢爲，直躬無愧。風生芸閣，皆名理之談；鶚立霜臺，有忠義之色。恥遂容身之計，勇爲去國之行。列郡澄清，蕭然虛圄，九年饒富，浩若流泉。俯臨大國之封，遽報朞❷年之政，益隆宸眷，更守名邦。浮艗❸清湘，聊適江湖之興；懷鉛紫禁，行追翰墨之游。某猥以塵蹤，竊攀英躅。石渠舊事，嘆從槖之飄零❹；銅虎優恩，期望風以髣髴。方謀命駕，先辱飛縢，竚申伏謁之勤，少慰敘陳之願。

【注】

〔一〕又見《五百家播芳大全文粹》卷二十三之范西叔《賀張守啓》，本文作者有争議。

【校】

❶味經書屋鈔本『深』作『憂』，當誤。

❷《五百家播芳大全文粹》『朞』作『暮』，當誤。

❸無跋鈔本、味經書屋鈔本、陸跋鈔本「艦」作「益」，文津閣本作「蓋」，《五百家播芳大全文粹》作「鷁」。

❹底本作「宦之飄流」，「橐之飄零」據《五百家播芳大全文粹》改。

賀新郢州韓待制

伏審解延州之屬郡，領楚甸之名邦。地介江湖之交，物多魚稻之美，國小而易足，民淳而不偷。蓋將優養其賢能，然後遠觀其德業。見匠石之斵，固深識於道微；聽陽春之歌，亦自諧於心賞。恭惟某官，以學修性，藏器在身。久更獻納之勞，暫資屏翰之寄。存心虛静，與物去來。易地之恩，漸磐茲始；賜環之召，指日可期。某限守官常，阻趨賓席，仰祈保毓，別對寵靈。下情無任傾依之至。

上事謝監司〔一〕

服鄉校之官，已非其任；據先生之席，尤濫於名。蓋師不可以少知，器必先於自治，苟爲無本，何所取材？竊禄太優，反躬知懼。

伏念某性資凡闇，學識迂疏，素乏兼人之能，誤當聞道之責。聖賢可仰，何容握管以窺天；豪秀滿前，良愧奔蜂之化蠋。而况俯仰一室，沈酣六經，無簿書紛迫之勞，有朋友講習之樂。退惟僥冒，宜自激昂，敢不考上下責實之時，循終始脩己之效。講道勸義，庶無曠于厥官；論世讀書，將必行其所志。

【注】

〔一〕又見《五百家播芳大全文粹》卷三十二。

與交代先狀〔一〕

右某，言念❶傳洛中之價，久已服膺；傾麈尾之談，未遑引袂。比緣補吏，偶被誤❷恩，輒當鄉校之官，將承賢者之緒❸。幸隨願喜，獲與愧並。❹

恭惟某官，國器粹温，天材超拔，應休期而筮仕，拔上等以飛榮。論議高深，下軻、雄❺而不道，文章古雅，揖游、夏以相馳。方君子之育才，俾諸儒之駕説，横經師席，流化藩州。洋乎盈耳之絃，滿矣及門之履，英豪輩出，道德風移。隱几絳帷，已格泮宫之化；懷鉛紫禁，行追金馬之遊。

某猥以淺聞，獲依成範。奔蜂之祝，化❻藿蠋以何能？黄狗之皮，補狐裘而終累。行須體踐，尚免曠尤。瞻晤有期，歡躍無已。

【注】

〔一〕又見《五百家播芳大全文粹》卷四十五之陳彦昭《教授與交代啓》，本文作者有争議。

【校】

❶《五百家播芳大全文粹》無『右某，言念』四字。

❷味經書屋鈔本『誤』作『偶』，誤。

❸陸跋鈔本『緒』作『堵』，誤。

❹文津閣本、《五百家播芳大全文粹》『幸隨願喜，獲與愧並』作『幸隨願獲，喜與愧並』。

❺底本作『荀揚』，『軻雄』據味經書屋鈔本、陸跋鈔本、文津閣本改，《五百家播芳大全文粹》作『雄軻』。

❻味經書屋鈔本『祝化』作『化祝』。

謝趙判監

伏蒙判監朝請以某近舉再任，特貺長箋❶者。賢不肖天下所共知，進與退君子之高致，所難揜者甚公之論，毋苟失者可仕之時。自古當然，於予何有？猥蒙歸惠，倶益懷慙。

恭惟某官，立心有常，好道不倦，澹泊榮味，恬安仕途。嘗矻矻以窮年，耻沾沾而自喜，放虚舟於不繫，斂倦翼以知還。迨❷至絶交中散，不堪於世累；未能力疾十安，無損於天和。寢食倶忘乎典籍之間，筆硯幾滿乎門牆之下。以傳爲癖，將老未休；爲玄解嘲，雖窮奚病。妙得鍾、王之骨，直登李、杜之壇，錦囊不空，棐几增重。室中乏王老之氣味，席上盡陳玄之子孫，但存青氊，獨無愧耳。能著幾屐，其好如何？翛然與世以無營，雅以絶塵而自許。

每容比德，輒慕薦賢。寧取不度德之譏，庶逃蒙顯戮之罪，敢來國士之報，姑致衆人之言。自以短綆，無汲引之功；□□一吷，勞❸吹嘘之助。巫者祝人以千歲，固盡誠心；楚人售璧以萬金，更求真賞。

【校】

❶底本作『踐』，『箋』據文津閣本改。

❷底本作『殆』，『迨』據陸跋鈔本、味經書屋鈔本、無跋鈔本改。

❸『一』前當缺二字，諸本皆未注。

移京東東路提刑謝豐侍郎

此❶者叨蒙中旨，就易東畿，猥緣聯事之榮，竊有趨風之幸。恭惟某官，儒林重器，禁掖名臣，文章追三代之醇，議論極六經之奥。是非之智，則確乎不拔；進退之義，則綽然有餘。大德不争，知江海之善下；晚節益厲，見松栢之後凋。暫輟從班，出司留籥。興王重地，式賴於老成；論道宗工，必咨於遠業。某素蒙知遇，方獲庇依。

【校】

❶味經書屋鈔本、陸跋鈔本『此』作『比』。

滄州到任謝韓丞相〔一〕

城高池深，壯矣萬夫之守；地大物廣，富哉千里之封。惟偉人可以折衝，非惠術不能嬔俗。先朝備禦，雅資武略之長；纍世承平，優假使華之舊。

如某者斗筲小器，章句腐儒，自知斷斷以無他，不善沾沾而自喜，涉世每謀於揭厲，謀身素拙於從違。安以乘流，自信河中之木❶，疲於抱甕，豈知井上之機？才屢試而無聞，志已衰而不警，猥叨進拔，稍獵等夷。澤虞從大夫之招，已乖去就；小人乘君子之器，自取顛危。闊疏初出於智昏，繆誤殆由於魄奪，何獨有言之悔，幾成不敬之誅。屬大事之告終，法雖可貸；論有司之失職，罪復何辭。方且刻骨退思，屏蹤待竄。魯趙爲禮，莫知薄酒者爲誰；臧穀亡羊，何但讀書之無罪。遽從寬典，猶領名藩，借朽木以可凋❷，收敝帷於已棄。此蓋伏遇某官，股肱王體，柱石廟堂，裴度之才，上所自用，武公之後，人無不宜。大器以天下爲公，至誠得仁者之樂，無一夫之失所，雖小善以不遺。曲全孤生，尤被厚賜。

雖江海之量，無待細流之歸，而鷰雀之軀，寧忘大厦之託？誓殫夙夜，少補毫分。悔不可追，顧何功於犬馬？老當益壯，庶有得於桑榆。

【注】

〔一〕又見《五百家播芳大全文粹》卷三十一之翟公巽《滄州到任謝丞相啓》，本文作者有争議。

【校】

❶《五百家播芳大全文粹》「木」作「水」。

❷《五百家播芳大全文粹》「凋」作「雕」。

樂静集卷十六

答王❶賢良與黄安中、劉子先、朱行中同作試官〔一〕

應詔造庭，奏篇入等❷，一時遴選，多士榮觀。竊以漢、唐設科，蓋以待非常之俊；劉、董論事，亦足見有爲之才。國家纍聖相承，得人甚盛，半爲當世之公相，或出同門之父兄。自非學洞天人，識貫今古，發憤吐懣不懼嬰❸鱗之危，投溢扶哀深知鼓❹瑟之變，則何以禮隆仄❺席，望重縉紳？抗足而脱塵埃，矯首而登雲漢？

恭惟某官，明燭萬里，富兼九流，不爲章句之腐儒，竊鄙簿書之俗吏，以天下而自任，爲衆人之不能。讜論激揚，壓以萬鈞而彌壯；多聞霶霈，窘之一日以如流。理物有藥石之良，利民如布帛之煖。通達國體，疑素宦於朝；動簪上心，恨相見之晚。較然明白，略已施行，顧論説之有源，將陶鎔之在手。

某素惟寡學，猥預持衡。觀水於瀾，詎躬❻渤澥；按圖求駿，偶識驊騮❼。惠然投我以夜光，何有報君❽之玉案？載懷謙抑，益用閟藏。得之若驚，常欲置之懷袖；永以爲好，猶將示諸子孫。感戴之私，誦言罔究。

【注】

〔一〕又見《五百家播芳大全文粹》卷二十五之朱廷瑞《賀試中賢良啓》，本文作者有争議。

【校】

❶味經書屋鈔本「王」作「上」，誤。

❷《五百家播芳大全文粹》「等」作「第」。

❸味經書屋鈔本「嬰」作「攖」。

❹文津閣本、《五百家播芳大全文粹》「鼓」作「調」，無跋鈔本、味經書屋鈔本、陸跋鈔本作「詞」。

❺《五百家播芳大全文粹》「仄」作「側」。

❻《五百家播芳大全文粹》「躬」作「窮」。

❼陸跋鈔本「騮」作「留」，誤。

❽味經書屋鈔本「君」字後衍一「玉」字。

上執政求外任 時見任秘閣校理〔一〕

挾無知而遊世，動則多違；犯不韙以望人，困而寡與。蓋勢疏者情隔，能薄者力微，信未感於言前，志欲行乎券外。徑庭直往，猶如寸梗之撞鐘；呫囁自營，僅若飛蚊之過耳。知難而退，乃分之宜。其或心以願違，勢由私迮❶。須臾之渴，未能穿九仞之泉；跬步所休，何暇種十年之木？謂不才而無取，宜廢於人；見有力者必鳴，或關諸命。

伏念某蚤從鄉校，入踐書林，學未達先生之言，名不掛通人之論。耗精神於蹇淺，困年力之頽侵，是非不謬於自知，利害相摩於多故。同堂笄冠嫁娶並舉者十人，舊里田園黍稷不供者數歲，加以伯兄長謝先壠未歸，纍然諸孤殆絶生意。獨有少弟，僻在海隅，矻矻以窮年，嘗耿耿而不寐。嚴助懷故土之樂，罷直承明；陶潛求三徑之資，願爲彭澤。而況手足寡急難之助，閨門多凍餒之憂，期一假於外官，顧何辭於俗吏？有政事之責，可以赴功，蒙禄廪之優，足以收族。

恭惟某官，大猷經世，一德亮天，利萬物以無私，耻一夫之失所。退惟頑陋，夙被埏鎔，冒歲月以淹回，乏毛米❷之稱報。因人並奏，既同南郭之吹竽；以病得賙，獨幸支離之受粟。言斯甚迫，理或可矜。竊以廉者之無求，樂聞君子之虚受。顧屠門之割，大嚼何爲？寄鷦鷯之棲，一枝良足。❸

【注】

〔一〕又見《五百家播芳大全文粹》卷四十五之吴孝叔《上執事啓》，本文作者有争議。

【校】

❶《五百家播芳大全文粹》『迮』作『迫』。

❷《五百家播芳大全文粹》『毛米』作『毫銖』。

❸無跋鈔本、文津閣本、味經書屋鈔本、陸跋鈔本、《五百家播芳大全文粹》『一枝良足』後有『干黷鈞嚴，無任』六字。

回謝馬狀元〔一〕

奏藝明庭，策名上第。喧前騶於廣路，觀者肩摩；落餘藁於四方，傳之紙貴。望高時俊，光動儒林，乃太平養士之功，亦諸生稽古之報。某人天姿俊徹❶，學術粹深。璧水升堂，七年並席；金鑾唱籍，一鳴驚人。蓋志大者氣全，故實脩而名望，落落高騫於日下，錚錚獨黯於轂中。御史直聲，固遺風之自許；平津相業，不數歲而可期。

某夙仰英游，阻聞緒論，方欲效李邕之識面，慕盧仝之卜交。奉詔殿廬，幸觀落筆；曳裾公府，復枉過門。惠然投我以夜光，何有報君之玉案？載懷深厚，但極感藏。通❷衢在望，絶足方遒。陽春白雪之音，一時寡和；金馬玉堂之步，指日可期。某猥預盛時，喜聞榮捷，雖仰洛中之價，未親❸麈尾之談。

【注】

〔一〕又見《五百家播芳大全文粹》卷二十五之李守真《賀人及第啓》和《古儷府·政術部》卷四之李守真《賀人及第啓》，本文基本可判非李昭玘所作。

【校】

❶《五百家播芳大全文粹》《古儷府》『俊徹』作『峻澈』。

❷底本『案』至『通』字間有缺文，據《五百家播芳大全文粹》《古儷府》補。

❸底本作『盡』，『親』據《五百家播芳大全文粹》《古儷府》改。

賀吴正言〔一〕

右某，伏審❶光膺宸綍❷，更踐諫垣，聞命之初，望風而躍❸。竊以蕙蘭擢秀，久幽而不改其芳，鳳凰來翔，一出則大驚於世，而况君子獨安其處，衆人皆謂之賢。揚於明庭，宜在高位，乃生靈之盛福，寔上下之相驩。嘗聞士必貴於有爲，志先行其所學，一失是非之辨，終迷聲利之場。言欲出而畏憂，氣益餒❹而沮喪。發憤吐懑，彼獨何人？持禄養交，寖成習俗。

惟大人之特立，秉常德而不移，於義也剛，不可則止。衆人紛警❺，懷蓍龜先見之明；末路淹回，挺松栢後凋之操。屬明王之嗣服，毖❻萬事以圖新，敷求多聞，丕式元老。方虚心於古訓，俄仄席於讜言❼，毅然容貌之堂堂，是謂❽王臣之蹇蹇。風節可畏，足以厭難於未形；議論敢前，足以致君於無過。此寔德名之選，大爲邦國之光。施膏澤以❾下民，稍安輿論；贊大鈞而播物，行竢我公。

某猥以微蹤❿，夙叨優眷。限拘官守，阻造臺庭。

【注】

〔一〕又見《五百家播芳大全文粹》卷十二之洪景伯《賀吴正言啓》，本文作者有争議。

【校】

❶《五百家播芳大全文粹》無『右某，伏審』四字。

❷陸跋鈔本『綍』作『綍』。

❸陸跋鈔本『躍』作『耀』，誤。

❹底本作『卑』，『餒』據《五百家播芳大全文粹》改。

❺味經書屋鈔本無『紛』字。

❻《五百家播芳大全文粹》『毖』作『芘』。

❼味經書屋鈔本『言』作『諭』。

❽陸跋鈔本『是謂』二字顛倒。

❾陸跋鈔本『以』作『於』。
❿陸跋鈔本『蹤』作『衰』。

賀吴鹽運轉官〔一〕

伏審祇承寵渥，峻陟華資，敘舜庭考績之優，詔❶商典懋官之舊。逖❷聞成命，增激懽悰。恭惟某官，器宇静深，智猷通博，遇事有不疑之決，在公惟匪懈之憂。百吏承風，凛若神明之畏；九年足食，出於指顧之餘。天子重稱其才，朝廷無出其右。果膺殊眷，特拜茂恩，竦簪紱之榮觀，契明良之嘉會。使軒留愛，已夙慮於公歸；廟鼎元勳，將默符於帝賚。即聞迅召，入覲嚴宸❸。某素託恩休，阻趨威重。

【注】

〔一〕又見《五百家播芳大全文粹》卷十五之謝才叔《賀黄漕遷秩啓》，本文作者有争議。

【校】

❶味經書屋鈔本『詔』作『紹』。
❷《五百家播芳大全文粹》『逖』作『遐』。
❸《五百家播芳大全文粹》『宸』作『寅』。

賀李資深中丞

光被涣恩，峻陞中憲。外刺百官之失，内繩庶事之違，人臣畏法而修，天子斂容以遇。方朝廷責成之際，乃事功考實之時，必得剛明肅乂之士，以正其紀綱，庶幾上下遠近之情，不欺於視聽。果聞輿論，僉屬我公，傳命之初，有識相慶。

某官高標華國，清德照人，志包九萬之圖，氣拔東南之秀。始德稱於公相，俄名暴於京師，接武俊林，飛綏禁掖。高牆可仰，士尤喜於先登；大筆如神，上亦嗟其晚見。忽厭承明之直，暫分瀕海之封。馬周方重於太宗，賈誼復來於宣室。爰裨袞闕，遽掌綸言。坦明追二帝之書，深厚過兩京之制。紫垣灑墨，湧妙思於泉流；白簡數姦，勵孤風而鶚立。禮法修而百度正，議論一而庶心傾。即正鈞衡，大施德業。不獨重風霜之任，亦將隆柱石之功。

某夙荷眷存，久稽參侍。搶❶榆之跡，徒仰於搏霄；賀厦之心，尚拘於鼓翼。

【校】

❶文津閣本「搶」作「槍」。

賀李邦直舍人

寵膺帝制，光贊綸言。潤色聖人之辭，道宣王者之志，此多士文章之選，爲一時儒學之榮。才之所難，得者蓋寡，翕聞嘉命，歡動衆心。

某官思識靖深，器能超❶拔，文足以經天而緯地，道足以致君而澤民，望高華岳之五千，氣吞雲夢之八九。朅從魏國，來對漢庭，咳談坐斥於淵、雲，器業遠躋於晁、董。飛名京邑，竊卑稷下之游；灑筆中堂，共駭洛陽之少言。不激於高訐，理獨盡於忠嘉。深簡上心，首登清選，峥嶸金馬之譽，咫尺玉堂之遊。暫領憲於東州，復懷鉛於左史。重資才藻，兼代訓辭，人爭嘆於湧泉，吏每虞於脱腕。兩漢之制，雖尚覩於遺風；三代之文，可復還於今日。即聞大拜，行奮遠圖。

某夙荷眷存，久稽參侍。下情無任傾依之至。❷

【校】

❶底本作『起』，『超』據文津閣本、味經書屋鈔本改。

❷味經書屋鈔本、陸跋鈔本、無跋鈔本、文津閣本『下情無任傾依之至』作『云云』二字。

賀范龍圖移慶州〔一〕

光膺嘉命，更❶鎮雄藩。愛❷養利源，適乘❸軺於東部；統制方面❹，遽握節於西州。在君子之時升，宜天下之同慶，况居屬郡❺，良切懽悰。顧惟安化之河關❻，寔據昆夷❼之衿背。苟知其策，則矢石不試；一失其御，則疆埸屢驚❽。必資忠智之臣，以副朝廷之眷。

某官家聲著代，世德在民，卓有高明之才，夙懷康濟之志。輟從❾禁掖，暫守帥垣，人蒙奠枕之安，國賴長城之固。避子亭之坐，可想遺風；立❿棠棣之碑，何慙往躅。竚還闔寄，入贊家司⓫。

某限守州符，阻趨鈞屏。下情無任傾頌、激切之至。

【注】

〔一〕又見《五百家播芳大全文粹》卷十七、《新編事文類聚翰墨全書》卷十九。

【校】

❶《五百家播芳大全文粹》「更」作「莅」。

❷《五百家播芳大全文粹》「愛」作「受」，《新編事文類聚翰墨全書》作「憂」。

❸底本作「秉」，「乘」據《新編事文類聚翰墨全書》改。

❹無跋鈔本、味經書屋鈔本、陸跋鈔本「面」作「回」，誤。

❺《五百家播芳大全文粹》「郡」作「部」。

❻底本作「開」，「關」據味經書屋鈔本、《五百家播芳大全文粹》、《新編事文類聚翰墨全書》改。

❼《五百家播芳大全文粹》「夷」作「崙」。

❽《五百家播芳大全文粹》「苟知其策，則矢石不試；一失其御，則疆場屢驚」作「苟知其策，則天時不恃；一失其節，則疆圉屢驚」，《新編事文類聚翰墨全書》作「苟知其策，則矢石不試；一失其御，則疆隅屢驚」。

❾《五百家播芳大全文粹》「輟從」作「爰輟」。

❿《五百家播芳大全文粹》「立」作「讀」。

⓫味經書屋鈔本、無跋鈔本「家司」作「家司」，《五百家播芳大全文粹》作「家甸」。

賀胡學士加職知桂府

竊以海中三峰，地稱仙境；嶠南五筦，天限炎荒。一則提封屏翰之邦，一則取象圖書之府，惟時嘉命，屬我名臣。

恭惟知府安撫龍圖問學淵微，器能通博。奉咨詢之煩使，美譽處於先朝。入綴星郎，暫游蘭省，後來居上，安暇競時。獨秀必摧，翻成逆❶物，寧遇風而知退，耻躍金以自言。疾驅太行，周覽二陜。邊民待哺，喜車馭之復來；野老饋漿，驚節麾之幾盡。果膺優詔，擢預清班。能世其家，清氊故在；不難爲弟❷，棠棣相承。顧東眷之方隆，將陶鎔之在即。折衝萬里，雖賴得人，雅意本朝，未容去國。行聞美拜，實慰僉言。

某素以孱愚，重叨奬遇。爲屬部之吏，嘗備下陳；同舉酒之歡，復陪廣座。猥煩謙德，先辱長緘。得之若驚，嘗欲置之懷袖；永以爲好，將猶示諸子孫。感荷之深，誦言奚既。

【校】

❶味經書屋鈔本、陸跋鈔本『逆』均作空格。

❷陸跋鈔本、無跋鈔本『弟』作『第』。

上李邦直〔二〕

一違鈞坐，再閲歲華，久攖俗吏之簿書，幾廢小夫之竿牘。盈尺之紙，安能自寫其肺腸？萬頃之波，固亦不遺於汙潦。憂皇所載，展轉益危，與其自棄而不言，孰若以誠而歸罪。

恭惟❶某官，生民先覺，盛世元臣。吐辭爲經，鄙荀、揚之未粹；以道致主，非堯、舜而不陳❷。經綸以四海爲心，進退有古人之節。前功未就，毅然待旦而行；庶政已成，率爾乞身而去。蹔資舊德，作鎮别都，時驅大府之旌牙，坐嘯昔遊之泉石。腹心之託，曾未間於須臾；天日之光，常不違於咫尺。精神相感，寤寐不忘，宜一德之有求❸，乘三陽而並進。爲天下計，必資良佐❹之才；以我公歸，永作生民之福。某素懇譾❺陋，曲被陶成，每殫十駕之勤，愧乏一毫之補。轍鮒得水，雖切幸於餘波；胡❻馬嘶風，終不忘於故國。限拘官守，阻造賓庭。

【注】

〔一〕又見《五百家播芳大全文粹》卷四十七。

【校】

❶『恭惟』據《五百家播芳大全文粹》補。

❷《五百家播芳大全文粹》『陳』作『臣』。

❸《五百家播芳大全文粹》『求』作『永』。

❹《五百家播芳大全文粹》『佐』作『弼』。

❺《五百家播芳大全文粹》『譾』作『斐』。

❻底本、文津閣本作『塞』，『胡』據無跋鈔本、味經書屋鈔本、陸跋鈔本、《五百家播芳大全文粹》改。

樂静集卷十七

謝徐州范教授〔一〕

分職儒林，下車鄉校，高名夙著，多士相歡。自昔人昧五常之原，世❶無三代之學，大道殫殘於秦法，衆言殽亂於漢儒。以公羊爲賣餅家，蓋譏淺俚；謂太玄❷可覆醬瓿，尤病支離。國家崇飾儒師，發明道德，排異端之殘賊，歸妙理之淵源，必先因性而治身，然後事君而成物。故於教養，益重選掄。

伏惟❸某官，德性静深，天材秀擢，非先王之言不道，以天人之學自修。將趨步於紫垣，暫棲遲於泮水。金口木舌，一坐盡傾，白日青天，衆人皆仰，鳴絃盈耳，投屨滿門。從善若登，並席幾❹四科之列；聞風而作，擔簦多千里之行。禮義相磨，英豪輩出，將見東徐雅俗，共陶闕里之餘風；貞❺觀名卿，半出汾陽❻之高第❼。行膺嚴召❽，别踐要津。慕服❾素深，瞻承良幸。

【注】

〔一〕又見《五百家播芳大全文粹》卷二十四之周少淵《賀徐教授啓》，本文作者有争議。

【校】

❶《五百家播芳大全文粹》「世」前有「而」字。

❷味經書屋鈔本「玄」作「元」。

❸『伏惟』據《五百家播芳大全文粹》補。
❹無跋鈔本『幾』作『機』，味經書屋鈔本、陸跋鈔本作『譏』。
❺無跋鈔本、味經書屋鈔本、陸跋鈔本『貞』作『正』。
❻《五百家播芳大全文粹》『汾陽』作『河汾』。
❼味經書屋鈔本、《五百家播芳大全文粹》『第』作『弟』。
❽底本作『行須錫命』，『行膺嚴召』據《五百家播芳大全文粹》改，文津閣本、味經書屋鈔本、陸跋鈔本作『行須嚴臺』。
❾《五百家播芳大全文粹》『服』作『義』。

回兖州知府〔一〕

比貢柔緘，幸塵❶清覽，禮無不答，書匪盡言。上君子之堂，未遑引袂；拜使者之賜，疊幸置懷。竊惟鎮撫之餘，茂有福❷祥之助。恭惟某官，聲猷華國，器業在民，早膺出使之華，尚屈偃藩之寄。報政之速，固無待於朞年；聞命而趨，將入陞於禁從。佇期❸瞻謁，少罄敘陳。

【注】

〔一〕又見《五百家播芳大全文粹》卷四十八。

【校】

❶味經書屋鈔本『塵』作『承』。

❷味經書屋鈔本『福』作『吉』。

❸《五百家播芳大全文粹》『期』作『聞』。

賀轉運使

光被恩綸，出司漕計，仁賢所至，民吏相驩。某官器識宏深，風猷高遠，益隆時望，夙簡聖知。持節外臺，屢更煩使，握蘭華省，寖躐要資。惟東州之奥區，爲諸道之劇部，非通材不足濟國用，非遠略不足究利源。時惟僉言，允屬賢業。九年足用，坐追滋殖之風；四輔維人，行被吁俞❶之眷。某幸緣聯事，遂獲依仁。尚阻參承，但勤嚮仰。

【校】

❶無跋鈔本、文津閣本、味經書屋鈔本、陸跋鈔本『俞』作『謨』。

上南京豐侍郎〔一〕

寵被恩綸，榮司留鑰，仁賢所至，民吏相驩❶。恭惟某官，國器宏深，天姿純正❷，言動皆君子之法，出處有古人之風。早升要塗，益聳清望。道學有本，得之自然；政事不煩，聞者皆化❸。惟别都之重鎮，須近侍❹之名臣，克壯藩垣，式宣惠澤。報政之速，固無俟於期年；爲國之光，將入升於近弼。某素承知遇，竊獲庇休。顧望履之有期，實瞻風而自幸。

【注】

〔一〕又見《五百家播芳大全文粹》卷十七之朱廷玉《賀豐帥啓》，本文作者有爭議。

【校】

❶《五百家播芳大全文粹》「驩」作「纏」。

❷無跋鈔本、文津閣本「正」作「政」，陸跋鈔本、味經書屋鈔本作「敏」。

❸《五百家播芳大全文粹》「化」作「見」。

❹《五百家播芳大全文粹》「侍」作「代」。

永興提刑謝到任〔一〕

某蒙恩授前判官，已於正月十二日到任者。❶委轡下車，勤吏民之趨走；據案涉筆，擁文墨之紛紜。將何補於事功，徒有慙於面目。

伏念某❷迂疏末學，鄙野孤生，賦材不長，聞道最晚。棲遲日月，僅成九轉之功；蹭蹬風塵，未蒙一顧之價。再預充庭之貢，謾爲入格❸之遊，敢意斐❹文，偶塵精鑒❺。初乏青錢之作，宜置下陳；誤經黄絹之評，遽超數等。叨從禄仕，擢備儒官，詎能握管以窺❻天，良愧奔蜂之化蠋❼。屬大明之繼昭❽，延舊德以亮功，博收人才，盛集册府。開閤之始，豈乏異能？備員者誰，乃出下客。人共榮於入轂，時皆謂之登瀛。

正始諸賢，濫陪武步，石渠秘籍，頓發見聞。惟知反己以自求，敢覬因人而幸進。謂有昭昭之功❾者，必有冥冥之志；無赫赫之熱者，亦無凜凜之寒。欲寡過而未能，恐修名之不立。以愚自信，曷嘗稱博❿而毀丹？與世何尤，不暇去嬰而歸蚡。安有本同而末異，奚嘗⑪先病而後瘳？處銜季孟之間，僅知所立；甘陵南北之部，適幸兩忘。能不能各自其人，得不得必尸諸命。洋然迎餌，詎爲宓⑫氏之魚；兀若畏人，反類羊公之鶴。嘆源泉之有本，驚蒲柳之先衰。一傳未終，恍已迷其姓氏；片文屢過，幾不辨其偏旁。但縻廩粟以偷安，何罪書魚之成蠹。

久玷外庭之列，聊從別乘之行，洎及更書，復還舊直。竟無他異，莫追終賈之才名；必有可觀，竊預趙張之政事。捨丹鉛之點勘，視鞭扑之喧囂，精神僅及於目前，智慮或遺於意表。蠅紛訴牒，驅即復來，鴈集吏行，守之不置。間關畏罪，黽勉赴功。入水必濡，每憂揭厲；遇風知退，冀免摧頹。雖殫十駕之勞，蔑有寸毫之補，間以私門艱窘，多事侵陵，禄未逮於孤窮，歲已驚於遲暮。田無附郭，久負陶潛之歸；盜不過門，素多張禹之愛。屢申愚懇，願守方州。

猥霑造物之私，特假詳刑之任。地⑬占河關之勝，道連雍陝之雄⑭，小民尚氣而喜爭，巨滑瀕山而爲盜。素稱劇部，尤藉長才。自非水鏡無疵，權衡不撓，則何以吏知守法，人不稱冤？顧煩⑮闡之無堪，適還掄之誤及。此蓋某官，元功播物，一德亮天，見遠業於有爲，期太平之可致。論事必同於善，使人樂盡其才。引傴僂以升高，徒煩假手；削輪囷而成器，幾誤揮斤。

敢不慎守官箴，勉思民事，不近名而邀福，無倚法以作威。概以中平，得之安静，少圖裨報，上副陶成。美廕方休，曾未虞於巨臂；不才自養，終願託於長年。過此以還，未知所措。

【注】

〔一〕又見《宋文鑑》卷一百二十三、《四六法海》卷六、《文章辨體匯選》卷二百七十、《清源文獻》卷九、《古今圖書集成·明倫彙編·官常典》卷六百。

【校】

❶此句在《宋文鑑》《四六法海》《文章辨體匯選》中皆略。

❷《宋文鑑》《四六法海》《文章辨體匯選》《古今圖書集成》《清源文獻》『某』字作『昭玘』。

❸底本作『洛』，『格』據《宋文鑑》《四六法海》《文章辨體匯選》《清源文獻》《古今圖書集成》改。

❹底本作『菲』，『斐』據《宋文鑑》改。

❺《宋文鑑》《古今圖書集成》『鑒』作『覽』。

❻《宋文鑑》『窺』作『室』。

❼《四六法海》『蠋』作『蝎』，誤。

❽文津閣本、味經書屋鈔本、《宋文鑑》、《古今圖書集成》『昭』作『照』。

❾《宋文鑑》《四六法海》《文章辨體匯選》《古今圖書集成》『功』作『明』。

❿味經書屋鈔本『博』作『白』。

⓫底本作『傷』，『嘗』據《宋文鑑》《四六法海》《文章辨體匯選》《古今圖書集成》改。另，《宋文鑑》《四六法海》作『奚先嘗病』，《文章辨體匯選》《清源文獻》作『奚嘗先病』。

⓬底本作『方』，『宓』據《宋文鑑》《四六法海》《文章辨體匯選》《清源文獻》《古今圖書集成》改。

⓭底本無『地』字，據《宋文鑑》《四六法海》《文章辨體匯選》《古今圖書集成》《清源文

獻》補。

⑭底本、文津閣本『雄』字後各有『都』字、『封』字，於文意不協，皆當删去。

⑮《文章辨體匯選》『熉』作『庸』。

賀交代改官〔一〕

對揚褒命，進陟新階，名德所推，縉紳相慶。恭惟某官，降才疏敏，體道静深，議論見聖人之心，行義爲天下之則。横經芹水之館，士有成材；賜見雲龍之庭，上嗟晚遇。遽遷美秩，實慰公評。竚聞天語之咨庸，行踐禁垣之清近。

【注】

〔一〕又見《永樂大典》卷一萬五百四十。

謝漕使

誤被綸言，再叨憲領，方馳驅而及境，寔嚮往以爲勞。竊幸拙疏，迺承休庇。伏惟某官，天姿超拔，國器宏深。爰遇興王，亟踐高華之選；薦逢盛旦，尚紆將漕之權。敢謂官常，獲聯事任，企聲光之雖舊，拜門館之匪遥❶。倍❷萬忻愉，敷陳曷究。

【校】

❶底本作『違』，『遥』據無跋鈔本、味經書屋鈔本、陸跋鈔本改。

❷底本作『陪』，『倍』據味經書屋鈔本、陸跋鈔本改。

移京東西路憲謝丞相〔一〕

陝西❶總刑，任使每懷於罪黜；畿東易部，庇存曲荷於陶埏。事簡責輕，恩隆感厚。此蓋伏遇某官，道大而備，器博以深。用中正秉國之均，專精神熙帝之載，期底於治，必納以忠。燮理陰陽，三階平而萬物遂；整齊法度，五教敷而七政調。宰正庶❷寮，儀刑四海。總六官而建六典，以致太和；同❸一德而協一心，坐凝庶績。洪鈞運物，大冶扇金，蓋皆播於至公，豈必躍而自化？顧才甚下，並用無遺。重念某早辱知憐，久叨委寄，惟是寵光之異，尤深戴仰之歸。初以疾聞，規求符竹，亟蒙恩徙，密邇鄉閭。豈惟登車攬轡之榮，實有過家上冢之幸。囊蠹❹鮮椎剽之習，桁楊無請寄之姦，人謂便安，心知尸素。尚懼不移之愚懦，難勝甚渥之眷私，雖竭薄才，竟虞無補。終期便郡，更冒大恩，庶幾驅策於蹇駑，不負範鎔於甄鑄。

【注】

〔一〕又見《五百家播芳大全文粹》卷三十之汪彦章《憲到任謝丞相啓》，本文作者有争議。

【校】

❶《五百家播芳大全文粹》『西』作『右』。

❷《五百家播芳大全文粹》『庶』作『百』。

❸無跋鈔本、味經書屋鈔本、陸跋鈔本無『同』字，文津閣本作『孚』。

❹無跋鈔本、文津閣本、味經書屋鈔本、《五百家播芳大全文粹》『囊蠧』作『囊橐』。

同前謝曾樞密

盛德茂禀，傑才間生，以堯舜而致君，並夔龍而濟世。上窺姚姒，早推掌制之工；載戢干戈，果著執樞之畫。居然社稷之衛，時爲文武之全。基立太平，規王體而斷國論；戰勝無事，運智略而明廟謀。廣土闢而七政調，泰階平而萬物遂，制四夷而請命，同一德而協心。端率百寮，坐凝庶績。

謝交代上官正言

登車陝右，已叨煩使之榮；易部畿❶東，獨竊總刑之寄。内愧精神之消耗，難勝責任於澄清。矧英軌之在前，仰絶塵而莫繼，已積平生之欣慕，更增情契於遵承。雖瞻覿之後期，有規模之可想。

伏惟某官，富深淵之道學，播忠厚之德名，高文早擅於巍科，大節久崇於要任，屢光華於言路，惟密簡於主知。識遠器宏，實儒林之祭酒；智博用大，爲朝廷之直臣。進退裕如，中正不撓。上心所屬，嘉謨渴❷見於膝前；使節外持，公論久期於衮職❸。佇膺異擢，用快輿情。繼展慶函，更陳素悃。

【校】

❶陸跋鈔本『畿』作『幾』，誤。

❷味經書屋鈔本『渴』作『可』。

❸味經書屋鈔本『衮職』作『環右』，無跋鈔本、文津閣本、陸跋鈔本作『環臺』。

樂静集卷十八

謝運使學士

瀝懇乞麾，方自❶規於假守；被恩易地，猶外總於詳刑。濫同原隰❷之馳，喜有瞻言之便。退循孱緩，實幸庇依。伏惟某官，道學知天，德名輔世，文章足以華國，事業見於濟時。被熙寧睿聖之知，參金華勸講之任，發揮奥義，允協上心。伯仲談經，偉矣一時之美；君臣合契，焕乎千載之逢。蚤預登瀛，久宜視草，淵衷密簡，舊德是圖。眷惟京左之將輸，實首國中之轉餉。借籌良畫，澄清暫委於宣風；告后嘉猷，雅健方思於掌制。佇期迅召，亟展慶函，欣禱併深，敘陳奚罄。

【校】

❶味經書屋鈔本「自」作「白」，誤。

❷味經書屋鈔本「隰」作「濕」。

答留臺沈大夫〔一〕

瀝懇乞麾，方自規於假守；被恩易地，猶外❶總於詳刑。視事云初，賜函先及。伏以某官，雅推令矩，久著能名。請留鑰之臺綱，暫資宿望；披中宸之芝檢，行踐擘❷塗。覿德未皇，致鄄不敏，良有後時之愧❸，益深内訟之私。感怍既并，敘言罔既。

【注】

〔一〕又見《五百家播芳大全文粹》卷四十八。

【校】

❶味經書屋鈔本『外』作『未』。

❷《五百家播芳大全文粹》『擘』作『華』。

❸陸跋鈔本『愧』作『塊』。

回致仕畢大夫〔一〕

謬膺煩使，方愧於澄清；夙仰高風，雅懷於瞻觀❶。遺牘未皇❷於郵置，貺音先辱於牓函。伏惟某官，藹著令名，久躋膴仕。逡巡易退之節，士夫共仰於懸車；優游佚老之榮❸，談笑未承於揮麈。即圖披晤，深祝保綏❹。感繫之誠，敘陳奚既。

【注】

〔一〕又見《五百家播芳大全文粹》卷四十八。

【校】

❶文津閣本、《五百家播芳大全文粹》『觀』作『覿』。

❷味經書屋鈔本、《五百家播芳大全文粹》『未皇』作『未遑』，同。

❸《五百家播芳大全文粹》『榮』作『庸』。

❹味經書屋鈔本無『綏』字。

賀濟州太守禮上

顯膺綸命，榮領藩符，涓擇剛辰，奉宣王詔，伏惟慶慰。恭以某官，挺才出類，秉德兼仁。朝廷允協於僉謀，郡國實資於共理。恩威方著，聞望益隆，緬惟布政之優，綽有怡神之裕。鷄犬堠❶境，庶可仰於仁風；桑梓在郊，均有蒙於德庇。傾依第切，瞻對末緣。伏望上爲邦家，精調寢餗。

【校】

❶底本作『候』，『堠』據無跋鈔本、文津閣本、味經書屋鈔本、陸跋鈔本改。

濟倅問候〔一〕

結好鄰邦，幸及餘波之潤；被官半刺，阻陪揮麈之談。月吉薦更，郵音稍闕。逖惟副貳之暇，動協神明之休。某官德宇淳❶深，聲猷聳邁，游刃久當於煩劇，宅心自處於高明。某濫以散才，謬當別乘，鄉閭已熟於風化，治境又託於庇休。仰德實勞，馳心孔疚。方應鐘之在候，宜吉履之順時。伏願上爲廟朝，精調寢餗。

【注】

〔一〕又見《五百家播芳大全文粹》卷四十七之李子思《起居鄰倅啓》，本文作者有爭議。

【校】

❶《五百家播芳大全文粹》『淳』作『澄』。

沂宿太守問候〔一〕

行郵闊署，曠馳款啓❶之音；大府重深，徒仰浚❷明之德。茂惟鎮俗之暇，克擁自天之休。恭惟❸某官，學際聖真，才高名世。良二千石，果膺治主之求；課第一人，行見褒書之下。某濫叨貳政，獲庇鄰封。顧韁鎖❹之坐拘，莫親高範；雖馬牛之不及，尚借餘光。參對未緣，傾依至切。願保寢興之美，益介福履❺之休。

【注】

〔一〕又見《五百家播芳大全文粹》卷四十七。

【校】

❶《五百家播芳大全文粹》『啓』作『起』，誤。

❷《五百家播芳大全文粹》『浚』作『俊』。

❸『恭惟』據《五百家播芳大全文粹》補。

❹味經書屋鈔本『鎖』作『籟』，誤。

❺《五百家播芳大全文粹》『履』作『綏』。

沂宿通判問候

督府關決，愧非半剌之良；擊柝相聞，殊慶此賢之吉。徒有德公之願，尚疏奏記之勤。遬惟燕閒，休有協相。恭以某官，器能通博，風度醇深。薦更寄委之繁，夙根清修之美。豈兹别乘，可屈遠圖？佇顯效之寖彰，副公朝之明陟，叶光御政，和叔司方。伏覬上爲邦家，精調寢餗。

提刑問候〔一〕

講聞高譽，雖懷仰德之勤；奔走宦遊，未獲依風之便。比叨屬部，猥託巨❶庥，將觀使節之華，遂如昔日之願。某官器周物表，識洞幾先，早膺中宸之眷求，特委東州之廉按。奉行拜憲，方曲盡於恕心❷；進對楓庭，將入參於近輔。即期迎拜，倍切懽愉。

【注】

〔一〕又見《五百家播芳大全文粹》卷四十七。

【校】

❶《五百家播芳大全文粹》『巨』作『臣』，誤。

❷《五百家播芳大全文粹》『恕心』作『下情』。

賀荆王

裂地全荆，撫有大邦之衆；建旄東道，載兼兩鎮之雄。茂推同姓之恩，永賴維藩之固。凡叨臨庇，舉積懽愉。某限守州符，阻趨宫❶邸。

【校】

❶底本作『官』，『宫』據味經書屋鈔本、陸跋鈔本改。

賀淮陽知軍到任

宦服奔馳，悵趨風之久阻；封圻連絡，幸擊柝之相聞。方染翰以馳誠，忽飛幐之來貺。載懷謙抑，但極感銘。某官才賦疏明，器函夷粹，雅有臨人之望，夙推治劇之能。剖竹方州，暫煩於共理；握蘭華省，行躐於近班。尚阻披承，益祈珍衛。

謝曹❶州吕孝廉

得士則重，方盛世之有爲；舉爾所知，蓋古人之公義。猥叨廉按，敢後薦揚？僭易爲慙，賤疏何補。某官才猷兼備，風績素高，久揚歷於事功，暫淹回於藩守。昔年共事，已淩厲於青雲；比歲得還，尚蒼茫於白首。幸緣衆譽，輙罄衷言，固非量力之所宜，特恐蔽賢而蒙罪。豈期謙眷，特屈誨存。感服之私，誦言罔究。

【校】

❶底本作『漕』，『曹』據味經書屋鈔本、陸跋鈔本改。

謝黄尚書

誤被宸恩，就更憲領，猥緣奬遇，獲預光華。方俟命以造朝，阻登門而伏謁，敢期謙屈，曲示拊存。聽君子之言，未遑斂衽；拜使者之賜，竊幸置懷。

樂静集卷十九

賀游龍圖冬

舜璣觀象，迎長至於箕躔；鄒律吹灰，肇太和於天統。陰窮於『剥』，陽復而『升』，正君子之大亨，與廟堂之均『泰』。恭惟某官，才猷映世，聞望高時。抱忠義於邦家，勒功名於典册。比分閫柄，亟騰威略之聲；旋偃便藩，益著循良之政。式遵令序，宜茂繁禧，即趨近密之班，以輔太平之業。某方祗行役，將遂參承。忻頌交深，敷宣罔既。

賀兩府正〔一〕

三陽大亨，一歲更始。此天地泰通❶之際，乃精神會聚之時，宜有吉祥，來薦君子。某官翊亮三世，儀刑百工。適當龍躍之初，屹有棟隆之任。天其或者，將俯屬於治平；神寔聽之，方共扶於業履。况三朝❷之在序，惟百禄之是膺。乂我烝民，繫股肱之永❸賴；錫公純嘏，與邦社以同休。

【注】

〔一〕又見《五百家播芳大全文粹》卷二十五之朱子山《賀兩府正啓》，本文作者有争議。

【校】

❶文津閣本『泰通』二字顛倒，《五百家播芳大全文粹》作『交泰』。

❷《五百家播芳大全文粹》『三朝』作『三微』。

❸《五百家播芳大全文粹》『永』作『是』。

賀提舉冬〔一〕

肇復一陽，潛萌萬物，應書雲之觀望，增化日之舒長。仰屬❶使華，倍祈天祉。恭惟❷某官，才資高遠，德性温恭。結明主之深知，聯外臺之要職。訓齊法守，開闢利權，聳人望之愈❸崇，宜神休之有相。三微正始，方協慶於令辰；百福應期，佇進膺於嘉命。某限拘官守，阻造賓墀。無任傾依、祝頌之至。

【注】

〔一〕又見《五百家播芳大全文粹》卷二十七。

【校】

❶《五百家播芳大全文粹》『屬』作『瞻』。

❷『恭惟』據《五百家播芳大全文粹》補。

❸《五百家播芳大全文粹》『愈』作『日』。

賀鄰郡守倅冬〔一〕

玉管召❶陽，土圭測日，推物萌之載始，嘉道長之方來。君子對時，神明協慶。某官靖恭秉德，直亮端懷，早膺中扆之眷求，雅爲多士之師表。蹔資賢望，出佐方州，宜民之謠既喧聞於載路❷，自天之報❸方順履於迎長。竚奉褒恩，入躋近輔。

【注】

〔一〕又見《五百家播芳大全文粹》卷二十七。

【校】

❶味經書屋鈔本「管召」作「瑫昭」。

❷底本作「烈」，「路」據《五百家播芳大全文粹》改。

❸《五百家播芳大全文粹》「報」作「祐」。

回外邑宰冬

陽生律本，日起子❶初。吉履對時，宜有踐長之慶；謙光相與，乃承流問之勤。載味言芳，唯深感臆。

【校】

❶無跋鈔本、文津閣本、味經書屋鈔本「子」作「牛」。

賀監司正

時月易而書年，天地交而爲泰，宜大人之應會，與庶物以咸新。某官德美在躬，聲華高世，器識藴兼人之富，事功爲諸路之優。方迎道長之期，宜享彙征之福，佇頌褒詔，入踐近班。

賀運司正〔一〕

天地既交，在時爲泰，君子寖長，與物偕通。某官綽著吏能，雅爲國器。順履吉亨之會，茂迎福禄之來，佇被恩綸❶，徑居華要。莫遑稱壽，但極馳誠，祝頌之深，喻言奚既。

【注】

〔一〕又見《五百家播芳大全文粹》卷二十七之王晦叔《賀監司正啓》，本文作者有争議。

【校】

❶《五百家播芳大全文粹》『恩綸』作『褒陞』。

賀曾端明正

運回一氣，卦畫三陽，方天地之泰通，契君臣之感會。某官蓍龜先覺，柱石元勳，早贊署於西樞，暫偃藩於東面。道乘時長，福以類來，竚膺衮黼之褒，即正鈞衡之位。某限拘官守，阻造賓閎。

賀孫學士正〔一〕

葦桃在户，旁❶磔以餞餘寒；椒栢稱觴，燔烈以興嗣歲。在時爲泰，與物咸新。某官道爲儒宗，望出民表，暫假蕃宣之寄，尚淹廊廟之才。方迎道長之期，宜享彙征之福，竚参大用，俯慰具瞻。

【注】

〔一〕又見《五百家播芳大全文粹》卷二十七之王晦叔《賀監司正啓》，本文作者有爭議。

【校】

❶底本作『禳』，『旁』據文津閣本改。

賀鄰郡冬〔一〕

微陽肇復，庶物更新。盪祓不祥，逐群❶陰而盡竄；導迎多祜❷，乘一氣❸以俱亨。宜有神休，來相賢業。恭惟某官，儒紳元老，禁苑名臣，久著望於朝端，暫偃藩於方面。利有攸往，道已應於朋來；罄無不宜，福將迎於類❹至。竚承節召，入輔帝猷。某限守州符，阻趨賓次。

【注】

〔一〕又見《五百家播芳大全文粹》卷二十六。

【校】

❶底本作『郡』，『群』據文津閣本、《五百家播芳大全文粹》改。

❷《五百家播芳大全文粹》『祜』作『祐』。

❸《五百家播芳大全文粹》『氣』作『歲』。

❹《五百家播芳大全文粹》『類』作『朔』。

賀李邦直正〔一〕

一歲始而爲正，三陽交而成泰，乃天地資生之會，實君臣受福之時。某官德業亮天，誠明周物，夙富經綸之學，屹爲柱石之材。望重兩朝，進退必歸乎禮義；道高萬世，始終不累於功名。神明所扶，福禄來附，方懇辭於機政，暫出鎮於留都。圖任舊人，將再調於元化；永錫難老，庶大庇於斯民。某限守官箴，阻趨鈞❶屏❷。

【注】

〔一〕又見《五百家播芳大全文粹》卷二十六。

【校】

❶底本、陸跋鈔本、無跋鈔本、文津閣本作『均』，『鈞』據味經書屋鈔本、《五百家播芳大全文粹》改。

❷《五百家播芳大全文粹》『屏』作『㞩』。

回諸州通判冬〔一〕

書雲應候，測景踐長，方陽德之時升，宜君子之道長。某官性姿宏厚，器識疏明，暫關決於名藩，將徑❶躋於華胄❷。俯迎令節，倍格繁休。方脩拜慶之儀，遽辱飛緘之賜，但勤誦願，尤極感銘。

【注】

〔一〕又見《五百家播芳大全文粹》卷二十七。

【校】

❶《五百家播芳大全文粹》『徑』作『昇』。

❷底本作『要』，『胄』據陸跋鈔本改，味經書屋鈔本、文津閣本、《五百家播芳大全文粹》作『貫』。

賀❶安撫冬〔一〕

一陽資始，萬物更新，發施天地之和，敷錫君臣之福。恭惟某官，生民先覺，命世上才。總制節於東州，坐消姦慝；宣詔條於屬吏，盡格循良。坐迎日至之長，茂擁百祥之助。七日來復，宜君子之階升；三❷節以趨，將龍光之兼被。某限拘符守，阻造賓墀。

【注】

〔一〕又見《五百家播芳大全文粹》卷二十六。

【校】

❶底本作『回』，『賀』據無跋鈔本、文津閣本、味經書屋鈔本、陸跋鈔本、《五百家播芳大全文粹》改。

❷底本作『二』，『三』據《五百家播芳大全文粹》改。

賀❶兩府冬〔一〕

律應黃鐘，斗建子位，爲天地資生之始，乃君臣受福之時。恭惟某官，柱石元勳，蓍龜舊德，處朝廷以正直，安天下以惠和。偉然事業之光華，休有神明之協相。茂迎令序，倍格釐禧。大賚善人，方允升于高位；永錫難老，將久庇於生民。某限守州符，阻趨鈞屏。

【注】

〔一〕又見《五百家播芳大全文粹》卷二十六。

【校】

❶底本作『回』，『賀』據無跋鈔本、文津閣本、味經書屋鈔本、陸跋鈔本改。

樂静集卷二十

謝及第〔一〕

興能而出治，惟❶先王本俗以教民；有德者必言，故近世攷文而取士。發於里選，簡在帝庭，暮辭褐博之卑，朝飾青緺之貴，聖人由是而政立，君子資之而道行。豈宜承學之瑣材，冒厠諸儒之上列？恩深涣汗，愧若負芒。

嘗聞欲治之君，以得士爲難，非常之材，必待時而奮。合謀以計其事，兩作以繼❷其明。惇德允元，二帝襲衣裳之化；尚賢絀惡，三王同道德之歸。九官備而百工釐，八政齊而五士舉，作人以東序、西序，辨志於小成、大成。論然後官，無假人之名器；教之不率，有移化之郊鄉。後世失教育之方，學者喪艾淑之實，天地之全既缺，性命之理益微。操守不經，繡已加於鞶帨；童昏益亂，巧尚弊於雕蟲。

於皇我朝，奮越治古，方大明嗣服之始，寔百度作新之時。發揚聖論，蕩斥末學，神奇出而臭腐化，糟粕棄而醇精流，養成材於浸潤之微，成德性於高明之至。近觀之則言行斯富，大用之則禮樂可興。自昔所難，於今爲易。鳶飛魚躍，莫知鼓舞之神；雲翔風從，來格光華之會。

如某者器唯❸拘❹小，性匪近中。論世讀書，嘗慕古人之遠；遊心竄句，尚迷俗學之迂。加之禍患侵陵，事爲乖❺忤。三人行而二人惑，欲往何之？一日暴而十日寒，所存能幾？以謂否必有喜，窮當益堅，幸留涸轍之軀，復鼓敗軍之勇。類陪歲貢，再踐春闈，偶中藝於下陳，旋奔哀於故里。生無以養，遊者何追？禄不逮親，仕斯可已。度餘年之殘稿，憫哀系之飄零。

勉奉寬恩，竭來上國，平日寡❻彈冠之援，高門無曳履之遊。術本甚疏❼，誰恤不龜之藥❽？義難自達，耻爲躍冶之金。接武掖門，觀光黼坐，觸神遊於感忽，奉清問於雍容。心目雖明，氣辭幾困。少年而動文帝，固慙賈誼之才；徒步以見太宗，竊感馬周之遇。各使發言而觀志，僅能引古以喻❾今。盈溝之雨易窮，暴日之暄奚補？既乏甚高之論，但虞無赦之誅。舜用五臣，蓋盡至精之選；羿虧一矢，遂無必中之功。尚優片善之求，過預六人之列，量材匪稱，戴寵若驚。

此蓋伏遇某官，大雅存心，至誠格物，知識足以發天人之藴，聞譽足以爲邦家之光。才富而若虛，登高而善下，憫不能而如己，無求備以與人。過致繆庸，輒承甄採。敢不行其所學，不忘蚤夜之思；愼乃終身，少答生成之賜。過此以往，未知所裁。❿

【注】

〔一〕又見《五百家播芳大全文粹》卷三十七。

【校】

❶底本作『雖』，『惟』據《五百家播芳大全文粹》改。

❷無跋鈔本、文津閣本、味經書屋鈔本、陸跋鈔本、《五百家播芳大全文粹》『繼』作『离』，誤。

❸味經書屋鈔本『唯』作『爲』。

❹底本作『物』，『拘』據《五百家播芳大全文粹》改。

❺底本作『垂』，『乖』據《五百家播芳大全文粹》改。
❻《五百家播芳大全文粹》『寡』作『寬』，誤。
❼《五百家播芳大全文粹》『疏』作『殊』，誤。
❽《五百家播芳大全文粹》『藥』作『劑』。
❾底本作『議』，『喻』據《五百家播芳大全文粹》改。
❿《五百家播芳大全文粹》無『過此以往，未知所裁』八字。

謝舉幕職〔一〕

此❶者特預薦章，俾升幕佐，名非實副，感與愧并。嘗聞『人雖病於難知，士亦羞於詭遇』，謂能脩其身，則天且不廢，苟自信以道，則世誰可輕。如玉韞匱❷，以何沽況？珠在淵而必媚，所期非速，爲趨每高。或片言而推其器識之優，或一見而許以公侯之貴，蓋去就之有守，在賢否以甚明。故時無滯才，朝盡公舉。

惜乎風流既息，古義寖衰，蔽是非之實以愛憎，攖榮辱之情於得喪。霄漢扶持之速，跬❸足三公；塵埃排擯之餘，蒼顏❹斗粟。至使名身兩役，物我更持。冰炭裝懷，夜忘卧夢；風波駭目，日起恚❺憂。甚者，巧希合於情先，閉❻險深於跡外。邯鄲善步，壽陵争襲其趨；螗蜋據蟬，黄雀已窺其後。笑窮通之有序，矜富貴於易媒❼，千里坐期，一跌隨廢。

如某者生而寡見，長❽則數奇，蹈時雖願於激揚，學道每傷於遲後。四百年之傳序，世出聞人；三千秩之故書，家無别槖。引屬簪裾之列，來游翰墨之場。見舟即操，往焉無懼，取蜩猶掇，顧者皆驚。兩綴賢書，再丁家禍。收[9]餘生之殘稿，擢一第於淹回。尚憐垂翅之窮，猶有搶[10]榆之決。然而上京雄觀，群俊並驅，談落落以相高，意僊僊而欲舉。自惟瑣[11]賤，分取棄沉，何期舊學之拙迂，忽誤近臣之論薦。

職之鄉校，編以儒林，脱敲撲之喧囂，屏簿書之倥偬。弦歌終日，酣味六經，少釋爲賓[12]之憂，終懷浮食之愧。加以服大人之餘誨，感末路之多虞，益知勢利之易汙，未見紛華之可[13]樂。不肯碌碌，與時太疏，何爲區區，顧影自笑。每欲玩林泉而佚[14]老，擷杞菊以茹饑，放浪形骸，優游歲月。向子平之家事，猶累素心；陶靖節之吾廬，但馳去夢。遲遲斯久[15]，忽忽未遑，愈深必退之思，無復儻來之望。敢希孤宦[16]，輒動上官，憫其矩[17]步之勞，挈以循階而進。

此蓋伏遇某官，至仁兼愛，大雅不遺，以長取人，由恕及物。傅鳴鵠[18]之羽翮，文斷木以青黄，必使接天衢之遊，庶幾成宗廟之器。量能非稱，荷賜過優，某[19]敢不厲終身歸潔之心，慕古人特立之義。老將至耳，未甘四十而無聞；學恐失之，尤愧寸陰之可惜。誓堅素守，上答明知。

【注】

〔一〕又見《五百家播芳大全文粹》卷三十五之周行可《謝監司薦舉啓》，本文作者有争議。

【校】

❶味經書屋鈔本、陸跋鈔本「此」作「比」。

❷《五百家播芳大全文粹》「匱」作「匵」。

❸無跋鈔本、陸跋鈔本「跬」作「哇」，誤。

❹《五百家播芳大全文粹》「顔」作「願」，當誤。

❺底本作『志』，『恚』據《五百家播芳大全文粹》改，無跋鈔本、文津閣本作『志』，味經書屋鈔本、陸跋鈔本作『忘』。

❻《五百家播芳大全文粹》『閉』作『閑』。

❼底本作『煤』，『媒』據味經書屋鈔本、《五百家播芳大全文粹》改。

❽《五百家播芳大全文粹》『長』作『動』。

❾底本作『哀』，『收』據《五百家播芳大全文粹》改，味經書屋鈔本、陸跋鈔本、無跋鈔本空缺，文津閣本作『悲』。

❿味經書屋鈔本『搶』作『槍』。

⓫底本作『推』，『瑣』據《五白家播芳大全文粹》改。

⓬底本作『貧』，『賓』據《五白家播芳大全文粹》改。

⓭底本作『少』，『可』據《五百家播芳大全文粹》改。

⓮《五百家播芳大全文粹》『佚』作『伏』，當誤。

⓯《五百家播芳大全文粹》『久』作『返』。

⓰底本作『躅』，『宦』據《五百家播芳大全文粹》改，無跋鈔本、陸跋鈔本作『官』，文津閣本作『生』，味經書屋鈔本缺。

⓱《五百家播芳大全文粹》『矩』作『短』，當誤。

⓲《五百家播芳大全文粹》『鴟』作『鳩』。

⑲『某』據《五百家播芳大全文粹》補。

謝舉太學博士

伏蒙保舉充太學博士者。天子辟廱之地，盡集時髦；儒林師保之官，屢先宸選。顧惟淺陋，可復堪任。如某者嗜學太迂，賦能俱短，奮壯年之精鋭，擢一第於淹回，尚憐黑髮之未凋，自許青雲之可致。以牛捕鼠，鈍不適時，緣木求魚，勞非得計，碌碌衆人之後，遲遲行路之間。璞玉既非，徒使盧胡而笑；國能未就，殆將匍匐而歸。重以笄冠相仍，松楸未卜，瘠土寡粢盛之奉，弊廬多風雨之憂。弟兄役役於賤官，饘❶粥皇皇而卒歲。低迴薄禄，僶俛寸心，詎能忘流俗之情，何足語丈夫之志？

聽南枝之啼鳥，潛感星霜；覽北山之遺文，空慙雲壑。嘗從大府，猥在泮宫，人皆謂之投閒，己獨知其非據。褒衣布坐，每聞弦誦之鏗鏘；黄卷滿前，爲異簿書之倥偬。養口有便便之飽，動人無赫赫之功，但容一日之可居，奚論十年之不調。而况上官旁照，雅意過優，羅觴豆以相娱，裂牋縢而更唱。有如此者，不亦樂乎？敢期蓊拂之私❷，更備薦論之列。

此蓋伏遇某官，至誠無間，大德有容，與庶物以爲春，耻一夫之失所。芝砂並用，初何與於豨苓❸；鼎俎既盈，猶不遺於雞肋❹。賜出仁人之愛，感深國士之知，藏之中心，誓以没齒。假鈞弓於羿手，固無百中之期；譽駑馬以龍媒❺，已增十倍之價。敢不明去就之有守，要終始之不渝，庶幾激昂，少答知遇。

【校】

❶陸跋鈔本『饘』作『饘』，當誤。

❷味經書屋鈔本『私』作『思』。
❸陸跋鈔本『狶苓』作『豕零』。
❹文津閣本、味經書屋鈔本、陸跋鈔本『肋』作『肭』。
❺味經書屋鈔本『以龍媒』作『龍以媒』。

謝館職〔一〕

落筆玉堂之上，僅綴千言；振纓册府之遊，濫陪群俊❶。論説無本，文辭不工。序當今可舉之政事，則未究人情❷；考先王已行之法度，則不閑古訓。訖無可録，退有後憂。豈意江湖納汙，川流一貫，龍蛇啓蟄，蠖步同伸，雖幾去而復收，終以榮而爲懼。惟天禄、石渠之故事，乃皇墳、帝籍之所藏，或出於秦人煨燼之餘，稍見於汲❸冢斷殘之後。書尤難於盡信，史已甚於闕文，寖潤諸子之異同，頗識古人之章句。詳延沉雅，分命訂讐，焕爛遺文，上占東壁。憑陵❹危觀，古謂蓬山，坐尤迫於帝居，人或誇於仙去。多士願聞其推轂，名臣輩出於此塗，由漢則子雲、劉向以經術備員，在唐則九齡、房琯以辭章入侍。故博洽名家之士，萃聚乎東西兩京；太平儒術之功，浸淫乎數百餘歲。得人甚盛，曠古所無。

國家纍聖紹休，生民底❺乂，囹圄空而俎豆布，干戈藏而鐘律修。百度可觀，皆博士儒生之論；四方求❻獻，多山嵓屋壁之書。永惟英皇，對越治古，謂取士必先於素養，詔大臣各舉其所知，一新東觀之討論，樂得英材而任使。遺風不講，幾數十世之相望；引類並興，以二十人而聞上。一時名德之盛，落落相高；于今侍從之華，班班可數。規模良遠，典故具存。

天祚真人，日熙庶政，躋世於安寧之域，作人以忠厚之風。正臣進而群枉之道消，德意孚而不肖之心化。股肱一體，既丕式於老成；諒直多聞，將旁求於新進。丁寧細札，祖述舊章，使棲遲涵泳於圖書翰墨之林，以滋長成就其高大光明之器[7]。蓋梗楠杞梓須千尺之幹，珪璋琮璧，非纍日而工，必與之以追琢其章，亦漸之以雨露之潤[8]，然後薦丘壇以交神明之貺，壯宫室而除風雨之憂。豈徒然哉？所用如此。

若某者，生而非敏，壯也無聞，學淺鮮而不根，氣萎薾而易涸。英華無幾，局韻大[9]拘，既未能赫赫以動人，固不善盱盱而狗物。以牛捕鼠，鈍不適時，緣木求魚，勞非得計，碌碌衆人之後，遲遲行路之間。幸從庠序之外官，不廢絃歌之舊習，家有一鍾之石，篋無三上之書。乘鴈雙鳧，既不關於多少；大鵬斥鷃，亦各適於逍遥。何期近弼之誤知，過以不才而應詔！徬徨捧檄，踧踖振衣。

爲逢極治之朝，庶達敢言之志。而舊文卑弱，空驚賈誼之過秦；素譽寂寥，良愧陸機之入洛。家幾索米，門寡曳裾，待漏赴朝[10]，懷鉛就席。感嘆紵袍之故態，顧瞻金馬之盛遊。下筆不休，乏傅毅屬文之思；令人忘倦，非馬周論事之才。雖鈎攣綴拾以成編，終底滯迂疏而可笑。畫地作餅，何以療饑？曝日獻君，未爲知術。尚蒙採擷，不即棄捐。驅躑躅於遼東，竟無他異；望騰驤於冀北，猶踵後陳[11]。是何異綴魚目於夜光，補狐裘以羔袖？既乖准度，有誤題評。

此蓋伏遇某官，道德在躬，聞望超世，契光華之盛旦，見事業於有爲。文章博洽而不以窮人，器質渾厚而樂於成物，致兹末品，亦預同升。所願讀書陽城，猶喜於從吏，未能成賦左思，亦幸於爲郎[12]。而况大君深切之訓詞，近侍雍容之知遇，實英俊並遊之會，方朝廷有道之時。戴白[13]之老，畢世而再逢；窮巷[14]之士，動心而竊嘆⑮。

美意不輕於樂育，終身敢薄於自期？固當澡雪滯昏，鍥磨頑魯，黽勉平生之志，激昂君子之風，不獨丹鉛點勘之爲工，必使事業語言之可用。老將至矣，寧自廢於聖時？行或使之，冀少伸其素志⑯。

【注】

〔一〕又見《五百家播芳大全文粹》卷三十六之任子方《謝試中館職啓》，本文作者有爭議。

【校】

❶底本作「群後」，「群俊」據文津閣本、《五百家播芳大全文粹》改。

❷底本作「大綱」，「人情」據文津閣本、《五百家播芳大全文粹》改，無跋鈔本、味經書屋鈔本、陸跋鈔本作「大情」。

❸底本作「没」，「汲」據味經書屋鈔本改。

❹底本作「凌馮」，「憑陵」據《五百家播芳大全文粹》改。

❺《五百家播芳大全文粹》「底」作「保」。

❻《五百家播芳大全文粹》「求」作「來」。

❼《五百家播芳大全文粹》「以滋長成就其高大光明之器」作「以滋長成就於英俊賢才之藪」。

❽《五百家播芳大全文粹》「須千尺之幹，珪璋琮璧，非纍日而工，必與之以追琢其章，亦漸之以雨露之潤」作「聳昂霄之幹，珪璋琮璧，抱韞櫝之珍，必藉良工，親逢大匠」。

❾《五百家播芳大全文粹》「大」作「太」。

❿陸跋鈔本、無跋鈔本、文津閣本「赴朝」作「赴期」，《五百家播芳大全文粹》作「越期」。

⓫《五百家播芳大全文粹》「陳」作「塵」。

⓬味經書屋鈔本「於爲郎」作「爲於郎」。

⓭《五百家播芳大全文粹》「白」作「日」，誤。

⓮《五百家播芳大全文粹》「巷」作「穴」。

⓯陸跋鈔本、文津閣本「嘆」作「嗟」。

⓰底本作「寧」，「志」據味經書屋鈔本、《五百家播芳大全文粹》改。

代庭玉弟謝呂大資舉縣令

量材非稱，撫己增慙。嘗聞人實難知，士非易遇。言非可聽，仲尼猶失於宰予；君遂不來，孟子卒排於臧氏。蓋乍賢乍佞，如山川之莫測；一用一捨，譬霄壤之相遼。故聖人窮理以盡觀物之明，志士感知而輕殺身之報。

不敢忽者，是非之智；所尤難者，上下之交。而況自五十而知命，則始可與言去就之方；非三月不違仁，則未足以見始終之操。富貴紛華之外慕，窮愁怨忿之内攻，持以兩端顧中流而俯仰，半於九十厭末路以低迴。將必保其窮年，詎輕掄於精鑒。至若塵埃蹇步，蓬藋孤生，懷美玉以待時，望青雲而引睇。平日寡遊談之助，滿朝無曳履之容，絶絃未卜於知音，投筆忽逢於按劍。澤邊散髮，誰謂❶興嗟？轅下長歌，幾成感泣。故自昔重功名之際，謂相逢非旦暮之期。

惜乎古義既凋，餘風益薄，一諾稍輕於許可，衆人争效於馳趨。詭譎不情，囂浮易喪。見利忘義，遽操射羿之弓；枉道事人，翻作吠堯之犬。或前恭而後肆，或昨是而今非，能聲暴著而毁議已喧，章墨未乾而按檄隨至。末流及此，來者謂何？共觀覆轍之危，益起吹齏之戒。自非行義夙著，志道❷日脩，磨不磷而涅不緇，窮益堅而老益壯，則何以仰干品藻，過被獎提？有如此人，未覩數輩。

若某者器惟拘小，才不逮中，早霑世禄之微，勉踐儒衣之素。簿書尤冗，徒汩汩於賤官；饘粥未充，每皇皇於卒歲。殫才❸駑短，甘志捐軀，拘小邑之僻迂，念孤蹤之眇末。潭潭府宇，屢傴僂以趨庭；兩兩臺躔，悵熒煌之在目。既接以德容之盛，又飲以言教之和。終夜以思，未識自脩之漸；三年一眄，敢希與進之優。久俟譴訶，輒❹參論薦，感恩幾涕，拜寵若驚。此蓋伏遇某官，道德在躬，功業超世，以勞謙而下物，由内恕以與人。大治既鈞，不遺於頑鑛；春陽一育，無間於寒根。敢不勤畏簡書，日嚴搸履，慕古人特立之義，勵終身歸潔之心。少副所聞，仰酬大賜。過此以往，未知所裁。

【校】

❶味經書屋鈔本「謂」作「爲」。

❷陸跋鈔本、味經書屋鈔本、文津閣本「道」作「音」。

❸文津閣本「才」作「竭」，無跋鈔本、味經書屋鈔本、陸跋鈔本皆缺。

❹底本、陸跋鈔本、無跋鈔本作「轍」，「輒」據文津閣本、味經書屋鈔本改。

代謝薦

蓋聞先王之時，公卿大夫相與進賢拔善者，既不敢蔽其所知，閭巷賤士所以致身託名者，亦不敢易其所守。薦人於朝，與衆共之，非挾於私恩也，彼以道焉；見知於上，由己得之，非矜其幸進也，吾有義爾。故賢與不賢自乎人，而朝不沽薦士之名，得之不得尸諸命，而下不争施我之惠。此三代所以直道而行也。

逮乎古風凋薄，流俗競奔，操權挾貴之家無恤於狥公，貪得鋭進之士不羞乎詭遇。同乎己則終日而再遷，不同乎己則窮年而不問，見其利則一揖而競進，未見其利則三已而復來。所取或非其人，所得不由諸道。意相與者，必曰『每聞其某氏之子』，勢可籍者，必曰『願出於我公之門』，由富貴之使然，宜情狀之乃爾。其或義不遺於公舉，禮無失於自媒，在昔所難，於今能幾？

如某者受性凡❶闇，與時迂疏，素無王公之遊，粗知義命之分。僶俛寸禄，低徊末塗，固知其才不過人，所幸者困以寡怨❷。但甘屏默，敢冀薦論！伏惟某官，内推恕心，外示寛德，樂至公而與進，操古義以自期。不緣左右之言，藉以吹嘘之力，憫其孤弱，俾遂遷升。非獨小子之愚可當，竊爲東州之士相賀。昔羊祜之舉，不容私謝，孔光之薦，嘗恐人知。顧惟鄙心，未敢忘報。寸陰可惜，誓不墮於素脩；駑力未殫，庶益勤於來效。

【校】

❶文津閣本作『煩』，誤。無跋鈔本、味經書屋鈔本、陸跋鈔本皆缺。

❷底本作『愁而寡禍』，『困以寡怨』據《周易·繫辭下》改，無跋鈔本作『而寡禍』，文津閣本作『瑾而寡禍』，味經書屋鈔本、陸跋鈔本作『□而寡禍』。

又代謝薦

伏蒙某官保舉某充職官任使者。從命指呼，慙非强給，上章論薦，過荷陶成。雖大人推博愛之心，而不肖有過情之懼，省循非稱，感激無窮。

竊聞知人之明，自古其慎❶。驩兜之凶，有容於堯舜之世，宰我之辯，或取於仲尼之門。在聖智以爲難，豈尋常之可忽。故先王之法，必試其所譽，使百官之屬，各舉爾所知。行能皆中，則得好賢樂善之稱；品藻一誤，則蒙罔上不忠之罪。然猶在位者以誠明相許，爲士者以名節自高，進無待於私言，退不容於來謝。迨乎士流冗濁，俗習競奔，羞隱阨而幸功名，惡貧賤而邀富貴。邪柔多與，浮詭不情，語言和厚以易親，趨步周旋而可喜。僅獲一辭之舉，益加百拜之勤。厚禄稍充，素脩已惰，術既成而反思射羿，利❷所在則不耻吠堯。謹厚者輒以勢驕，潔白者終於墨敗。斯皆物移所志，勢❸害其才，固宜推轂之心，必有吹虀之戒。彼哉奚取，來者益艱。自非操致遠之資，曷足干盡公之鑒。

伏念某器能淺狹，性識顓愚，學未知方，仕將爲禄。久承弓冶，幸家法之猶傳；勉視簿書，豈民情之素習。適緣初宦❹，託在巨庥，去其體貌之尊，進以父兄之教。切勤佩誦，粗免譴訶，復嘘獎於吏勞，俾參榮於幕佐❺。發揚有自，感勵不忘。

此蓋伏遇某官，大德有容，至仁無間。憐不能而如己，無求備以與人，文朽木以青黄之華，傅鳴鳩以羽翼之助。將從瑣賤，漸致激昂，敢不夙夜在公，始終一節，慕古人之行己，勉循吏之愛民。立事立功，遽敢言於今日；非禮非義，誓不辱於終身。惟允蹈於所聞，庶少酬於洪造。

【校】

❶無跋鈔本、味經書屋鈔本、陸跋鈔本『慎』作『御名』二小字。

❷文津閣本作『羿利』，無跋鈔本、陸跋鈔本作『利羿』，味經書屋鈔本無『利』字。

❸無跋鈔本、陸跋鈔本『勢』作『于』，文津閣本作『事』，味經書屋鈔本缺。

❹陸跋鈔本『宦』作『官』。

❺味經書屋鈔本『幕佐』似作『京座』，陸跋鈔本作『慕佐』。

代謝改官〔一〕

觀其爲主進身者，豈易於知人？舉爾所知爲上者，亦難於與物。蓋非義不合以道泛觀，可否在我而不蔽其心，窮達自天而一尸諸命。逮夫名實不立，風俗浸衰，視聽悠悠不斷於是非之際，情爲擾擾必争於得喪之塗，至有近風多推，附火先熱，藺子之劍適者歡心，東郭之竽不知濫吹。雖❶出愛憎之素昧，卒❷成利害之相攻。

其或巧言如流，素書盈束，幸韓荆州之一見，借郭有道之片言。高談則自謂退藏，大致則求爲容悦。凄酸易感，僅猶躑躅以悲鳴；嫵媚不情，何異盱睢而獻笑。斯皆學術無❸守、氣節不剛，間有風波之虞❹，莫測山川之險。或❺三言而成虎，或❻一隙以沉舟，甚則蜂蠆起懷，豺狼當路。狡兔未得，韓盧争先，螳螂方休，黄雀窺後。斯人也何所取爾！爲士者不亦難乎。

如某者少則甚愚，壯而寡與，棲遲末路，蹭蹬纍年。再領簿書，嘗懼勾稽之失，一臨民社，敢言撫字之勞。所願者惟畏法而奉公，自信者不罔民而病物，訖無顯狀，輒玷誤知。挈短步於禄階，脱一飛於選集，陶成有自，感服知歸。此蓋某官，大德有容，至仁❼樂與。傅嗚鳩以羽翼，文斷木以青黄，使之物有成才，器無近用❽，致兹寒陋，稍預遷陞。敢不慎❾守官箴，益脩德履，不爲俗吏之效，勉蹈古人之風。貴不可求，敢妄干於寵禄；志須有立，庶少濟於事功。

【注】

〔一〕又見《五百家播芳大全文粹》卷三十五之王元長《謝監司薦舉啓》，本文作者有爭議。

【校】

❶味經書屋鈔本『雖』作『誰』。
❷底本作『未』，『卒』據《五百家播芳大全文粹》改。
❸底本作『失』，『無』據《五百家播芳大全文粹》改，無跋鈔本、味經書屋鈔本缺。
❹底本作『民』，『虞』據《五百家播芳大全文粹》改。
❺底本作『合』，『或』據《五百家播芳大全文粹》改。
❻底本作『湊』，『或』據《五百家播芳大全文粹》改。
❼《五百家播芳大全文粹》『仁』作『誠』。
❽味經書屋鈔本無『用』字。
❾味經書屋鈔本、陸跋鈔本『慎』作『御名』二小字。

樂静集卷二十一

賀門下司馬相公〔一〕

寵膺除詔，進貳納言。多士彈冠，欣見雲龍之會；都人夾道，競觀衮繡之歸。惟嗣王勤欽❶止之思，而賢者動翻然之意。天惠有道，時丁太平，明良相懽❷，上下蒙福。恭❸惟某官，生民先覺，當世宗工。富貴死生不動心如孟子，仕止久速必治己以仲尼，故特立於議論之間，不惑於是非之際。間當言責，益勵風猷。於義也剛，奚恤衆人之怨；不可則止，匪懷好爵之縻。養疾家園，遊心聖閫，疏泉種竹，自以爲迂。隱几讀書，莫知其老，潔身自信，與世尤疏。謝流俗之睢盱，挹古人而嘯傲。德無與映，貫洛水以並清；望不可攀，壓嵩高而獨峻。雖雅從於燕處，終未慰於岩瞻。

屬睿智之紹休，念艱難而在御，允升故老，丕式壯猷。蹔糺治於東臺，將燮調於大化，夙有進思之志，今爲行可之時。不負蒼生，安暇東山之高卧；方思霖雨，果符傅野之旁求。人心同樂於春臺，國體大安於磐石，四方無競，萬世有辭❹。某猥以微蹤，數蒙優眷。限拘符守，阻造鈞庭。

【注】

〔一〕又見《永樂大典》卷一萬五百四十。

【校】

❶味經書屋鈔本『勤欽』作『欽勤』，誤。

❷文津閣本『懽』作『權』，當誤。

❸《永樂大典》『恭』作『共』。

❹味經書屋鈔本『辭』作『詞』，同。

賀平章文太師〔一〕

光膺策命，入拜師臣。三公惟人，大厦有❶棟樑之任；一相處内，四方如泰華之安。天扶聖君，人望元老，歡樂精神之會，流通上下之情。禮無與隆❷，時所罕遇。

恭惟某官，孕靈嶽秀，配德坤元，器深厚而有容，道直方而不撓，武足以戡定亂略，文足以潤色聖謨。可托大事，則社稷之臣，不親細務，則帝王之佐。進人如己，愛物以情，碩畫嘉謨撫寧於華夏，陰功隱惠孚感於神明。故能業亮四朝，身兼五福，出入將相幾四十年，古今勳勞無一二輩。

屬真人之嗣服，攬庶事以圖新，謂國軍禁令有未決之疑，左右輔弼皆後來之俊。俾辭留鑰，入造内朝，集冠蓋於都門，羅饔飧於候舘。衮衣已往，難留洛水之舊邦❸；皓首復來，共識仁皇之真相。龍光疊被，衢路榮觀❹。

於今熙河之餉餽❺甚艱，遼夏之疆隅未復。不足者九年之食，已傷者百姓之財，將冗而卒驕，吏繁而員溢。永賴蓍龜之舊德，克開社稷之遠圖，俯陪調鼎之司，獨踐位槐之地。壽考之美，躬邁德於汾陽；禮樂之功，更仰成於姬旦。某素惟鄙昧，久荷奬提。臺座熒煌，悵披雲之在望；駑蹤疲曳，但服駕以長鳴。

【注】

〔一〕又見《五百家播芳大全文粹》卷八。

【校】

❶《新鐫赤心子彙編四民備觀翰府錦囊》『有』作『者』。

❷《新鐫赤心子彙編四民備觀翰府錦囊》『禮無與隆』作『情禮無與』。

❸《新鐫赤心子彙編四民備觀翰府錦囊》『舊邦』作『由邦』。

❹《五百家播芳大全文粹》『覩』作『生』。

❺《五百家播芳大全文粹》『餉餽』作『餽餉』。

賀左僕射相公〔一〕

拜命大庭，分聯左揆。天人相與，君相❶並興。千載一時，永契太平之會；四方萬里，共蒙生氣之和。竊以舜帝舉皋陶而竄不仁，高宗命傅説以求古訓，因先王而爲政，爲天下以得人。竦佩遺風，復見今日。顧安危之所繫，宜上下之稱歡。

恭惟某官，名世真儒，生民先覺。稟三才之正❷氣，思則無邪；以四海而爲心，達則兼善。智大而必先於遠致，行高而不可以小知，未嘗枉己以直人，豈憚屈身而伸道。三諫❸不聽，漠無干澤之私；萬鍾何加，惟有養恬之樂。

屬大明之紹服，講庶政以圖新，急聞至言，優禮元老。以公議而自處，爲衆人之不能。匹夫未安，深軫納溝之念；至誠獨立，靡懷濡足之憂。故進賢退惡，而多士歸心；興利去害，而庶民不議。果膺睿渥，參秉鈞衡。飛鴻之遇順風，已如夙志；大旱而作霖雨，咸賴我公。益扶萬世之安，永尚一人之慶。某猥叨憐遇，倍切懽愉。限守州符，阻造臺屏。

【注】

〔一〕又見《五百家播芳大全文粹》卷八。

【校】

❶味經書屋鈔本『相』作『臣』。

❷無跋鈔本、文津閣本、味經書屋鈔本、陸跋鈔本皆無『正』字。

❸《五百家播芳大全文粹》『三諫』作『三解』。

到任謝右僕射〔一〕

守籥真祠，幸退安於衰暮；分符督府，復誤玷於恩榮。涖事已還，俯躬知懼。伏念某器能淺鮮，學術拘疏，猥遭遇於昌朝，粗激揚其懦氣。一登言職，五委使華。第殫報國之忠，且乏過人之譽。方欲屏蹤於田野，庶幾息駕於桑榆，歌詠王明，涵濡聖澤。敢祈寬詔，特假便藩？謂隊履可收❶，未忍輕其棄置，而老馬知道，猶堪責以馳驅。

此蓋伏遇某官，大業亮天，元功播物。歡樂精神之會，陶成小大之材。每憐寒拙之無它，曲示含容而與進，俾更善地，以養餘年。敢不益勵素修，仰酬巨賜，上體朝廷之意，下安閭里之情。十駕雖勞，尚不忘於夙夜；一毫有補，庶無負於埏鎔。

【注】

〔一〕又見《五百家播芳大全文粹》卷三十。

【校】

❶底本作『朽木可雕』，『隊履可收』據味經書屋鈔本、文津閣本改。

謝大漕〔一〕

河山連絡，古稱督府之雄；民物浩攘，今是名臣之寄。揆材非稱，冒寵若驚。恭惟某官，儒服先知，相門英胄，獨倚公忠而報國，不投機會以幸功。間調王師，特分使領。議論可畏，共觀文正之餘風；備禦有經，多出延❶安之故事。雅推高義，益簡上知❷，暫糺吏於西曹，復理財於東部。洗深文之苛急，悉附寬條；起疲俗以惠和，坐成樂國。猥惟朽質，獲託巨庥，敢不勉勵吏能，奉行詔旨。追洙泗聖人之化，盡革侵蝨；師武宣循吏之風，少移忠厚。過此以往，未知所裁。

【注】

〔一〕又見《五百家播芳大全文粹》卷三十之佚名《帥到任謝大漕啓》、《浮溪集》卷二十三《帥到任謝大漕啓》，基本可斷定本文非李昭玘所作。

【校】

❶《五百家播芳大全文粹》「延」作「廷」。

❷陸跋鈔本、無跋鈔本「簡」作「柬」，「知」作「智」。

賀南京知府

主漕南州，悵星霜之屢改；得州東部，幸雞犬之相聞。仰惟坐鎮之餘，益保天和之固。恭惟某官，三朝元老，間世真儒。蚤躋❶禁從之華，屢更天下之故。淡薄榮味，恬安仕途，雅爲多士之表儀，綽有古人之風度。顧惟商丘大府，甸服别都，當舟車孔道之衝❷，寔名德偃藩之地。暫資賢望，未慰巖瞻。道之將興，方慶風雲之會；人惟求舊，必先柱石之材。竚奉詔音，入陪鈞輔。某素慙孤賤，曲被眷憐。兩地河川，宛隔登龍之步；纍年胷臆，莫親揮麈之談。敢冀上爲廟朝，精調寢餗。

【校】

❶陸跋鈔本「躋」作「起」。

❷底本作「衡」，「衝」據文意改。

賀吳運使轉官

右某❶。伏審密奉清光，茂膺嘉命。一日三接，已❷躋侍從之華；六轡載馳，特總漕輸之重。起土人之驩慕，聳吏部之榮觀。

恭惟都運待制，與聖並生，以道自任，識當世之先務，爲衆人之不能。屢奏顯勞，再更劇地。弊源漫溢，豈十手所能支；議者徬徨，無一辭之可措。照理於變通之會，撥繁於談宴之餘。僂指布籌，已足三年之食；銜艫擊轂，暴登百萬之輸。果被詔音❸，入瞻宸坐。天子促席而爲之改色，財臣斂手而敢爾言功。遽陞延閣之班，尊委外臺之寄。金絲寵薦，競觀賜物之新；彩旌啓行，喜拜使華之舊。即聞節召，入踐鼎司。詎容東俗之少留，將使萬邦之均慶。

某素惟孤陋，猥荷獎提。蕞爾卑飛，敢起青雲之望；塊然頑鑛，將希良冶之功。限守官箴，阻趨鈞屏。下情無任欣抃、激切之至。

【校】

❶『右某』，當爲『右某言』或『右某啓』之省。

❷無跋鈔本、味經書屋鈔本、陸跋鈔本『已』作『早』。

❸文津閣本『音』作『旨』。

賀右丞〔一〕

拜命中宸，分聯右掖❶。正人既進，朝廷之勢益尊；大道將興，天下之民斯幸。某官秉心亮直❷，學古粹深，常一志於險夷，恥因人而進退。不可則止，懷蓍龜先見之明；於義也剛，挺松栢後凋之操。屬大明之紹服，攬群俊以在朝，間自西州，入升内相。謂輔世必忠賢在上，而順民惟政事爲先，總正臺綱，共謀王體。六官成績，方注意於名儒；萬世永圖，將登庸於真相。

【注】

〔一〕又見《五百家播芳大全文粹》卷十三之劉子駒《賀吴右丞啓》，本文作者有争議。

【校】

❶味經書屋鈔本、陸跋鈔本、《五百家播芳大全文粹》『掖』作『轄』，無跋鈔本作『瞎』。

❷《五百家播芳大全文粹》『亮直』作『直亮』。

代石職方答交代〔一〕

濫趨末宦❶，獲佐近州。吏牒紛❷迷，詎免曠官之黜；塵蹤疲曳，屢懷解綬之歸。豈私幸之儻來，承更書而俯罷，未見君子，寔勞我心。愧禮好之方修，忽郵書而俯及，矍然拜賜，灑若對顔。某官器度淵沉，性姿疏敏。仁恕爲政，有古吏師之風；聞譽在躬，爲時士人之望。尚資闕決，暫鬱❸遠圖，將聞濟水之民，復起海沂之詠。退慙淺薄，輒預交承。久雖學步，而未識國能，素不善歌，而敢期和者。履難加首，顧賤質以奚堪；瑜不匿瑕，幸前非之將掩。瞻風甚邇，晤德猶賒。伏祈善保興居，茂迎寵禄。❹

【注】

〔一〕又見《五百家播芳大全文粹》卷四十五。

【校】

❶《五百家播芳大全文粹》『宦』作『官』。

❷《五百家播芳大全文粹》『紛』作『分』。
❸底本作『爵』，『鬱』據《五百家播芳大全文粹》改。
❹味經書屋鈔本、陸跋鈔本文末有『卑情』二字，文津閣本有『卑情無任云云』六字，《五百家播芳大全文粹》『晤德猶賒』以下皆略。

代人上兩府問候言〔一〕

言念❶仰泰階之焜耀，目遠鈞庭；奉使節以周旋，身勞塵鞅。稍易寒温之序，未修咫尺之書，每思犯分以陳情，反畏黷尊而取戾。雖江湖之量，無待細流之歸，而燕雀之軀，寧忘大厦之託。徬徨兹久，畏惕益深。與其自怠而不言，未若以誠而歸罪。

恭惟某官，蓍龜舊德，柱石元勳，契❷千載以有爲，躋四方於無競。君子在位，士皆樂用其才；百姓既安，民罔不同於善。道行而政舉，法具而官修，百穀順成，四夷内附。在蕭、曹近用，不過鎮❸以無爲；如房、杜淺能，何所施其素業。粤惟盛際，允屬元臣。三代可追，不獨稱於兩漢；大章繼作，方有賴於一夔。

某樗櫟散材，墳壚惡埴，猥叨匠斲，竊累陶埏。誓殫夙夜之勤，不忘頂踵之報。高秋在序，福履是宜。尚祈寢餗之以時，俯慰士民之所望。

【注】

〔一〕又見《五百家播芳大全文粹》卷四十七。

【校】

❶《五百家播芳大全文粹》無『言念』二字。

❷《五百家播芳大全文粹》『契』作『奮』。

❸底本、無跋鈔本、味經書屋鈔本、文津閣本作『慎』，『鎮』據《五百家播芳大全文粹》改，陸跋鈔本作『填』。

代賀方回謝舉換文〔一〕

誤塵恩命，特易班資，度德無堪，撫心增懼。雖去彼取此，均曰服勞，而捨短用長，粗知從欲。再循幸會，尤切兢陵。

昔者朝廷分建百僚❶，文武均爲一致。逮乎選舉不一，仕籍❷寖分，儒生擅文雅之風，武夫誇疆場之任。國家病人材之偏廢，開吏道之通規。或貿厥官，亦從所志。去東曹者素寡，脱右部者實難。初試其藝，則十或取三，今薦而用，則百不得一。

如某者性資凡❸闇，智識謭拘，姑求得禄以養親，安暇擇官而就列。一劍之事❹，誠有未知；六藝之文，乃所願❺學。間關末路❻，困折萬端，殆將等於臺輿，豈止❼供於呼召。竊論先王之糟粕，人以爲狂；進登君子之門牆，己猶知愧。棲棲俗狀，役役半生，謂秦無人，敢辭清議？與噲❽爲伍，頗屈素心。已甘孤宦之飄零，忽累大臣之論薦，遽超常格，曲預優恩。

此蓋伏遇某官，一德亮天，大鈞轉物，攬多士而並用，拾寸長而不遺。致此微蹤，俾更舊秩，敢不仰圖報稱，益勵踐修。躍冶之金，固已不群於物；棄溝之斷，猶將有用其材。

【注】

〔一〕又見《五百家播芳大全文粹》卷三十三之李漢老《謝侍從舉換文官啓》，本文作者有争議。

【校】

❶味經書屋鈔本『僚』作『官』，無跋鈔本作『倍』。

❷底本作『入』，『籍』據《五百家播芳大全文粹》改，無跋鈔本、文津閣本、陸跋鈔本作『入』，味經書屋鈔本作『路』。

❸味經書屋鈔本、文津閣本『凡』作『煩』，誤。

❹底本作『一邑之事』，『一劍之事』據《五百家播芳大全文粹》改。

❺味經書屋鈔本『學』字前衍一『聞』字。

❻味經書屋鈔本『學』字後有四字空白，且下有『艱難末路』四字。無跋鈔本、文津閣本、陸跋鈔本作『艱關末路』，當誤。

❼文津閣本、味經書屋鈔本『止』作『正』。

❽文津閣本、味經書屋鈔本、陸跋鈔本、《五百家播芳大全文粹》『噲』作『蒯』。

代人謝安撫

祗擇剛辰，俯臨郡政。分符流水，嘗受賜於恩門；補郡徐方，復承流於使部。依仁有素，得地愈安，涖事已還，撫躬知懼。某官忠勞許國，德業在民。蚤振武於掖垣，暫偃藩於方面，清列城而安堵，竦百吏以趨風。夫何譾能，辱在威部。敢不奉循教約，修督事功。誓殫夙夜之勤，庶獲涓埃之效。

代人謝副漕

祇擇剛辰，俯臨郡事。河山連絡，古稱督府之雄；民物浩攘，今是名臣之寄。揆材非稱，冒寵若驚。某官國器粹温，天材超穎，夙著强明之譽，屢更任使之煩。方密簡於上心，蹔出臨於東部，清列城而安堵，竦百吏以趨風。夫何譾能，辱在威部！敢不奉循教約，修督事功。誓殫夙夜之勤，庶獲涓埃之效。

代人謝兩府〔一〕

待罪平陽，幸免曠官之責；承乏泗上，復叨假守之榮。材屢試而非長，恩愈深而知懼。伏念某器能淺薄，學術迂疏，遭會聖時，依緣仕進。一登朝籍，已孤報國之勞；五領方州，久濫長人之寄。猥蒙優貸，仍許再留，遽遷督府之名藩，俯在陪京之近服。河山環絡，疆井浩繁，宜有聞人，以資良幹。豈容朽質，輒玷誤恩。

此蓋伏遇❶某官，大業亮天，元功播物。歡樂精神之會，作成大小之材，過憫孤蹤，與更善地。某❷敢不奉循詔令，究悉事功。十駕雖勞，冀不忘於夙夜；一毫有補，庶無負於埏鎔。

【注】

〔一〕又見《五百家播芳大全文粹》卷三十一，題爲《太守到任謝兩府啓》。

【校】

❶『此蓋伏遇』據《五百家播芳大全文粹》補。

❷『某』據《五百家播芳大全文粹》補。

樂静集卷二十二

哲宗興龍節疏右語〔一〕

律當大吕，潛通夢日之符；月應上弦，燦發流虹之瑞。篤生真聖，允契昌期。恭惟皇帝陛下，秉哲自天，繼明❶當極。對三靈之休眷，度六帝之丕圖，敘陰陽風雨以成和，媚祖考神祇於安樂。萬國熙洽，一歸下武之繼文；百姓謳歌，欣見重華之協帝。俯迎誕節，大啓法筵，敢憑西❷竺之文，上祝南山之筭。伏願神通十號❸，共扶不拔之基；壽考萬年，永據無疆之福。臣無任傾祝、虔切之至。

【注】

〔一〕又見《五百家播芳大全文粹》卷七十五。

【校】

❶《五百家播芳大全文粹》「繼明」作「維時」。

❷《五百家播芳大全文粹》「西」作「天」。

❸底本作「神通于號」，「神通十號」據《五百家播芳大全文粹》改，無跋鈔本、陸跋鈔本作「神通于號」，文津閣本、味經書屋鈔本作「神通千號」。

僖祖忌疏〔一〕

積行纍功，肇啓千齡之運；報本反始，莫窮萬世之思。方諱日之俯臨，憑妙緣而上薦。惟願證一乘法，離六欲天，挹仙聖於九清，御神靈於四海。本支相續，與蒼蔔以長榮；社稷愈安，如須彌而不動。

【注】

〔一〕又見《五百家播芳大全文粹》卷七十六。

太宗忌疏〔一〕

繼志圖功，廣規模於萬世；興文偃武，混夷夏❶於一區。流澤被乎子孫，餘烈照於天地，百神幽贊，四海永懷。載更厭御之辰，肅展事存之禮，敢憑妙果，仰薦真遊。伏願超最上乘，作無量福。皇家繼緒，如吐❷於千花；法界含生，長霑於一雨。

【注】

〔一〕又見《五百家播芳大全文粹》卷七十六。

【校】

❶文津閣本『夷夏』作『中外』。

❷《五百家播芳大全文粹》『吐』作『止』。

仁宗忌疏〔一〕

大德宜民，共戴❶天雲之覆；庶邦懷惠，更深河洛之思。垂衣拱手，開燕於四十年；餘❷烈遺風，扶持於億萬世。顧真遊之雖遠，宜昭報之不忘。恭❸啓法筵，上資福地，惟願六通自在，萬行圓❹成。入非想天，放光明於寶座；以本願力，遍功德於河沙。子孫承不拔之基，廟社庇無疆之福。

【注】

〔一〕又見《五百家播芳大全文粹》卷七十六。

【校】

❶《五百家播芳大全文粹》『戴』作『席』。

❷《五百家播芳大全文粹》『餘』作『示』。

❸底本作『躬』，『恭』據《五百家播芳大全文粹》改。

❹底本、味經書屋鈔本、陸跋鈔本、無跋鈔本、文津閣本作『圖』，『圓』據《五百家播芳大全文粹》改。

神宗小祥功德疏〔一〕

帝鄉孰在，莫返神遊，日軌不留，已成周歲。恩涵萬類，哀動庶心。恭惟❶神宗❷皇帝，聰明睿知之有❸臨，禮樂政刑而不悖。天人和協，宗廟妥安。雖堯帝之功，獨資於神聖，而文王之壽，終損於憂勤。永辭萬國之依，遽歷四時之變。玉音未遠，龍馭何追？抱鼎湖之弓，潸焉流涕；望裕林之栢，森以成行。敢薦妙緣，少伸哀祝。伏願證一乘法，離六欲天，挹仙聖於九清，御神靈於四海。乾坤日月，共扶不拔之基；社稷子孫，永庇無疆之福。

【注】

〔一〕又見《五百家播芳大全文粹》卷七十七之王珪《神宗小祥道場啓》、《華陽集》卷十五《英宗小祥道場疏》，本文或非李昭玘所作。

【校】

❶文津閣本於『神宗』前留白中補『我』字。

❷《華陽集》『神宗』作『英宗』。

❸文津閣本、味經書屋鈔本『之有』作『有之』。

神宗忌疏〔一〕

痛龍髯之中斷，未盡哀號；感春露之既濡，已臨諱日。神遊寖遠，塵世何知？顧白晝之不留，即金仙而往扣。伏願聞一音之真妙，滅諸念於往來，超最上乘，得無漏果。寶幢香象❶，長爲天上之遊；法雨慈雲，更作人間之福。

【注】

〔一〕又見《五百家播芳大全文粹》卷七十七之王珪《神宗忌辰道場疏》、《華陽集》卷十五《仁宗忌辰道場疏》，本文或非李昭玘所作。

【校】

❶《五百家播芳大全文粹》『象』作『篆』。

神宗小祥開啓道場疏〔一〕

龍去鼎湖，莫返登遐之馭；律回姑洗，奄當厭御之辰。躬啓梵筵，仰伸孺慕。惟願六通自在，十地圓❶成。離有想天，不憚金輪之果；超極樂界，長瞻月相之尊。本支永庇於慈雲，廟社共依於法力。

【注】

〔一〕又見《五百家播芳大全文粹》卷七十七之王珪《神宗小祥道場疏》、《華陽集》卷十五《英宗小祥道場疏》之二，本文作者有争議。

【校】

❶《華陽集》『圓』作『圖』，誤。

章獻明肅皇后經疏〔一〕

北郊薦服，已推配日之賢；南面抱孤，更極補❶天之力。憂勤致理，慈愛及民。屬諱日之載更，仰徽音之如在。敢憑薰唄，上祝莊嚴。伏願入觀上❷門，超真❸乘於十地；以威神力，扶洪業於萬年。

【注】

〔一〕又見《五百家播芳大全文粹》卷七十六。

【校】

❶《五百家播芳大全文粹》『補』作『輔』。

❷底本作『止』，『上』據《五百家播芳大全文粹》改。

❸底本作『直』，『真』據文津閣本、《五百家播芳大全文粹》改。

神宗皇帝齋疏〔一〕

龍去橋山，悵乘雲之已遠；天崩杞國，縱殞❶骨以何支？悲動百神，哀纏萬國。恭惟大行皇帝，道躋曠古，澤被生民。焦心勞思，幾至於二十年；崇德廣業，將垂於億萬世。四方底定，百度緝熙。未能燕息以葆和❷，終以憂勤而損壽。遽辭宸極，長往帝鄉。顧丹鼎之悲凉，空餘塵跡；望鈞天於恍惚，宛隔神丘❸。仰集❹勝因，少伸孺慕。唯願證一乘法，離六欲天，挹仙聖於九清，御神靈於四海。乾坤日月，共扶不拔之基；社稷子孫，永庇無疆之福。

【注】

〔一〕又見《五百家播芳大全文粹》卷七十七。

【校】

❶味經書屋鈔本『殞』作『殉』。

❷底本作『隨時』，『葆和』據《五百家播芳大全文粹》改。

❸底本作『遊』，『丘』據《五百家播芳大全文粹》改。

❹《五百家播芳大全文粹》『仰集』作『爰集』。

孝明皇后忌疏〔一〕

伏以❶雲衣縹緲，顧羽駕之何追；寶宇深嚴，想徽音之如在。俯臨諱日，恭啓法筵。伏願三十六天，直❷超無上；千萬億劫，不墮有情。生靈共濟於慈梁，社稷長依於福海。

【注】

〔一〕又見《五百家播芳大全文粹》卷七十六。

【校】

❶《五百家播芳大全文粹》無『伏以』二字。

❷《五百家播芳大全文粹》『直』作『真』。

皇帝天寧節功德疏〔一〕

天斡❶三辰，歲分六甲。水生❷一而利萬物，土居中而行四時。屬陰陽參合之期，爲仁聖本元之日，是用即琳宫之福地，啓金籙之秘文。有德者昌，宜神靈之交相；歸報於上❸，乃臣子之至情。伏望上帝鑒觀，衆真感格，護太清之高拱，擁多福以來宗。三百六旬，每周流而不息；千萬億歲，當永保於無窮。

【注】

〔一〕又見《五百家播芳大全文粹》卷七十五之李伯時《天寧節功德疏》，本文作者有爭議。

【校】

❶底本作『幹』，『斡』據《五百家播芳大全文粹》改。

❷底本作『坐』，『生』據《五百家播芳大全文粹》改。

❸底本作『歸功於上』，『歸報於上』據《五百家播芳大全文粹》改，文津閣本、味經書屋鈔本作『歸報於主』，無跋鈔本、陸跋鈔本作『歸報於生』。

樂静集卷二十三

祈水退青詞〔一〕

天不❶私於愛物，人無告則呼天。比者雨潦既瀦，川流暴溢。鸛鳴于垤，未瞻杲日之光；城復于隍，幾有襄陵之患。命且危於晨暮，力已困於捍防。敢謁❷真宫，仰祈元聖。惟冀享其精意，矜此下民，詔風伯以驅雲，遣波神❸而洩水，復變桑麻之野，不爲魚鼈之鄉。永賴生成，敢忘歸報。

【注】

〔一〕又見《五百家播芳大全文粹》卷七十四。

【校】

❶底本作『每』，『不』據陸跋鈔本、《五百家播芳大全文粹》改，無跋鈔本、味經書屋鈔本作『下』，文津閣本作『心』。

❷底本作『竭』，『謁』據味經書屋鈔本、《五百家播芳大全文粹》改，陸跋鈔本作『叩』。

❸味經書屋鈔本『神』作『臣』。

靈惠疏〔一〕

我佛開方便門，施智惠力，哀衆生如窮子❶，假大願爲慈航。比者暴潦淹旬，川流漲野，駭孤城而若塊，憂庶類於其魚。惟是熙寧之間，將罹昏墊之患，威神一扣，瀦潦四空。再瀝丹衷，上干靈鑒。惟願散白毫於頂上，盡逐頑陰；吞巨浸於毛端，坐成沃野。永賴總持之賜，益堅回向之心。

【注】

〔一〕又見《五百家播芳大全文粹》卷八十一。

【校】

❶味經書屋鈔本「子」作「難」，誤。

諸廟文

惟神功禦大災，歲有常祀。聰明所信，肸蠁必通。此❶者雨潦既瀦，川流暴溢，民將瀕死，神亦何依？顧爲力之已窮，雖殺身而無補，呼天莫捄，沉玉如遺。敢竭丹衷，仰祈昭鑒。哀此無辜之厄❷，貸其不腆之誅，力回昏墊之憂，誓殫牲醴之報。

【校】

❶底本、文津閣本、無跋鈔本作「比」，「此」據味經書屋鈔本改。

❷底本、陸跋鈔本作「扼」，「厄」據味經書屋鈔本改，無跋鈔本、文津閣本作「阸」。

河伯文

自昔山川之神，皆爲民社之主。今則河流暴溢，城堞屢危。薪芻之計已窮，魚鼈之憂將至。顧天威之可畏，哀民命之無辜，吏當謹誅，神亦無赦。敢❶冀力回湍怒，少獲捍修。斂收大壑之間，傾洩尾閭之上，溝塍一出，比族再安。不忘歸報之功，永賴全存之賜。

【校】

❶味經書屋鈔本『敢』作『寢』。

僧道道場

惟徐大府，爲國東藩，征賦倍於他州，生齒踰乎數萬。嚮者冬春之末，赤地如焚；今而秋夏之交，衆流皆溢。馬牛不辨，老幼若號，奇孤壘於浩茫，幸餘生於朝暮。禍雖天降，神莫余哀，坤祇寂寞以無聞，河伯彷❶徉而益肆。蓋聞九天元聖，十地慈尊❷，皆以度物爲心，施福無量❸。敢伸齋祝，上叩真靈，伏願默扶捍築之功，力回湍怒之勢。千里將顛之命，咸荷再存；一方受賜之民，不忘欽報。

【校】

❶味經書屋鈔本『彷』作『徜』。

❷底本作『慈乘』，『慈尊』據陸跋鈔本改。

❸文津閣本『無量』作『無益』，味經書屋鈔本作『爲量』。

謝靈惠疏〔一〕

佛果難量，法門無礙。天龍人鬼，盡入摠持；地水火風，一歸變現。託化身於千劫，拔苦道於衆生。恭惟靈惠大師，位證真乘，功深願海。自有唐開元之際，夙種妙緣；由❶先帝熙寧已來，屢開靈感。一方受賜，萬目同瞻。

比者雨潦因仍，河流漲溢，蛙鳴薪竈，十日不炊，槎擁戍樓，四郊如海，已危生於朝菌，將葬骨於湖魚。屢瀝丹衷，果通玄❷鑒，威神所應，影響不違，斡❸巨浸以東傾，破重陰於一指。天青日白，鸛鶴争飛；野闊雲平，牛羊可數。凡在含生之類，共蒙再造之恩。

是用祇率屬❹僚，肅陳净供，誓殫❺真信，上報深慈。惟願遍福德於未來，廣津梁於不倦，使四時調序，百穀滋豐，少完瘡痏之餘，永賴生成之賜。

【注】

〔一〕又見《五百家播芳大全文粹》卷八十一。

【校】

❶陸跋鈔本、無跋鈔本「由」作「曰」，當誤。

❷味經書屋鈔本「玄」作「元」。

❸底本作「幹」，「斡」據《五百家播芳大全文粹》改。

❹《五百家播芳大全文粹》「屬」作「薦」。

❺底本作『禪』，『殫』據味經書屋鈔本改。

靈惠塔祈晴疏〔一〕

佛以度物爲心，食乃生民之命。比者時陽不固，暑雨既淫，大貽南畝之憂，將失西成之望。仰伸誠祝，上叩法慈，惟願❶放白毫光，如一念頃，破❷頑陰於四極，瑩麗日於九霄。永賴庇存，益堅回向。

【注】

〔一〕又見《五百家播芳大全文粹》卷八十一。

【校】

❶《五百家播芳大全文粹》無『願』字。

❷《五百家播芳大全文粹》『破』作『被』。

靈惠塔祈雨疏〔一〕

稼事方興，時澤不足。既任❶承流之責，宜先闔境之憂。敢露精衷，上干慈聖，伏願法雲遍覆，神力總持，遽興三日之霖，少蘇千里之旱。仰惟惠照，俯狥哀祈。

【注】

〔一〕又見《五百家播芳大全文粹》卷八十一。

【校】

❶《五百家播芳大全文粹》『任』作『濫』。

謝雨疏〔一〕

廣願不違，至神能速。梵磬鏘而震雷作，净香散而蒸雲興，一夕霑濡，千里膏沃。輒伸精懇，上報法慈，誓堅回向之心，永賴函蒙之福。

【注】

〔一〕又見《五百家播芳大全文粹》卷八十一。

天慶觀祈雪青詞

竊以上帝降觀，善於救物，下民靡告，危則呼天。比者時雪既愆，菽麥將槁，吏雖不德，人亦何辜。敢瀝丹衷，上祈真聖，願施一尺之澤，俯紓千里之憂。益罄齋虔，少酬蒙覆。

靈惠塔疏〔一〕

伏以佛果妙圓，法力平等，雖無求而不獲，須有感而後通。敢竭精衷，上干慈照。比者冬陰不固，時雪既愆，幾成焦旱之災❶，且憂癘❷疫之變。伏願不違本誓，力度有情，俯爲三日之期，遍蒙一尺之瑞。永堅回向，益勵齋嚴。

【注】

〔一〕又見《五百家播芳大全文粹》卷八十一之李成季《祈雪疏》。

【校】

❶味經書屋鈔本「災」作「憂」。

❷《五百家播芳大全文粹》「憂癘」作「慮疾」。

祈雪禳火青詞

高天在上，故無棄人，至誠如神，可與事帝。比者時方卒歲，陽反代陰，水不堅凝，木多燥槁。牟❶麥已播，未霑爲瑞之滋；綆缶相望，每有救焚之恐。敢伸醮設，共罄懇祈，庶有感而必通，將轉禍以爲福。伏願三清覆佑，列聖鑒觀，膏澤應乎豐年，熒惑循於常次。揚熛不作，無徙薪曲突之勞；盈尺既優，遂飽食逸居之樂。共荷生成之賜，不忘歸報之勤。

【校】

❶味經書屋鈔本「牟」作「年」，當誤。

樂静集卷二十四

濟州天寧請觀禪師開堂疏

諸佛以因緣出世，我法以方便爲門。發菩提心，行本願力。六度萬行，如筏濟河；十地三乘，隨根得雨。惟生實相，無佛衆生。合寶綱珠，光光相入；盡大地水，滴滴同歸。從無始已來，爲一念所染，波生海濁，塵落鏡迷。顛倒色空，流轉生死，乃至大疑未判，小智自私。趼足山溪，腐脣貝葉，萬里尋天竺國，窮年轉《法華經》，未離妄想情塵，不見本來面目。有右佛子，爲人道師，不由心外千開，直指言下一路。金篦刮膜，更無隔地懸天；黄葉止啼，袛在拈搥舉拂。方今聖神紹述，海宇熙平，共傾臣子之一心，願祝君王之萬壽。徧闢梵刹，大暢宗風，兼收善利之功，永作無疆之福。恭惟觀公和尚，惠林麟鳳，覺路梯航，攜隻履以遊方，警紫雲而駐錫。顧惟敝❶里，久仰高風。薝蔔花開，欣逢此日；醍醐味美，未副夙心。伏望憐惻有情，敷揚妙旨，登師子坐，作海潮音。華亭手中篙，臨濟坐上喝。衝風捲浪，送巨艦於長川；强弩發機，斃群鹿以一箭。然後雲收霧散，同觀自在之天；虎嘯龍吟，競唱太平之曲。聖君賢相，長轉法輪；百辟庶民，供依福地。毋懷謙默，幸副懇祈。

【校】

❶無跋鈔本、文津閣本、陸跋鈔本『敝』作『弊』。

天寧請化老住持疏

達磨傳心，特來震旦；曹溪得法，終返南州。各有因緣，共成契會。化公和尚辨才無礙，行業素高。駿馬一鞭，萬緣俱斷；寶花纔出，四衆同傾。揚眉大振於宗風，隨器盡霑於❶法雨。間遊京輦，暫寄叢林。黄檗清凉，須垂巨蔭；牛頭氣象，爲指真棲。永懷佛祖之恩，不忘父母之國。某久沉迷網，夙乏利根，幸枌社之相依，愧潮音之未接。老之至耳，敢逃抱足之譏？聞斯行諸，猶希刮膜之賜。

【校】

❶味經書屋鈔本『於』作『夫』。

天寧請首座賛直傳法開堂疏

伏以雲出岫以時行，終歸無住；火傳薪而迭照，本自相生。天寧和尚系出黄龍，化流上國，錘鑪不倦，夏臘寖高。坐却天下舌頭，養得窟中獅子，將忘言於宴坐，每寄相於中林。授此信依，囑吾嫡嗣。大川得濟，舟楫方閒；利劍不呈，煙塵俱息。

首座大師，求心無墮，見道不疑。胷前猛得一椎，豁開宿障；肋下連遭三築，喚出菩提。既從這箇了知，當與大家受用。比者寶幢圍繞，香象奔騰，共看出世機緣，必有驚人語句。莫但揭眉展手，戲弄學人；便應刮膜開光，通流祖意。

儻許尋蹤見鹿，寧辭立雪齊腰？多生曾是作緣，此日定求得佛。大空法界，從初不限東西；無量度門，何處獨無能秀？願垂悲濟，永脱迷流；普集妙因，上崇聖筭。

同前

伏以空性不遷，法緣無盡。求佛得佛，故葉葉相承；以心傳心，故燈燈迭照。不住常住，是無非無。窺索根原，必自思維❶外入；流通消息，終由語句中來。雖諸聖有情，如人父母，而一言不契，非我子孫。天寧和尚臨濟别支，黄龍高足。自曹溪而下，薝蔔同林；留滄海以西，麒麟一角。疚心搥拂，注想雲泉，須要猛脱閙名，未可輕論法器。千人衮衮，罕逢入化❷將軍；四句惺惺，獨有當春獠子。首坐大師，久親巾錫，夙悟機緣。曾經虎口捋鬚，奪得钁頭在手，不待三敵入室，便能一點成金。直透重關，更無遺照。比者密傳空印，親奉法衣，掛皎月於高臺，鑑洪鐘於廣坐。師子出窟，百獸吞聲；馬駒踏人，千里無跡。十年趺坐，不將拄杖它❸遊；一日花開，真見老婆心切。自昔張弓捉箭，見敵横行；從今劈浪鑽風，看師自渡。伏望以自利利物，以先覺覺人，開無礙門，唱第一義，庶使隨根得潤，見指知迷。上去階梯，既許承當大事；後來津濟，莫教辜負宗門。願憑佛子之因，共作聖人之祝。金輪永御，高視泰平；法界無邊，一歸清净。

【校】

❶味經書屋鈔本『維』作『帷』，誤。

❷底本無『化』字，據文意補。文津閣本作『閙』，味經書屋鈔本作『切』，陸跋鈔本作『陣』。

❸味經書屋鈔本『它』作『他』。

樂静集卷二十五

用相

有用天下之道者，乃可以知相，有兼天下之才者，乃可以爲相。今之相，古人『公』是也。三公之職，上論天道，下經人事，非涖❶官行法者也，故有其人則置，無其人則闕。有其人，則非六卿所爲也，王以賓師禮之；無其人，則六卿各率其屬以佐王，而三公之名，無害爲曠位。若夫宰相，則處三公之職而兼六卿之事者也，故不可一日無其人。此固知之者非難，而爲之者實難也。

天下安危之勢，生民休戚之命，始於纖微而成於不可禦，藏於優游無事而發於不測，此制之者君也，而相實維之；一時之因革❷，百世之利害，謀夫争於庭而不一，庶人議於道而未諭，此决之者君也，而相實持之；百官之賢否，庶事之脩緝，衡是非於名實，信賞罰於功罪，此覆之者君也，而相實察之；内强中國，外鎮四夷❸，經營廟堂而震讐萬里，此御之者君也，而相實器之。故智不足以應❹天下之變，則屈於所不知，勇不足以任天下之重，則困於所不舉。

昔人有言曰：『宰相自有體，而不親小事。』若此者，小材之所效也，宰相不可以親爲。至於小事敗弛，以亂成法，則亦未得爲無責矣。錢、穀固非宰相之所治，盜、賊固非宰相之所問也，各有司存。至於國計之不知，姦猾之不息，此有司不治也，則責將誰尸？故天下之守在天子，天子之責在宰相，故曰『知之爲未易，而爲之甚難者也』。

古之人非灼見其臣，不敢舉國而與謀，非深知其君，不敢委身而就責。考其文跡之甚明而精意之可見者，莫詳於《書》。夫高宗舉傅説於版築之間，一旦加之公卿大夫之上，疑若甚易者。然而至誠相感之際，丁寧告戒，固非中才庸主之所能爲也。説之告王曰：『后克聖，臣不命其承。』則望其君者隆。王之命説曰：『罔俾阿衡，專美有商。』則望其臣者備。『知之非難』，要其上以力行也；『克邁乃訓』，示其下以必聽也。既俾之有爲矣，而曰『罔不同心』，故沮議者弗能改。既告之以典學矣，而曰『旁招俊乂』，故能言者無所容。此傅説所以得行其志，而高宗所以能享中興之功者也。

以豪傑非常之士，得聰明有爲之君，故相與以造事興業，創法定規。出於庸人辨事已息之餘，乘於功利調習甫行之際，使續之者非其人，因之者隳其事，帝王之績困於垂成，而官人百吏亦幸而願息。此知人者，又不可不善於其後也。桓公既相管仲，欲繕甲兵、伐諸侯，管仲五諫而五不聽。緣陵之封，既行其言矣，凡五言而五諾之，故合諸侯、匡❺天下，以成霸功者，桓公之知人也。方管仲之得其君也，既以信而後諫，量而後入，未嘗輕用其事。而國之大事，固不敢輕屬於人。凡此恐遺君憂，而爲百姓怨也。

桓公欲用鮑叔，管仲以爲不可，而薦隰朋。鮑叔非不才也，蓋知其善於後者必隰朋也。管仲一霸者之佐，非天下器也，其始則未嘗輕用其身，其終則惟恐不善於後，况其致君澤民，安利萬世，復有大於此者乎。

嘗觀明皇見姚崇於田獵之間，咨以天下事而衮衮不倦。崇知帝大度，鋭於政事，先以十事要之。厄閏❻開元之間，卒見施設。至於序次，一❼聽其決擇，由是進賢退不肖，天下大治。方崇以疾移告歸第，雖政事必得其言而後定，及乎薦宋璟自代，帝益以不疑。璟承崇之後，務刑政、官任職，而守正過之。

蓋法之始行，容有疏緩⑧，行之既久，循名責實，按事計功，非少加之以威嚴，則不足收斂凝就，其勢不得不然也。史稱崇能應變以成天下之務，璟善守文以持天下之正。由是觀之，則知相之才既難，善其後者亦未易。愚故終誦之。

【校】

❶味經書屋鈔本『涖』作『位』。
❷無跋鈔本、文津閣本、味經書屋鈔本、陸跋鈔本『因革』作『田車』。
❸文津閣本『四夷』作『四方』。
❹底本作『用』，『應』據文津閣本、味經書屋鈔本改。
❺底本作『王』，『匡』據文津閣本改。
❻底本作『使堅』，『厄閏』據陸跋鈔本改，無跋鈔本作『厄艱』，文津閣本作『甚艱』，味經書屋鈔本作『厄堅』。
❼無跋鈔本、味經書屋鈔本、陸跋鈔本『一』作『其』，文津閣本缺。
❽味經書屋鈔本『疏緩』似作『疏縱』。

知人〔一〕

知人者自信，知於人者信人。道可以治天下，則與之謀天下；道可以治一國，則與之謀一國。器大者不拘之以苛細，器小者不責之以闊遠。能者官其能，藝者食其藝，使辨士不得以辭勝，才士不得以文亂，勇士不得以氣激，智士不得以機合，貪士不得以利摩。有德者居上，無德者居下，有功者進，無功者退。量材而授官，按法而麗罪，如師曠之不可欺以聲，離婁之不可欺以色❶。言之所舉，意❷以得之，貌之所見，情已察之。姦良憸正❸，毁譽是非，無以逃於我；而陟降沮止，廢置予奪，亦無不自乎我。此知人自信者也。

内無主，外無學，好惡無别，取捨無擇，故人觀其倚而潛以應之。倚於名高則詼説❹之徒至，倚於厚利則聚斂之徒至，倚於法術則刻核之徒至，倚於計數則譎變之徒至。美言獻於前，重禄餽於後，使夫喜功易進，挾捭闔之謀，試揣摩之術，排擊於必争❺之途，譁譟於並趨之地。前之既入，後則却之，昔之既獲，今則攘之，名器可以餌取，威福可以意移。此知於人而信人者也。知人之君，使人畏上之知而不敢爲也，故勢重而威專；知於人之君，使人唯恐不爲以自侈，故勢輕而威奪。凡此兩者，治亂之所繫，而人君之所察者也。

孔子曰：『不知言，無以知人。』然則知人之本，未❻始不先乎知言也。夫天下無事則欲言者息，天下有事則不能言者出，故以言擇人，以人責事，雖堯、舜不能廢也。言乎經大事，興大利，舉偏而補弊，革舊而造新，此必❼有趨變之功也；言乎明憲度，謹禁令，犯義者黜，犯刑者誅，此必有制法之功也；言乎節財用，阜通貨賄，使公私無不足之患者，此必有富國之功也；言乎修車馬，備器械，選將厲士，使敵人不敢加兵，此必有强國之功也；言乎稼穡有政，農功有時，竭人力，盡地利，此必有養人之功也；言乎明道德，達禮樂，人無賢不肖，才無愚智，學則成，不學則棄，此必有教人之功也。

然許人以可用，則不可用者無以知，億人以不能，則能者無以見，故因而任之，使自事之，因而與之，使自舉之。功當其事、事當其言者賞，功不當其事、事不當其言者誅。大臣不能爲朋黨之助，左右不能爲先容之助，士大夫不能爲游談之助，賢不肖是非之迹，循其後遂之而已窮矣。故好誣者不能詭言，言則不實之罪隨之；好匿者不能隱言，言則不忠之罪隨之；好大者不能侈言，言則惑衆之罪隨之；好毁者不能潛言，言則蔽賢之罪隨之。度其誠可言則言，誠不可言則止，知其言之不可罔，而名實之不可揜也。

昔者，齊威王命大夫治即墨，而毁言日至，使人視即墨，則田野闢、人民給；命大夫治阿而譽言日聞，使人視阿，則田野不闢、人民貧苦。故召即墨大夫封之萬家，召阿大夫烹之堂下，於是齊國震懼，人人不敢飾非，而務盡其誠。雖然，此知言者也。持此以責人之功，未足以盡人之才，盡人之才惟聖能知之。人之才於此於彼，各有所能也。不害其所能而用其所不能，則所能者悦於見知，而所不能者終不敢以非其才而自處。

唐太宗常謂：高士廉臨難不易節而所乏者骨鯁，唐儉出言可喜而未嘗一言及國家事，楊師道自能無過而懦不更事，長孫無忌應對機敏而攻戰非所善，岑文本敦厚而謀長經遠，劉洎堅正而其言有益，馬周敏鋭，褚遂良竭誠依人。太宗知此數人之才而用之，數人者亦莫不盡心以應上。使夫聖不足以通人，知不足以周物，疇克之哉？故知人者始於試人之言，而終於盡人之才。凡此者，出於聖王獨見，非下之所能爲也。

【注】

〔一〕又見《歷代名臣奏議》卷一百五十五。

【校】

❶味經書屋鈔本『欺以色』作『以欺色』，當誤。

❷底本作『竟』，『意』據文津閣本、味經書屋鈔本改。

❸底本作『壬』，『正』據《歷代名臣奏議》改。
❹味經書屋鈔本『説』作『悦』。
❺陸跋鈔本『必争』作『心事』，無跋鈔本、文津閣本、味經書屋鈔本作『必事』。
❻文津閣本『未』作『末』，誤。
❼味經書屋鈔本『此必』作『必此』。

省臺寺監〔一〕

昔先王自勤厥德，夙夜不怠。惟前代時若，然後訓迪厥官，而作《周官》，立三公以論道，分三孤以弘化❶。公則燮理陰陽，孤則寅亮天地，皆所以成王道也。道則一，事則異，故設六官，各率其屬，以象天地四時，皆所以成王事也。

治則簡而嚴，故冢宰爲天；教則詳而親，故司徒爲地；禮和君親，以體仁也，故宗伯爲春；政正上下，以合禮也，故司馬爲夏；刑主制殺，以象義也，故司寇爲秋；事主應變，以藏知也，故司空爲冬。上則天地、陰陽、日時之變，中則君臣、父子之常，下則山林、川澤、土壤之化，繁至於宫室、器械、飲食、衣服之節，微至於蟲魚、鳥獸、草木之性，莫不有官以治之，外有職以辨之。增一則有餘，虧一則不足，内外相屬，小大相聯，故能國體完具，政無不大，而阜成兆民者也。

自周之衰，其制變於戰國而大壞於秦。漢承秦之後，獨用其故號，其位無統，其事無聯。至唐始爲省、寺、臺、監，以分處百官，使令宿業，事事無曠，問其名則以職對，下其令則以官議，司有常守，位有定員。唐之治績號爲甚盛者，其致然也。謂之『省』，有曰『尚書』，有曰『門下』，有曰『中書』。

『尚書』典領百官，庶事所會決者也。其屬則六，其聯則二十四，其位則各以其序。知百官之功過，然後與之以勳級，勳級未足以勸賢也，又加之以封命。此三者未始不先選天下之材而用之也，故考課勳封之職則主之以吏部。倉廩有所積，然後爲權衡度量之制，既爲權衡度量，則量歲計所出而支調之。此三者皆出於户口、田賦之所入也，故錢穀、土地、人民之職，則主之以户部。先王之爲『禮』，未嘗不謹於賓主之際，外則謹於賓主，内則嚴於鬼神，爲之牢禮、膳羞之數，爲之祠祭、祀享之節。三者皆禮之事也，故賓客、膳飲、祠祭之職，則主之以禮部。戎器既有藏，車馬既有備，必周知天下之籍、鎮戍烽堠之遠近者，皆兵之事也，故武庫、輿輦、方域之聯，則主之以兵部。謹門關出入之籍以防姦，督財物期會之責以防僞，以此防人猶有犯上違令者，則戮辱隨之。此三者皆刑之所治也，故門關、鈎會、禁隸之聯則主之以刑部。津梁、溝洫以時修，苑囿、山澤以時取，屯營之事以時耕，此三者皆工徒之所興作也，故水利、虞衡、田作之聯則主之以工部。

『門下』之治，掌出納帝命而相禮儀者也。『中書』之治，掌佐天子而執大政者也。故侍從、顧問、規諭、諷諫之職❷，左右分更焉，故記動史書其起居、法度，執大政則道揆者也。參議、表章、草創、制命之職在焉，故記言史書其詔誥、德音，儒學皆有選也，圖籍皆有藏也。議法制沿革者其事小，故屬之門下。求賢才隱滯者其事大，故屬之中書。此三省之制也。

『監』則其所守，『寺』則法度之所出，其事則同，其主則異。若禮樂、飲饍、宗室、蕃夷之所掌，圖籍、天文、學校、服御之所司，則又禮之别也。宿衛、工作、僕御、軍械，則又兵之别也。治水，則工之别也。

此監、寺之制也。庶事既有别矣，帝命既有掌矣，大政既有議矣，有守者付之監，有法者付之寺，朝廷之治略已具矣。然而百官之所領，萬事之所總，必有責也，故特置一職，謂之『宰相』。百官之罪惡，朝會之儀典，必有所糾也，故特置一官，謂之『御史』。則内、外各有所察也，或不以一名其職。

唐之致其盛，幾與古比隆者，任官得其序而已。國家設官分職，一切用唐制，或有職而非其官，或有官而非其職，或一職而治以數官，或一官而兼以數職，名分不正而已。名分既不正，則無能罔上之人盗名而自安，喜功勇利之臣犯分而争進。今先正其名分，而各以所能任職，則賢不肖之實易察，而功罪之跡易知，又何患官不得其人，人不能行法者哉。

【注】

〔一〕又見《歷代名臣奏議》卷一百六十一。

【校】

❶底本、陸跋鈔本、無跋鈔本、文津閣本作『洪化』，『弘化』據《歷代名臣奏議》改，味經書屋鈔本作『宏化』。

❷底本無『職』字，據文意補。

治吏上〔一〕

君主静，臣主動；君任逸，臣任勞。静而逸則使人，動而勞則使於人，故動而不辭、勞而不怨者，義之制也。舉天下之物，無以易我者，莫大乎身；舉天下之人，無以先我者，莫親乎家。既以身事❶人，則身不得而有；既以家食人，則家不得而懷。可予可奪，可殺可活，莫適而非君也，又焉得擇事而後安哉。

孟子不往見諸侯，孔子君命召不俟駕。曾子居武城，越寇至則去；子思居衛，齊寇至則未嘗逃。以孟子則無官也，曾子則師也。若孔子之不俟駕，子思之不去，蓋事君之義，不可不畏也。先王之時，大夫使於四方，雖四牡之嘽嘽，周道之倭遲，勤❷至於不敢懷歸，憂卒於不遑將母。其心則非不悲，其居則未嘗寧處，不以不能忘私之恩勝不敢慢命之義故也。

非特使臣之如此也，至於戍役之士亦然。薇既老而不得食，歲既暮而不得歸，驅之以行道之勞，迫之以雨雪之苦，告之以『靡使歸聘』之私心，繼之以『我行不來』之死志，義使然也。非特戍役之如此也，雖婦人猶能勉其夫之勤勞，告其夫以不可懷歸之義，凡以致其義而已矣。夫或生或死，或安或危，莫之爲而爲，莫之致而致，是數者皆天也。若夫遇事不苟免，臨難不易節，有質直而無流心，此士之於君臣之際，當自致而已。苟爲不知義而操富貴之勢，憂事物之累，惴惴然惟恐其去已，則凡可以避患者無不爲也。

臣嘗觀東漢之時，班超開通西域，立功萬里，五十國皆款關納質。馬援清隴西，定嶠南，拔窮域，冒毒霧，終死蠻徼。二人者豈甘心絶域，輕萬死一生之計哉！忠義所激然也。以光武之賢，臣能自致如此，而陛下聖德聰睿，不自有己，優禮公卿大夫，輕施爵禄，嚮之以樂與之心，屈之以不倦之所，將以責在位之臣，行令而無壅，赴功而不憚。

然而天下之大事，社稷之長策，古人未盡之遺利，當世必行之良法，皆出於上之經營、注措之先，而猶不能奉承趨走，以應指顧。至於轉徙以避事，苟簡以違命，懼遠適則以親辭，厭繁使則以病告。使人之如此，孰有爲上守節死義者哉。何不旌拔一二忠義之臣，與議政事，放斥不職之吏，錮而勿用，以懲偷慢，以勵風節。使弟兄之臣誠死宗廟，法度之臣誠死社稷，輔翼之臣誠死君上，捍難隱患之臣誠死城郭。人君恭己正南面，其於責成也何有。

【注】

〔一〕又見《歷代名臣奏議》卷一百四十。

【校】

❶味經書屋鈔本『身事』二字顛倒，誤。

❷底本作『動』，『勤』據《歷代名臣奏議》改。

治吏下〔一〕

先王之設官也，與之亮天工、治天職。其人足以任官，其官足以行法，朝無幸位，位無曠事。然後可以比群吏之治，收庶績之熙而成王業。方其任人也，未嘗不勞於所求，優其所使。蓋士之明先王之道，達古今之變者，得位則行，不得位則止❶，迎之以至恭則就，不恭則去。故有爵以貴其德，有禄以富其功，有冠冕佩服之尊，有車服徒御之盛，所以立於朝廷，長於民上者，遇之已至矣。

屈樛木之高，而引之無遺，虚卷阿之中，而受之無拒，有諫則行，有言則聽，與之以美意，樂之以至誠，又已至矣。爲人臣者，固宜❷同寅協恭，正直在位，致其道以養人，修其身以行法。内盡其心而不欺，外竭其力而不懈，不擇事辭難，知無不爲，爲無不至，以服其下之所勞，以報其上之所施。不能如此，而私義以害其公，私智以非其上，懷禄圖存，背公死黨，則先王復何以馭焉？有刑以治之而已。

夫刑之所加，常在於不善之小人。今乃致於公卿、大夫之際，下則喪廉耻之節，上則傷尊賢、貴貴之義，非所勸也。先王之意，以謂使之既有禮，養之既有仁，在位獨不恤，而違上慢命，以亂成法，所以設官分職，復何望於治人哉！此刑之不可廢也。方其功之所取，則晝日三接，不嫌於無威；罪之所去，則肆諸市朝，不疑於無恕。堯之於舜，雖迭爲賓主，而善善之樂，惟恐其不優；舜之於四凶，雖放流竄殛，而惡惡之刑，惟恐其不著。聖人之情，無所苟也，其於進賢退不肖之義，各從其當而已矣。

《周官》太宰以官刑糾邦治，大司寇以官刑上能糾職。大司徒令於教官曰：『各恭爾職，考乃事❸，以聽王命。其有不正，則國有常刑。』雖然，其刑之也，又豈一日而誅之，而輕終身之善哉。日不至則待之以月，月不至則待之以歲。一歲之遠猶以爲未也，三歲大計，然後誅之。夫予❹之則甚厚，奪之則不速，然猶頑不即工，以干上之典，此刑之所以無赦也。

先王之責人也，既如此之詳，而躬自厚者，亦未嘗不謹也。成湯不邇聲色，不殖貨利，檢身若不及。然後制官刑，以儆於有位者，躬自厚之道也。主上取人以身，修身以道，凡謀之所可聽，言之所可行，陟之不遲，舉之不次。朝獻其言而暮試其能，朝爲布韋而暮爲卿相，用之不違其學，與之不求其備，可謂厚於與人矣。内則於穆其德，外則勤勞其行，敦信以一，好惡明義，以審是非，可謂自厚矣。

官人百吏，猶不能傒上之志、行上之令，告之以嘉猷❺，示之以周行。或乖争以起事，或偷慢以違命，罔上而不忠，趨利而無義，在所察治而已。傳曰：『臨事接民以義，應變寬裕有容，恭莊以先之，政之始也；然後中和察斷以治之，政之隆也；然後進退誅賞之，政之終也。』一年而與之始，三年而與之終，今之謂歟。

【注】

〔一〕又見《歷代名臣奏議》卷一百四十。

【校】

❶底本作『立』，『止』據《歷代名臣奏議》改。

❷底本作『因其』，『固宜』據《歷代名臣奏議》改，無跋鈔本、文津閣本、味經書屋鈔本、陸跋鈔本作『固其』。

❸底本作『各供爾職，修乃事』，『各恭爾職，考乃事』據《歷代名臣奏議》改。

❹無跋鈔本、文津閣本、味經書屋鈔本、陸跋鈔本、《歷代名臣奏議》『予』作『誅』。

❺底本作『猶』，『猷』據無跋鈔本、味經書屋鈔本、陸跋鈔本、《歷代名臣奏議》改。

樂静集卷二十六

重外〔一〕

嘗觀漢唐任刺史，或輒親見問，退而考其所行，以質其言；或録其姓名，得才否狀，以擬廢置；或增秩賜金，以勞其成；或臨軒受服，以光其遣。故漢之吏事號爲稱職，唐之任人所得❶十五。蓋重郡縣之官，慎臨人之責，自古皆然，不特爲今日之所急也。愚竊論之。

天下之事有名變而寔存者，後世習於名而遂略其寔，此名寔所以並廢而事功不立也。今之守令視古猶諸侯也，非不有境土也，獨不得斂其賦爾，若勸課之責則在焉；非不有城邑也，獨不得專其地爾，若守禦之責則在焉；非不有官府也，獨不得置其屬爾，若察治之責則在焉；非不有學校也，獨不得命其士爾，若教養之責則在焉；非不有軍旅也，獨不得專其政爾，若簡習之責則在焉。

或以謂古之諸侯，與天子同體而尊，故其任重；今之諸侯，與朝廷異勢而卑，故其任輕。然不知地土、封爵、名數、儀物雖今日之所輕，而重穀、阜民、養材、教士無以異於昔日之所重。承今之責者，務覈簿書、促期會，以文法吏自處，其於詔令之意、教化之實，玩以爲不急，歲時上計，苟於文具而已。必欲宣德流行，移風易俗，一陶天下之和，固亦難矣。故勸課不修，則耕稼不時，田野荒汙，水旱無具，老壯流徙；守禦不修，則群小嘯聚，屠牛發冢，焚燒區落，白晝殺人；察治不修，則吏行貪污，交貨賣法，公義不肅，私倖争出；教養不修，則學舍蕪没，圖籍塵委，人材偏野，士論淺俗；簡習不修，則卒伍墮氣，器械鈍弊，春秋角抵，坐作如戲。凡此者，吏不知其責故也。

國家頻年以來，除徭役，興農利，聯什伍，講學校，練軍士，其法備成，其令數下，郡縣之吏猶不能盡心率職，以稱上意。蓋其修飾形跡，附就❷名數，苟可以奉朝廷之法，其寔無至誠惻怛以行朝廷之意。此特失於廉按未精，而督責太輕爾。若三代之時，諸侯之見也，春以受其圖，秋以比其事，夏以陳其謨，冬以協其慮，時以發其禁，衆以施其政。天子之撫諸侯也，諭言語，協辭命，諭書名，聽音聲，同度量，成牢禮，同器數，修法則。有撢人以道其政事，有掌交以道其德意，故能均政刑、合禮樂、一道德、同風俗。以天下爲一家，以中國爲一人者，察治詳故也。

今夫州爲之守，邑爲之令，星列棊布，散於四方，萬里之遠，道不足以一揆，法不足以一守，無禮以致之，無政以合之。凡朝廷之政事、法度，雖時下其詔，丁寧告戒，而奉承之吏，習爲苟簡，大事則行文檄、記條目，小事則掛屋壁、東高閣❸。至於獄訟、農穀、貨幣、征租、力役之常，歲爲一書，以上於朝。其人之賢不肖，其治之得失，其事之利害，以謂盡在於此，是亦疏矣。朝廷常患其弊，而設監司矣。委之以廉按，付之以督責，修職者薦於上，不才者罷而去，此代天子知人者也。然而監司未必皆賢也，庇姦則以寬縱爲度，喜事則以苛細爲功，惰怯則操鎮静之説，强忍則徼刻薄之利。挾❹氣者輕於沮下，幸名者急於趨上，取未必中也，或出於親戚、故舊之先；去未必當也，或出於怨嫌、忿怒之表。其情狀之相攻，自治且不暇，又况治人哉！朝廷所望於人者，乃止於如此，則監司未必爲得人也。

夫郡縣之治，視監司指顧爲近，監司之治，望朝廷耳目爲遠。天下之事，嘗勞於總覈，難於察治者，蓋在此也。唐制：監察御史掌巡按州縣，其一察官人善惡，其二察户口流散、帳籍隱没，其三察農桑不勤、倉庫減耗，其四察妖猾盗賊、不事生業，其五察德行孝悌武材異等、藏器晦跡以待時者，其六察黠吏豪宗、兼并縱暴冤抑不申者。方今莫若時❺詔御史，分出而臨遣之，使郡縣覈於監司，監司覈於御史，御史致其狀於宰相。則天下郡縣之治，可指掌而議，可僂指而分，庶幾古循吏之風，復見於今日矣。

【注】

〔一〕又見《歷代名臣奏議》卷四十二。

【校】

❶底本作『傳』，『得』據《歷代名臣奏議》改。

❷底本作『託』，『就』據《歷代名臣奏議》改。

❸味經書屋鈔本『高閣』二字顛倒，誤。

❹無跋鈔本、味經書屋鈔本、陸跋鈔本『挾』作『扶』，文津閣本作『仗』。

❺味經書屋鈔本『時』作『特』，誤。

屬民〔一〕

昔先王和同四方，連絡萬里，使家與家相愛，人與人相親，保之而不忘，合之而不散者，有道以維之，有政以屬之，有法以制之而已。以民情爲易離❶也，故以『九兩』繫焉。牧以地得之，則食之者不去；長以貴得之，則事之者不忘；師以賢得之，儒以道得之，則樂其教者安；宗以族得之，主以利得之，則親其上者服；友以任得之，則善有以相成；藪以富得之，則利有以相養。以民心爲易危也，故又以本俗『六安』焉。媺宮室所以同其生，族墳墓所以同其死，聯兄弟所以同其恩，聯師儒所以同其義，同衣服所以同其禮，故能上下統一，遠近和合。父與父言義，子與子言孝，長與長言友，幼與幼言弟，恩足以合情而相愛，文足以飾貌而相接。此維之有道者也。

先王既有以繫其民，又有以安其俗，猶以爲不足恃也。故五家爲比使之相保，五比爲閭使之相受，四閭爲族使之相葬，五族爲黨使之相救，五黨爲州使之相賙，五州爲鄉使之相賓。至於守望相助，出入相友，嫁娶相媒，有無相貸，疾病相恤，祭祀同福，死喪同哀。男子不足於耕也，相從而助耕，婦人不足於績也，相從而助績。一鄉之事皆通也，無求而不得；一鄉之情皆同也，無爲而不知。此屬之有政也。

先王以謂有政以屬於前，無法以制於後，未足以防民也，故徙於國中及郊則從而授之，徙於他則以旌節行之，無授無節則以圜土納之，竄伏者無所匿，欺僞者無所容。無事而出鄉則鄉必問，無事而出關則關必譏，民不擾於流寓，吏不勞於呼索。由此而登於司民，則可以知其數；由此而比於鄉大夫，則可以均其力；由此而斂於司稼，則可以制其食；由此而會於小司徒，則可以用其衆。此制之有法也。

維之既有道，屬之既有政，制之既有法，不幸旱乾水溢，民食不足，轉流四方，則非道之所能維，非政之所能屬，非法之所能制。雖天屬俯仰之間，不足以自存，又焉有守邑地、居室家而不去者哉。故爲之鄉里之委積，以恤艱阨；爲之縣都之委積，以待凶荒；又爲之荒政十二，以聚萬民。不必斂其利而利可散，不必盡其征而征可薄。力則弛其勞，刑則緩其責，舍禁以赦小害，去幾❷以釋小過，眚禮而使勿充，殺哀而使勿致樂，則蕃而不用昏，則多而不備。索鬼神以致福，除盜賊以去害，雖凶年饑歲，民猶安居重家，佚居飽食。故自少壯以至於老耄，老耄以至於死亡，食其田，飲其井。十里之外不知道塗，百里之外不傳風俗，此先王之保民也可謂至矣。

自夫仁政不行，井地不均，民易其業，官失其守，内不能制其情，外不能知其數。此宣王料民於太原，仲山甫所以非之也。迨夫戰國交侵，土地時易，封疆不足以限其遷徙，城邑不足以遏其流亡，管仲以區區瀕海之齊，制國爲二十五鄉，郊之内自軌以至帥，郊之外自邑以至屬，以相糾聯，以相保合。少相居，長相游，居處相樂，行作相知，以守則固，以戰則服，故桓公九合諸侯，而號爲强國者，善保民故也。

自熙寧之初，嘗詔天下行保伍之令，此有意於三代之遺法也。行之數年，法雖具存，而民未安土。義不足以相守，則時有桴鼓之警，恩不足以相保，則或起父子之訟。壯力分於出贅，世業入於兼併，户口隱於圖版，夫家脱於聯伍，輕鄉危家，遠出千里。故秦多晉寇，而魯雜齊語，祭祀不從丘壠，老死不知子孫。罰不及於其友，其犯法也輕，其背本也衆，雖欲均地著之政，立土斷之法，未易制也。

昔三代之時，里無閒民，民無游業，居則皆勸功樂事之人，出則爲仗節死難之士，以守則國富，以戰則兵强。今天下壯有力之民，僑寓雜處，散於四方，手不服耒耜之勤，心不知田畝之樂，爲淫巧奇技，屠販游博。其無理之甚者，嘯聚不逞，殺人於貨，邑里不告訐，門闕不訶問。縣官鄉吏，察治無術，計户而不得其家，計家而不得其人，居無與守，出無與戰，此爲國計者，未嘗不深惜之也。

昔者，既詔天下置義倉矣。義倉設則雖年穀不豐，民可仰食，貧不至於易業，饑不至於輕家。然後禁游手，抑末作，去舊里者必告，人新鄉者無容。如此則民無流散之苦，吏無逋逃之憂，三代之法，可漸致而力行矣。

【注】

〔二〕又見《歷代名臣奏議》卷四十二、《御選古文淵鑒》卷五十六、《文章辨體匯選》卷一百五。

【校】

❶底本、無跋鈔本、文津閣本作『辭』，『離』據《歷代名臣奏議》《御選古文淵鑒》《文章辨體匯選》改，味經書屋鈔本作『亂』。

❷底本、無跋鈔本、文津閣本、味經書屋鈔本、陸跋鈔本作『己』，『幾』據《歷代名臣奏議》《御選古文淵鑒》《文章辨體匯選》改。

取士〔一〕

璆琳琅玕皆美質也，彫之琢之，至於成器而後可施；楩楠豫章皆良幹也，長之養之，至於成材而後可用。人受天地之中以生，性無不善也，充其性以至於成人，然後可以治人；未能成人也，雖公綽之不欲冉求之藝，聖人猶不取者，禮樂不足故也。

先王❶能使人必至於成人，固有術焉，謹學校以教之而已。先王之學，皆所以明人倫也，能明人倫然後可以盡人道，盡人道然後可以治人事，故入使長之，出使治之，道還以同民之善而已。方其教之也，或三歲賓興，或終身不齒，雖庶人之子孫，積問學、正身行，屬於禮義，則歸之卿士大夫。雖卿士大夫之子孫，不能積問學、正身行，屬於禮義，則歸之庶人。此所以責人之必成，候人之必至也。

自離經辨志至於敬業樂群，自敬業樂群至於博習親師，自博習親師至於論學取友，自論學取友至於知類通達。强立而不反謂之大成，未能通達則知不足以應物，未能强立則仁不足以守身。先王責人，必至於如此之詳者，蓋人之行己也自非四十而不惑，則是非之理、去就之義，猶不保其往也。升於鄉則升於司徒，升於司徒則升於學，升於學則升於司馬，由秀而選，由選而俊，由俊而造，由造而進。不躐等、不陵節，論定然後官，任官然後爵，位定然後禄。先王之取人，必至於如此之久者，蓋聽其言，觀其行，非❷一日之察也。故士知學之可樂，不知學之可已；知仕之可欲，不知仕之可求。進取退捨，以俟天命，人人安於爲學，而樂於循理之義。考之則有成德，任之則有成效，三代所以成王業者，此道素行也。

自漢武帝開設學校，增置博士，廣弟子員，射策决科，勸以官禄，學者寖盛，異端日滋。六經之説，人自獻於其君，而操以爲禽犢；性命之理，喪於破道之言；聖賢之跡，滅於浮名之行。利禄使然也。陛下嘗詔師儒，開廣學校，修正經義，發古人精微之藴，祛百年陳腐之説。道德之義、性命之理，著見簡策，使天下學者一其祈❸嚮、會其歸宿。足以見天地之純、古人之大體，不溺於支離蹇淺之弊。而又慎❹選講❺官，開析餘義，使疑斯明、窒斯通，虚而往，實而歸，其於教人可謂至矣。

陛下聰明淵懿，出於德性，問學智慮，發於天縱。萬機之暇，周覽墳籍，始❻稽之以驗物，又操之以决事，天人之道、帝王之業，固已自得於成心矣。間論大臣專意學校，慨然思得豪傑之士，與之都俞經畫，以躋時於三代之隆。凡試言博士、上書公車者，躬自考覈，或擢之以高第，或官之以不次，其於好士可謂篤矣。然而承學之士，經學未甚明，德行未甚厚，志意不修，風義不肅，未足以應陛下寤寐虚己之求，以其好學之志不能勝其禄利之心故也。

夫軒冕在前，韋褐在後，雖子夏不能忘交戰之患，利動其心故也。子張學干禄，孔子告之以『言寡尤，行寡悔，禄在其中矣』。使漆雕開仕，曰：『吾斯之未能信。』孔子説：『蓋有志於學，無志於仕，然後可以盡心於聖人之道，而成士君子之器。』今之學者，弊在利禄之欲速。其爲道也，苟於日月至焉而已矣。故經術未甚明，德行未甚厚，志意不修，風義不肅，良以此也。夫聖人之言，非如天之高遠，非如鬼神之不測，凡所以明天道、治人事者，不外吾所性而已。故秦焚六經、殺學士，聖人之言鬱而復明者，性之在人不可滅故也。

今之經術，皆出於師儒致一之論，剗革俗學，發明至賾。蓋天爲陛下生其人，人爲陛下駕其説，此士之去聖人千載之遠，生於今而幸見者也。然而有論然後能議，有議然後能辨，見近而不及遠，聞一而不知二，適人之適而不自適其適，得人之得而不自得其得，是由思索不精爾。昔有梓人爲鐻者，其技甚賤，然猶三日而不敢懷慶賞爵禄，五日而不敢懷非譽巧拙者，致其精也。乃若萬物之理、萬理之變，可以坐觀，可以意得，必曰思之而已。思之所入，與神爲一，非神之使然也，精之至也。苟能如此，利禄不足動也。

陛下欲取士得人，莫若待其教養之久，抑其進取之速，使人盡心致志，深造而自得，然後敷奏以言，明試以功，庶幾作人，與古無愧矣。

【注】

〔一〕又見《歷代名臣奏議》卷一百六十八。

【校】

❶底本作『生』，『王』據味經書屋鈔本改。

❷味經書屋鈔本無『非』字。
❸底本作『所』，『祈』據《歷代名臣奏議》改。
❹無跋鈔本、味經書屋鈔本、陸跋鈔本『慎』作『御名』二小字。
❺底本、文津閣本作『其』，『講』據無跋鈔本、味經書屋鈔本、陸跋鈔本、《歷代名臣奏議》改。
❻底本作『如』，『始』據《歷代名臣奏議》改。

政録〔一〕

天下之治，涉於道者，無患乎至略，涉於事者，無患乎至詳。蓋道之所以官天地，府萬物，役使群動，運之以精神，感之以會通。聖人端冕南面，恭己而已。事所以應時而造，推物而行，號而讀之則有名，指而議之則有數。自其名而舉之，則小大先後不可易也。自其數而積之，則一二三四不可亂也。然而日之來者無窮，往者益遠；事之方至者常謹，幾成者常忽。此所以苟完於耳目之前，寖微於歲月之久，以至曠敗闕漏，紛紜倒迕而不可考者，常以此也。而況政教、禁令、綱紀、法度，有屢進而後成，有一成而不變，或先易而後難，或初因而終革。不有圖籍日陳於前，操以爲驗，稽以爲決，則朝廷上下失於苟簡，官人百吏習於惰偷。上方信人臣有爲之功，而矜攬緒餘，下亦操人主不自任之説，以彌縫罅漏，故雖虚心以望成功，拱手以迎太平，是亦疏矣。

周之治官也，小宰歲終令群吏正歲會，月終正月要，旬終正日成。司會掌凡在書契版圖者之貳，以逆群吏之治，而聽其會計，以參互考日成，月要考月成，歲會考歲成，以周知四國之治，以詔王及冢宰廢置。

冢宰歲終則令百官府，各正其治，受其會，聽其政事，詔王廢置。三歲大計，群吏而誅賞之，不獨官府之治如此也。春朝諸侯，以受天下之圖籍，而行之官。以利害爲一書，禮俗、政事、教治、刑禁、逆順爲一書，凶荒、厄貧爲一書，其康樂、和親、安平爲一書。以反命於王，以周知天下之故。

夫内以弊群吏之治，外以周知天下之故，舉無遺事，事無遺慮。其職守之勤怠，功利之登下，用度之多寡，經畫之利害。百日之所積者，一日而槩舉之；百人之所共成者，一人而坐見之。任事之臣，不敢爲偷得之利，以倖耳目之所不及。天下之治，常爲之不厭，通而不倦，考覈詳故也。後世不知其法，以謂『帝王之道，必無爲而用天下。不達無爲❶者，無不爲』之説，政教禁令，綱紀法度，一切曰有司存，事常至於偏弊而不救者，無術以舉之也。故大事幸天子之不問，小事幸大臣之不知。漢文帝問丞相決獄、錢穀數，而對之以廷尉、内史；宣帝時郡國上計簿具文，而三公不以爲意。上下如此，則何以督察天下，而與之仰成哉！

今陛下必以朝廷官府已行之法度，緝爲政録，有凡有目，有要有會，而時自閲覈，如裘提領，屈五指而頓之，不勝其舉矣。使官人百吏，宿道嚮方，勸功樂職，夙夜不惰，可謂治術詳矣。臣聞五霸不及其臣，故委之以能，託之以國；三王臣主俱賢，故合謀相輔；五帝其臣不及，故親自處事於法宮之中。今陛下訓迪厥官，總核名實，此聖功成就之時也。惟陛下加意而已。

【注】

〔一〕又見《歷代名臣奏議》卷四十二、《曹南文獻録》卷六十。

【校】

❶底本作『無爲不達』，『不達無爲』據《歷代名臣奏議》改。

樂静集卷二十七

試館職策一道〔一〕

問。傳曰：秦失之彊，周失之弱。昔周公治魯，親親而尊尊，至其後世，有寖微之憂。太公治齊，舉賢而上功，而其末流，亦有争奪之禍。夫親親而尊尊、舉賢而上功，三代之所共也，而齊、魯行之，皆不免於衰亂，其故何與？國家承平百年，六聖相授，爲治不同，同歸於仁。今朝廷欲師仁祖之忠厚，而患百官、有司不舉其職，或至於媮；欲法神考之勵精，而恐監司、守令不識其意，流入於刻。夫使忠厚而不媮，勵精而不刻，亦必有道矣。昔漢文寬大❶長者，至於朝廷之間，耻言人過，而不聞其有怠廢不舉之病；宣帝總核名實，至於文理之士，咸精其能，而不聞其有督察❷過甚之失。何修何營，可以及此？願深明所以然之故，而條具所當行之事，悉著於篇，以備採擇。

對。百王有可變之道，而天下無不弊之法，古今無一定之時，而聖人有應變之術。由道而言之，堯、舜相授一道也。由事而言之，夏之政忠，其失也小人以鬼；商之政質，其失也小人以野；周之政文，其失也小人以僿。聖人不恃其事之不能弊，而必欲强天下之所厭，而病人之所不能從，所恃者吾善救之而已。

今夫水之爲物也濕，其勝則息火；火之爲物也燥，其勝則息水。二者其勢不相逮也，有智者焉。火在上，水在下，鼎鬲在其間，而五味以和。此無他善，調一故也。爲天下者，能知其善調一之術，時有損益而斟酌之。至於無偏弊不舉之明，則古今一理也，萬世之道也。又何竊竊然，憂天下之不治哉。

秦人據崤、函之險，擁甲兵之富，磨牙摇毒，并吞六國。及其弊也，閭巷匹夫皆攘臂相與起而亡秦，德不足故也。周人爲千八百之國，分民割地，使世爲藩屏，一之以禮樂法度，時之以朝覲會同，上下之勢如臂使指，如手足之捍頭目。及其弊也，征伐號令，不出於天子。齊桓、晉文扶尊周之名，終無以興王室，威不足故也。要之，德非亂天下之術，威非亡國之具，特用之有善與不善耳。親親尊尊，仁也，仁之效緩而不切，故周公期年報政，而其勢不能使人無怠惰寖微之憂。舉賢尚功，義也，義之效太明而速，故太公五月報政，而其勢不能使人無急迫必争之禍。故仁而不義，則失之縱，義而不仁，則失之忍。此齊、魯親親尊尊，舉賢尚功與三代同，而受患與聖人異，無以救之故也。

藝祖以武定天下，太宗、真宗以文致太平，仁廟慈愛天下，躬履純儉，思與天下之民安寧，涵養於仁壽之域，政令簡易，刑輕賦薄。四夷之未服，赦而不誅，大臣之有過，貸而不治，恩被四海，澤及草木。而匹夫無失職之怨，常使舒遲樂易於法度之外，而不相促迫。百官、有司不能體上之美意，至於弊玩苟簡，相與竊其温厚長者之名，而從容於自養之地。此上非不勤篤，而從事者已甚也。

神宗以英睿之質，奮乾剛之斷，一新天下因循不改之弊，理財治兵，訓官造士，賞功不疑，罰罪無赦，謹簿書，督期會。奉法之吏晝則計功，夜則思過，奔走竭蹶，各盡其力，而不敢告勞於上。監司、守令幸於見知，訶及細微，責任不量力，以苛爲明。鍥薄之風，靡靡馳競，而終無以成忠厚之俗。此上非不和易，而行法者過也。昔演門以親死者，以善毁爵爲上卿，其後黨人以毁死過半。察其矜名、趨利之心，則去本益遠矣。

夫明王操厲世磨鈍之具，以作成天下之材，與之同心均力，興起萬事，昭功業於後世，其志之所嚮亦已勤矣。奈何官人百吏，不推明德意，以應上之所期，悻悻然幸於爲己，以敗上之法度，亦是有罪焉耳。夫行百步不至則止，行五十步中道而止，卒至於箕踞偃卧而不進，志怠故也。一棋既勝，而復棋者愈善，卒至於智慮搶攘而後已，其數迫故也。墮者猶可以牽一臂而起之，迫者斥於無事而已矣。如此，則小才淺智，常汲汲於日月之不足，聰明之士不敢削於繩墨之餘，兩得之矣。

文帝之初，天下既定，出於兵革誅斂之用，與民休戚。感一婦人之言，去肉刑，愛十家之産，罷露臺，此仁人也。吴王不朝，錫之几杖，疑失之寬。宣帝先法律而後《詩》《書》，重賞罰而輕德教，此霸道也。蓋寬饒、楊惲一有過失，誅之無赦，疑失之猛。若夫馳射之上林，欲親罰匈奴，雖寬大長者而有不怒之威。思與良二千石共理，使民無嗟息，雖總核名實，而有不言之憂。雖然道將行也，非人主所獨能爲，其臣亦有以與之也。故賈誼太息流涕，欲以法制詔諸侯、明禮義、齊風俗，所以畧施其説。黄霸行循良之政，而人服愷悌，此文、宣之世所以不至於怠惰、督察之過者，公卿大夫相與明其美意，而篤行之故也。

愚嘗觀天之道，陽主仁，陰主義，仁善生養，義善制割，陽常主進，陰常主退，處於無用之地。觀人之道，父主義，母主慈，義則敬而尊之，慈則愛而親之。由是推之，治天下之道，不幸過而失之猛，寧失之寬。故秦人之攻戰，不足於周人之德澤；齊人之强富，不足於魯人之禮義；漢宣之厲精，不及於文、景之恭儉。蓋可恃者，德本也；可存者，厚道也。楚人有疑獄，三年不決，問諸大夫，半以爲是，半以爲非。或曰陶朱公布衣而富，必有奇智。使人問焉，朱公曰：『臣不知治[3]獄。家有二璧焉，一者千金，一者五百金，其徑相若也，澤相若也，色相若也。側而視之，其倍二寸，此所以爲千金也。』

主上仁孝，母后慈愛，内之公卿大夫，外之守令監司，寢掊剋之風，布寬大之澤，百姓安生業，四夷不内擾，年穀順成，財用不匱，大數已得之矣。然法之所未善者，行之以仁祖之意則不刻；意之所已降者，約之以神考之法則不偷。此三代救弊之道也。其或天下之事，與天下之政令，出於議論之不同、利害之不一，其意猶未敢出法之外者，假之可也。子賤爲單父宰，請善書二人，魯君與之。至單父，則使書，子賤從旁而引其肘，書醜則怒，書好則復引之。二人辭，以告魯君，魯君即以單父付子賤，而單父大治。由此觀之，法終不可以純任，必有美意以作之，又何拘焉？若夫當行之道，廟堂講之已熟，姑發其大畧云。

【注】

〔一〕本文策題『問』部分又見《西臺集》卷六《試策召試館職策》、《後山集》卷十四《擬學士院試職策》。

【校】

❶底本作『仁』，『大』據《西臺集》《後山集》改。

❷底本作『責』，『察』據《西臺集》《後山集》改。

❸味經書屋鈔本『知治』二字顛倒，誤。

樂静集卷二十八

王仲遠墓誌銘

君諱彦博字仲遠，濟州鉅野人。曾祖鄰，不仕。祖志，贈大理寺丞。父丕，官至大理寺丞；妣周氏。王姓之出，蓋自周靈王太子晉，歷戰國、秦、漢而下，世有顯人。君之先實居冀州之信都，涉五季之亂，自曾祖始遷於濟州之任城，君之祖又遷鉅野。家居力學，以其業教授諸子，皆以文行著名。君之伯父與寺丞公相踵擢進士第，鄉閭榮之。士族之教子弟者，必指王氏爲表儀。寺丞公年五十，家息未生，與周夫人齋戒夜禱，夢神告而生君焉。君之生也，俊惠奇警，不與群兒遊戲，嘗以書自隨，日誦千言。寺丞公棄養，哀毁如成人，遇父之執挽衣，稽顙慟絶，見者爲之出涕。

始受學鄉先生，喜爲古文，頷首搖筆，凌厲磐礴，頃刻即成。初無刻畫礱錯之跡，而多得其制作之意。性樂易，與人交，以善相告，露見城宇。飲食衣服必與之同，使人益親而不欲去。士有類於貧乏，不能縱心於學者，傾所有資業之，以成其志。嘗諉族人易産於他邑，輒欺其價，以僞券歸之，一不問。或有告者，君曰：『彼吾屬也，不能逆知其所欲，而使有是心，吾之罪也。』

初應詔，以周夫人喪❶不逮試有司，其後復以疾不赴。至和二年八月二十三日，終於家，享年二十一。鄉人弔哭相屬，一時名士竟作詩以寫其哀，以謂：『靈苗不實，龜毁玉破，常出於人情所甚愛，而理之不可尤者。』其辭爲傷。

君才甚高，巉絶獨出，老師宿學之所謂『氣盛而志威，滅没千里』，後生輩不敢與之並馳。方未冠時，貴公望人，不問年齒，樂從其遊，許以公輔之器。自君之卒，更五十年，遺文逸句，落在人口，稱道不已。天其或者姑假之年，涵潤長養，日充其材，用則行其所學，不用則著書以見志，其於天下後世宜如何？嗚呼。

娶孔氏，有賢德，宜其家。生二男：長曰龜齡，明悟好古，有先人之風度，三預薦書，未仕早卒；次曰松齡，志行特立，以辭學登科，今爲滑州白馬縣丞。二女：長適衢州西安縣丞閆師旦❷，次適進士李臨。孫男五人：曰彬、曰彤、曰中、曰聿、曰串，皆舉進士。曾孫二人：曰恕、曰懋。

將以崇寧四年四月三日，葬於濟州任城縣諫議鄉吕材之原。松齡，予友也，狀君行實，求銘於予。爲之銘曰：

物生有才，是亦或使。誰爲不仁，乃復戕毁。謂有命也，智無與争。雖死而壽，又奚貴生。木折非腐，水窮非塞。扶疏濊洋，惟後之日。

【校】

❶味經書屋鈔本『人喪』二字顛倒，誤。

❷無跋鈔本、味經書屋鈔本、陸跋鈔本『旦』作『但』。

榮起之墓誌銘

先生諱振字起之，其先北平無終人。遠祖九思，仕唐爲給事中。自高祖繼紹避亂，因徙居徐州之彭城，後爲濟州任城令，因家焉，今爲任城人。國朝開寶初，授博州聊城令，卒贈將作少監。三子，皆擢進士第。長曰太素，歷殿中侍御史，贈諫議大夫，先生之曾祖也。太素生範，用御史恩補太廟齋郎，早卒。範生翊，李文定以外表親奏補試[1]將作監主簿，終宿州臨渙令。

先生臨渙令之次子也，少剛潔自重，不倚於物，務學有本。喜兩漢文章，恥作雕篆，故於辭賦少工，而品藻論辨皆遷、固材也。凡偕計五上，試禮部不中，以恩補大名府助教。束書東歸，閉關里巷，文史自娱，雖老不廢。晚苦風痺，瘖不得語。余嘗以公幹過任，候其起居，久之，杖而出，以指啄膺，欲大叫者數四，竟不能吐一言，涕淚俱下。余亦爲之墮睫，左右不忍顧，反面引去。未幾，其子以訃聞，予哭之慟，嘆曰：『洙泗以西，不復有此人矣。』考其諱日，乃元祐[2]二年五月初五日也，享年六十有九。

先生壯時，從事科舉，郡太守聞其有高行，邀致學校，表儀諸生。間挾一書册，往來堂上，望見儇薄後生輩不學子弟，施施而來，必面責之。稍不領，輒懷書以去，不復與語。屏居蔬食，一錢一米不以取與人。富人巨室來則拒之，聞先生之名，竟不得接其面目。治己儼正，常若不可犯者。小夫淺俗，竊短以謂狷介不近人，而先生固自若也。同郡晁公堯民，才高有盛名，不妄取友，從先生遊，館餼甚厚。每爲文章議論，經其可否，然後出於人。經傳有疑，決於其言而後定，遇有須緩急厚薄，必得其意而後已。至於紉澣衣褐，調適飲食，皆家人爲之，不倦也。由是一鄉之人，始知尊先生矣。

太守單父馬處厚，嘗爲治平御史，以直諫聞，士不敢輕進見。先生曳裾長揖，升堂就席，占[3]對磊落，公頗驚之。異日，召與論歷代治亂，由秦、漢而下，孰得孰失，猶數一二，激忠疾邪，感慨憤懑，以不得生於其時爲恨。往往夜分乃罷，公曰：『機辯明鋭，馬、周之徒歟！』由是一鄉之士始知先生志大學博，平日之自異未可量也。後馬公被召爲夏官貳卿，晁公擢司金郎，位寖顯，可以推挽。時也先生已殂矣。天或假之食六品❹禄、冠柱後惠文，正色立朝，糾正百官，凛凛風動，一日得行其志，無憾也。不幸窮老病廢，卧破屋下，舌梗氣塞，奄奄以死。

嗚呼！爲文高古有法度，詩句清遠，得意皆前人不到處，有集十卷，藏於家。娶句氏。子男一人，曰亶，孝愿可立，克奉緒業，里人樂稱之。孫二人，長曰大同，次曰大順，習貢舉。將以政和三年八月二十五日，葬先生於任鄉北賈村之原，從龜告也。亶來乞銘，義不得辭。爲之銘曰：

直木可支，精金可割。竟不得施，腐爛摧折。天既誘之，乃復阨之。人實知之，莫或挽之。大鈞茫茫，孰與信疑。百世不没，有此銘詩。

【校】

❶味經書屋鈔本「試」作「議」，誤。
❷無跋鈔本、文津閣本、陸跋鈔本、味經書屋鈔本「祐」作「科」，誤。
❸味經書屋鈔本無「占」字。
❹味經書屋鈔本「六品」二字顛倒，誤。

李奉議墓誌銘

公諱衆字仲師。李姓所出，見四方尤多。公之族，自五代爲鉅野著姓，後别葬金鄉，今爲金鄉人。曾祖綰，隱德不仕。祖義，贈尚書度支郎中。考定，以儒學起家，真宗朝屢上所爲文章，眷獎甚渥，將使數路，以風績聞，終尚書工部郎中、直史館，贈金紫光禄大夫。妣永嘉郡太夫人馬氏所生仁壽縣太君呂氏。

金紫棄養，公方數歲，哀毁如成人，用遺表恩，補太廟齋郎。既長，力學，喜慕名節，不苟去就。初調大名府朝城縣尉，年尚少，人多易之。會夜有獄變，劫吏卒將遁，喧聞於外，公徒步徑往，叱之，皆辟易就縛。再調恩州司理參軍。守武人，以氣厭其僚，遇事强愎，人莫敢争。獄有重繫，辭説承，輙語公易其情，公持不可。守色厲，公徐❶曰：『吏有法，守安敢以私意輕重？不然，當自主❷，何必付吏？』幸得罪去，無愠。守知其不能奪，竟從之。

移汝州魯山縣令，境土多榛萊，民力不足。時河朔薦饑，詔許流民占墾，公誘掖安集，至者如歸。未數月，年穀大登，百室熙飽，公上之輸，數倍他邑。轉大理寺丞、差知棣州商河縣，求便親，改單州魚臺。推行方❸田，事詳而不攪❹，河北❺提舉常平司薦公鎮寧軍節度判官，管勾常平事。遷太子中舍，緋魚❻。

官制行，改通直郎。河决小吴❼，坐免。繼丁仁壽君憂，服除，簽書武寧判官事，遷奉議郎。元祐初，秋大雨，汴、泗暴溢，下阨二矼，水迴洑不得去，薄府東門，自城竇中入，沸出平地，視府庫尤殆。守者倉倅無策，公爲發竇豐監廢鐵錢塞之，勢遂息。居人避患，走丘陵，不得下，三日無食，具糧糗舟檝，俾載而歸，人賴以免。官滿，通判潞州。潞大府，守臣多通貴，不親吏事，弊滋久。苗莊敏公以疾解殿帥，賜保康軍節領州事，至則卧閤自養，吏敢慢文移，閱月不省，動盈几格。屬在告，公攝事，一切懲責，不旬日稱治。部使者過，謂公曰：『比文報甚速，非昔日潞州也，倚公良多』。交章薦其才。未幾，經略司檄公按沿邊城寨，奔走觸然，道得疾，歸，遂不起。元祐五年十二月八日，卒於官舍，享年五十四。

娶比部員外郎晁仲淵之女，封壽安縣君。男公裕、公佐、公濟、公遠、公敏。公裕，纍試禮部，早卒。公祐、公濟擢進士第。公祐萊州萊陽縣主簿，卒於官。公濟奉議郎、通判濰州❽。餘皆舉進士。女適登仕郎晁損之、進士卞顧、奉議郎崔翰，皆卒。次適奉議郎魯稷進千之。孫十七人。以元符二年五月庚申，葬於金鄉縣金山里左羊之原，從先兆也。

公魁偉有儀度，語氣簡重，與人交，洞見城宇，久之益驩。事親篤孝，與仲兄成州相愛，老而不衰，怡怡如也。居官求稱職，不取虛譽，事至敢決，不以利害自謀。治獄明恕，理可疑必争辨雪，得活者十數人。屬吏有過，召與款語使知悔，終保任不疑，其所存亦遠矣。而位卑勢迮，不足以行其志，中道而殞，士論惜之。

予嘗與公同僚，所知爲多。其子公濟來乞銘，輒序其實。爲之銘曰：

嗚呼李公，有勇有謀。不與物流，愛人而周。我實自求，而命不優。俾世益修，祉禄是裒。乃天爾酬，弗庸何尤。作銘藏幽，以永公休。

【校】

❶味經書屋鈔本『公徐』二字顛倒，誤。
❷味經書屋鈔本、陸跋鈔本無『主』字，文津閣本作『曰』。
❸味經書屋鈔本『方』作『力』，誤。
❹味經書屋鈔本『攪』作『擾』。
❺味經書屋鈔本『北』作『法』，誤。
❻『緋魚』二字前後當有缺字。
❼味經書屋鈔本『吴』作『誤』。

❽宋代無『潰州』，當作『渭州』或『滑州』。

成州使君李公墓誌銘

士以才自任，喜著功名，智力俱困而終於蹈患者，固常有之。若夫强以濟事，約以行己，始卒一致而安于無悔者，吾於李公見之矣。公諱犹字世京，濟州金鄉人。曾祖綰，隱德不仕。祖義，贈尚書度支郎中。父定，工部郎中、直史館，贈金紫光禄大夫。妣永嘉郡君馬氏所生仁壽縣太君吕氏。

公金紫恩補太廟室長，授大名府元城簿。屬大❶河決，調役夫萬人，期會甚急，令憚其行，公請自效。初至，人以貴家子易之，約束既行，無敢犯，人倍其力，第勞爲諸邑最。留守良僖李公，薦其才可試。官滿，調泰州司法參軍。發運使以上供綱委公督遣，朝廷出專使且至，適歲大飢，民艱食，法當賑給，官吏束手憂窘。公語使者曰：『民命寄朝夕，國計旬月可緩也。願先出穀以活窮民，以其餘歸太倉未晚。』既而按籍檢括，猶僅可支，使者服其敏决。

遷開封府中牟縣尉，嘗躬獲强寇，或者告以用勞改官，公曰：『幸逃責爾。』竟不言者。上用薦格，改大理寺丞、南京留守掾❷，求辭，改❸公府司録參軍。鄉民謝德誠説浮屠法，謂能禍福人，聞❹者甚恐，祈謁擁門。守以爲妖❺且生變，捕繫幾百人。公白守曰：『無知之民，無大蠧害，特罔衆取財爾。』即日杖遣之。禁卒祖立以逃被捕，市人王郝毆妻至死，當論如法，疑未决❻。公覆訊，乃得之，立曰：『初念母以逃，顧母無恙，將復歸。道遇邏卒，曰：「我寔逃，幸執以聞。」』郝曰：『母詬婦，婦反之，我不勝忿，毆無幾，偶以傷死。』公曰：『以情自歸，何有捕也？毆不孝婦，非毆妻也，皆不當死。』乃以疑上讞，止坐配法。

鄆州置都作院，事始須得人，辟公充監官，工技精密，諸郡遂以其式行。陞❼太子中舍，賜緋魚。官制行，改通直郎，轉奉議郎、通判徐州。彭城男❽子自稱神降其家，憑附語言，里巷詾詾相告，幾不定居。公密捕其首，痛懲之，斥境外，騰口遂息。轉運使令武康節度吴公聞之，將置獄，方乘驛至，而事已平矣。公須❾城令受賕枉法，監司檄公按劾，其罪不可數舉，抵讕不承。公曰：『爲吏至此，尚可免也。掇其一二甚明者鞫之，以薄治其罪。』奏上，猶竄嶺表。將行，以餘俸資之。

丁仁壽君❿憂，服除，改承議郎、通判兖州奉符。有大商死逆旅，資萬緡，奴輩胠篋，已亡其半。公追治究詰，盡籍於官，移其家給之。萊蕪富人以獄繫訟，狡吏紿⓫作令語，受富人金。事發，誣令教我。令拗⓬性，不能自解。公潛遣人索金於吏家，果得之，遂正其罪。是歲，秋不登，群盗薄境，聚落一空，道無行迹。提刑司聞於朝，責公誅剪。選驍卒百人，先扼其走集，焚蕩巢穴，禁食飲往來，不旬日，斬馘殆盡。

青州有滯訟，情屢變，踰年不能決。部使者語公曰：『暫屈此行，不然，不能無冤人。』公至，盡去縲械⓭，具湯⓮沐食物親勞之，曰：『父母妻息，孰爲收恤，資業孰爲經⓯理，狴犴與廬舍孰樂？』皆泫然泣下曰：『今日當吐肺腸墮地，敢復回隱。』不加一箠，盡服其辜。會濟南守罷去，公承乏攝事。是時，右丞徐公、翰林强公方爲屬僚，相好甚款，公嘗語人曰：『精金美玉，皆廊廟器也。』後果貴達，論者服其知人。遷朝散郎、知成州，所治偏遠，吏無法守，屢勤廉使。轉運判官游師雄曰：『同谷⓰。』得疾，元祐八年正月二十一日，卒於官舍，享年五十八。

娶大中大夫趙恭和之女，封蓬萊縣君。男五人：公亨、公廉、公忠、公才、公輅。公亨，儒林郎、冀州司工曹事。公才，將仕郎、京兆府櫟陽縣尉。公廉，早卒。公忠、公輅，未仕。女三人：長適從事郎、杭州司理參軍誾⑰丘珪，次適承務郎、監磁州昭德鎮張斆，次適通直郎、潁昌府司録事劉師文。孫男九人，尚幼。以政和四年六月二十七日，葬于金鄉縣左羊里之原，從先兆也。

公少喜讀書，務曉大意。性沉毅渾厚，若不可犯。與人交，樂易無間，久之益歡。議論從容中理，未嘗飾虚文、作奇中以求人知，而人寔知之。事至耻循默，出衆敢前，事已則逡巡退遜，不自言功，而無所娼忌，故能蹈利害、涉險夷，常裕如也。嗚呼，年未及中壽，而所試者纔及一州，此不可知者，余亦莫能言也。因敘其事，又爲之銘，以信其可言者。銘曰：

見可則爲，適當而止。不徼福，故寡禍。不近譽，故無毁。傳曰：『樂循理，謂爲君子』。尚爾後人，服此餘祉。

【校】

❶底本作『太』，『大』據文津閣本改。

❷底本作『傳』，『掾』據上下文意改，無跋鈔本、味經書屋鈔本作『傅』。

❸無跋鈔本、文津閣本、味經書屋鈔本、陸跋鈔本無『改』字。

❹無跋鈔本、文津閣本、味經書屋鈔本、陸跋鈔本『聞』作『間』。

❺底本作『奴』，『妖』據文意改。

❻底本作『次』，『决』據味經書屋鈔本改。

❼底本無『陞』字，據上下文意補。

❽味經書屋鈔本『男』作『白』，誤。

❾底本作『頊』，『須』據文意改。陸跋鈔本作『項』。按，北宋徐州、鄆州（屬須城）皆隸屬京東西路，故『監司檄公按劾』。

❿無跋鈔本、陸跋鈔本『君』作『者』，誤。

⓫無跋鈔本、味經書屋鈔本、陸跋鈔本『給』作『給』，誤。

⓬底本作『幺』，『拗』據文津閣本改，無跋鈔本、味經書屋鈔本作『么』，陸跋鈔本作『公』。

⓭味經書屋鈔本無『械』字。

⓮味經書屋鈔本『湯』作『蕩』。

⓯味經書屋鈔本『經』作『料』。

⓰『同谷』前後當有脱文。

⓱味經書屋鈔本『間』作『間』，當誤。

蓬萊縣君趙氏墓誌銘

夫人姓趙氏，其先西洛人，殿中侍御史孚之曾孫，御史中丞、尚書右丞、追封魏國公、謚文定公安仁之孫，大中大夫恭和之女。母崇德縣太君孫氏，早卒。繼母，榮德縣太君閆氏。

夫人生七歲，聰明警悟過人，言語應對，了了可喜。既長，動容中理，不妄笑語。擇良士歸之，而得工❶部郎中、直史館李公之子幾匹焉。李氏諸婦❷皆年倍，而視夫人如女子，時不以娣姒齒之。夫人執禮無懈，凡門内之事：祭祀、賓客、飲食、服用，必身先焉。事其姑仁壽君尤恪，問省不易其時；調芼紉澣，不經其手不以進。諸婦相告曰：『我輩弗如也。』以夫陞朝封蓬萊縣君。仁壽年益高，寢疾滋久，奉湯劑、候起居未間，潛飲泣不食。仁壽曰：『吾九十人矣，瞑目何❸憾！念無以報吾婦，亦無如之何。惟善助吾兒，教子孫强立，猶有望也。』

後李公以朝散郎知成州，卒于官，夫人護其喪以歸。嫠居二十年，嚴正有法度，誦佛書，精進不倦。既得疾，告諸婦曰：『火風將息，吾何以逃？汝舅仕州縣，凡七遷，奉法行己，吾所贊多矣。吾奩篋中物，皆嫁時資，未嘗更置一物以自奉。吾此意亦欲遺諸子孫，汝等誌之。』翌日，終於正寢，享年七十六。大觀四年六月二十九日也。

男五人：公亨、公廉、公忠、公才、公輅。公亨，儒林郎、冀州司工曹事。公才，將仕郎、京兆府櫟陽縣尉。公廉，早卒。公忠、公輅，未仕。女三人：長適從事郎、杭州司理參軍閭丘珪，次適承務郎、監磁州昭德鎮張斁，次適通直郎、潁昌府司録事劉師文。孫男九人，尚幼。以政和四年六月二十七日，將葬朝散公，而舉夫人祔焉。銘曰：

順以事上，無敢咈違。正以率下，不以笑嘻。于鄉於家，寔婦之師。善善不匱，尚克有貽。

【校】

❶底本作『上』，『工』據味經書屋鈔本改。

❷味經書屋鈔本『婦』作『焉』，誤。

❸底本作『可』，『何』據文津閣本、味經書屋鈔本改。

晁次膺墓誌銘

政和癸巳，大晟樂既成，八音克諧，人神以和，嘉瑞繼至。宜德能文之士，作爲辭章，歌詠盛德，鋪張宏休，以傳無窮。士於此時，秉筆待命，願備撰述，以幸附託，亦有日矣。

公相太師蔡魯公，知公之才，以姓名聞上，詔乘驛赴闕。公久廢不試，亦冀自見於時。鄉人好公者，喜公復起，相與贊其行。去朝天門十里，置酒爲餞曰：『異日富貴還故鄉，望車馬此道上，惟厚自持。』入都門，士大夫聞公來者，相告曰：『晁次膺自此升矣。』翌日，太師召公語曰：『高卧三十年，復何所得？』公曰：『未嘗不欲仕也，特以罪負斥伏，若將終身，不意倒屣❶掃門，乃在今日。』

會禁中嘉蓮生，分苞合趺❷，夐出天造，人意有不能形容者。公效樂府體，屬辭以進，上覽之稱善。未幾，中暍❸感疾，更十數醫，不得愈。命下除大晟府，按協聲律，奄奄不克受。賀者及門，聞哭聲，入弔而去。八月，載其喪歸，前日爲餞者，出迎河上。顧一舟夷猶而下，揭絳帛大書，乃銘旌也，讀之流涕。計去時纔五十日，未食太倉一粒粟，已爲歸人，念之尤傷。以其年九月十九日，葬於任城之魚山，從先兆也。

公諱端禮，字次膺，世爲澶之清豐人。後金紫葬濟之任城，今爲任城人。姓氏❹出西王子朝，系屬漢御史大夫錯之後。祥符中，文元公以儒學入翰林，爲文章宗工。文莊公有經濟大志，參真宗政事，時稱名臣，晁氏之族始大著。公之曾祖迪，贈尚書工部侍郎，生宗簡，贈特進、吏部尚書。特進生仲參，贈金紫光禄大夫。公，金紫之第三子也。母公孫氏，贈永嘉郡太夫人。

公以熙寧六年擢進士第，授單州成武簿，遷瀛州防禦推官，知洺州平恩縣。官滿，授泰寧軍節度推官，知大名府莘縣事。以政和三年七月二十三日，卒于東都昭德坊之外第，享年六十八。娶梁氏，湖州德清令訪之女。男益之、觀之，州學貢士。同之，早卒❺。女長適泰州海陵縣丞滕伯奇，次適貢士翟光弼，次適河南府司工曹事馬承休。孫男四人：公榮、公采，餘幼。女二人，在室。

平恩並大河，歲虞決溢。公始至，諭民具菑石，謹防堨，增培卑薄，疑若無事而擾者。元豐末，果❻決小吳，浸數州，獨平恩百里，耕稼自給，民至今思之。在莘❼縣時，嘗董役河上，告戒明一。會頓舍不便，號丁夫夜徙，部數十人，各以隊行，無敢譁閧，旁縣不知也。朝廷行保伍法，以寓軍政。都❽閱武人，急上功，約束苛冗，詾詾謀變，語聞於外。公方視邑事，馳馬入行間，揮軍大呼曰：『離立者，當斬！古者教民戰，使守望相助，以保其家。今小不忍，先自棄首領，如父母妻子何？』咸❾感泣悔罪。部使者疑公掠功邀福，招以他事，坐預支公錢，從私貸法，奪官罷去。流泊淮上，寓僧舍中，箔門風雨，藜羹不屬，抵掌談笑，豪氣故在。後數歲西還，稍經理生事，寖饒於財。分窮赴急，惟恐不及。客至飲酒賦詩，放浪終日。平居杜門避聲跡，常困畏不若人。方歲大飢，棄小弱道上，遣人購斂，飲食薪絮，澣沐負抱，一如家兒。寖長，物色所生，歸之。

先特進葬開封，屬河漲侵嚙，幾壞阡壠。金紫公嘗語諸族改卜，未暇，公誌其言，一日告於廟，禱以先志，神寔許之。自鉅野徙行四百里，奉其柩以歸，定於金紫之東，曾太夫人從焉。或曰：『古不修墓，今遷之，何也？』公曰：『孝子之葬其親，不忍土侵膚。不幸棺槨腐敗，委諸水中，亦何心哉！使聖人復生，必從吾請矣。去下濕，宅高原，子孫纍纍相依，歲時灑掃合食，正吾祖之志也，又何罪？』議者然之。

族弟以醉毆人傷，後以疾死，傷家挾仇，訟是鬭殺，持甚急。公召其兄，諭以引醫爲對，遂從流議。平生嗜佛書，暮年一意歸宿，口誦手録，皆要妙語。夜卧，目有圓光，家人驚之。公曰：『先文元公修清净惠，得無礙觀，每有此相，今不知何祥也。或出於情想爾。』

公爲人博學强記，氣韻爽拔，爲文清嚴，雅自負，不以勝人。喜道人善，如味膾炙，與人交，開露城宇，窺其中，不見藩鍵。遇事見理明速，必奠⑩而後發。論人材，取大致可法，不及所短。有文集十卷，藏於家。嗚呼！斯人已往矣，不可作也。予既以詞哀之，今又銘其墓云。銘曰：

天之生材，有命在人。乖睽合逢，孰職⑪其均。我之將行，或授之手。我行遽顛，孰排於後。枯楊不春，稍復芽蘖。雷風呼嘘，幹拔何日。太阿久幽，蒙面塵穢。既發其光，一折不試。滔滔大川，有艎有舟。獨不能濟，卒非人謀。力善自我，如表斯植。影寔隨之，何有迷滅。一氣回薄，不虧不成。既往不待，後者其迎。

【校】

❶味經書屋鈔本、陸跋鈔本、無跋鈔本、文津閣本『履』作『衣』。

❷味經書屋鈔本『趺』作『蒂』。

❸無跋鈔本、味經書屋鈔本、陸跋鈔本『暍』作『暍』，文津閣本作『渴』。

❹無跋鈔本、文津閣本、味經書屋鈔本、陸跋鈔本『氏』作『名』。

❺無跋鈔本、文津閣本、味經書屋鈔本『早卒』作『長卒』，陸跋鈔本作『掌早』。

❻味經書屋鈔本『末果』二字顛倒，誤。

❼底本作『華』，『莘』據《全宋文》改。

❽味經書屋鈔本『都』作『督』。
❾無跋鈔本、味經書屋鈔本、陸跋鈔本『咸』作『忍』。
❿味經書屋鈔本無『奠』字。
⓫文津閣本『職』作『識』。

樂静集卷二十九

吴彦律墓誌銘

公諱瑄字彦律，纍贈太師、中書令諱文祐之曾孫，將作監致仕、纍贈金紫光禄大夫、太師諱懷德之孫，資政殿大學士、贈太師、封秦國公、謚文肅諱奎之子。母趙氏，追贈冀州太夫人。繼母張氏，纍封鄆州太夫人。世❶家北海，自文肅葬汶，後爲汶❷人。公以文肅遺表恩，補將仕郎、秘書省正字。既冠❸，調監徐州酒税。元豐官制行，改承務郎，監鄒鎮。有巨盗過境上，聞公仁而愛人，相戒不可犯，束手以去，就遷承事郎。會哲宗登極，遷承事郎，權齊州長清縣。地大事叢，素難治，吏以公貴人子，頗易之，公漫不省。前此，囚❹纍纍月不决。一日，躬自引訊，量罪傅法，隨决遣之，牢户一空。旦視事，訟者喧沓塞堂下，涉筆批解，人得其情，叫抃出縣門去，吏惴惴負壁立，無敢旁睨。舊令玩弛，積弊頽委，具條目戒告：凡警偷束姦，直冤恤隱，先後張下，人畏之如神，號曰『日新』。父老至今思之。丁母夫人憂，免喪，遷宣義郎、簽書護國軍節度判官公事。

張太寧提點陝西刑獄，人憚其嚴，州縣望風求勉。既至，檢法官、通判、河東令皆以病告，公獨舉一府事，比次酬對，各有條理。太寧嘗駁部❺中具獄，委公審閲，公曰：『以人命迎上官，指顧如幽責，何力分明之？』張始大悟，即日表薦于朝。資政蒲公宗孟知府事，以前執政自重，操下甚急，凡參佐治事，須晨入暮歸。公曰：『吏奉公無曠，不得恤其私，情未安也。』欲移病去，使者重其節，使按事他郡。蒲去乃還，終不爲屈。檢法官倚文生事，侵詆府屬，嘗語人曰：『萬一案牘出入，不當法意，必摘聞上。』公寄聲謝之曰：『律令餘事爾，輕重自有理，何至失入？如以出得譴，無悔也。』府有疑獄，公出力平反，人謂不寃，亦不自爲功。

資政范公百禄繼至，每付以綱紀。公才高，尤務大體，嘗請於范公曰：『府所以督縣也，令偷脱避事，屢求决於府，府爲追呼，以擾鄉部，是守常代令治也。當戒諸邑，各事其事，毋故不警以自幸，更有罪移，令痛懲之。』范行其言，境内大治。以通直郎、通判保德軍。今❻皇帝即位，以恩轉奉議郎，賜五品服。遷承議郎、通判永寧軍。民有訟財者，躁狠失辭，當置于法，公命易牒，責其償以出。是時河北方更制樓櫓，公獨請樞府，願少緩期責，庶益堅久。遷朝奉郎。大觀元年，年五十四，上書請老，乃以本官致仕。

公少有大志，剛梗喜有爲，欲卓卓自見於世，嘗上書論河東轉輸便糴利害，皆天下大計。於書無所不讀，論歷代治亂，纚纚不倦，至古人氣節不撓處，輒抵掌歎激。爲文渾厚敏給，雅自好，亦不苟作。撰《南郊大禮賦》，典麗雄富，人皆稱之。嘗有郡太守喜文士，登樓燕集，曰：『快哉此風！』屬公聯賦，辭氣警拔，一坐盡傾。終身不求人知，以義自信，雖聲齬不合，裕如也。所與遊皆一時名卿，交口稱薦，宜備獻納。退處閭巷，不登公門，不道官府事。客至，酌酒賦詩，隨意取適，悠然終日。退而窺其私，則蔬食不充，不以爲病。

王氏寡姊，寢疾纍年以亡，奉養送終，無一不具。又買田以活其孤。中外有不能自存者，多賴公以濟。八寶覃恩，遷朝散郎。又詔許致仕官得再仕，諸公❼欲强起公，稍治資産，以託身後。公曰：『吴氏世清約，自文肅公貴，未嘗買屋以居，獨有故書在，乃亡業田也，食於斯足矣。不然，徒爲人書券爾。』

性至孝，自奉甚薄。祭享之具，尤務豐潔。晚年不堪事，必扶力薦酌，率子弟執禮唯謹。同時僚友，多在高位，未嘗敘契闊。有就見者，送迎如平日。或誚其太簡，公曰：『彼以知我故來，今吾亦故吾也，復何貶焉。』忽夢文肅公曰：『汝眉目疏秀，陰德在人。』已而得疾，即以後事飭諸子，且曰：『先公有大功于王家，不幸年不得下壽。小子庸弱，不能紹發緒餘，苟免罪戾。而過先公之年，瞑目奚憾！』病再閱月，起居如平生，至斂手足不亂。以政和四年十一月戊寅，終于正寢，享年六十一。五年正月丁酉，葬於東阿縣魚山鄉孟柵村文肅公之兆次。公有文集二十卷。

室人吕氏，先公五年卒，賢而有禮法，公所恃以爲助者多矣。八男子：紹，京兆府法曹參軍，早卒；結，將仕郎；繕，文林郎；給，通仕郎；絅、緬、綜、縯。一女，適射法令張子定。孫男女十有八人。公善教子，簡嚴有法度，結、給繼以經術擢第，繕、絅、綜貢辟雍，其餘子與孫，皆幼有立。余嘗聞：自昔有陰德者，必得其報，至高其門以待。信不虛矣！公之餘澤，固未艾也。將葬，結以狀來求銘，爲之銘曰：

士以學行，志則愛日，不謀其身，維以始卒。我車既堅，服馬云邁，中道而休，亦保我載。有德在人，而命不厚，惟德不亡，乃自爲壽。譬彼嘉穀，既種其實，生之又生，百世之食。有蕃子孫，克配其澤，山迴水長，於此歸魄。

【校】

❶底本作『亡』、『世』據文意改。

❷底本作『汝』、『汶』據文意改。

❸無跋鈔本、陸跋鈔本「秘書省正字既冠」作「秘書雀正既字冠」，文津閣本作「秘書省正字未幾」，味經書屋鈔本作「秘書雀正既字冠」。
❹陸跋鈔本「囚」似作「因」，誤。
❺味經書屋鈔本「部」作「郎」，誤。
❻「今」，或係「皇」字前留白添補。
❼無跋鈔本、味經書屋鈔本、陸跋鈔本「諸公」二字顛倒。

傅主簿墓誌銘

君諱思齊字至之。遠祖良弼，仕唐，歷沂州刺史。其先清河人，皇朝初，遷徐州豐縣，又遷單[1]州魚臺，今[2]爲魚臺人。曾祖贍，教授鄉里。祖圖，隱居，喜浮屠學。父永錫，以治産起家。三世皆不仕。君永錫之次子也，樂易有常行，好義甚篤，與人久而益親，人以善事歸之。

會河决澶淵，經費未給，君曰：「畎畝不忘君，卜式獨何人哉。」因輩薪芻千萬，願濟其役，朝廷嘉之，授太廟齋郎，調劍州梓潼縣主簿。以母老無壯子弟就養，不赴。未幾，母卒，號毁屢絶，幾不終喪。服既除，或勸從仕，君曰：「家世仕族，不幸緒業中墮，轉而爲民。吾志學無所成，且復孤弱，無力起門户。歲時徭賦，吏作威持[3]檄訴呼，當關不置，竊耻之。今日舉手板長揖，縣令史過庭下無或睥睨，子弟去丁籍免給事公上，自幸多矣，不願仕也。家君無奔走自效，猶能坐里門勸人爲善，裨風教萬一，無苟也。」

元豐間，大河復溢，横流入東部。邑有舊防，連絡數十里，吏玩不治，墝缺非一。水將至，居人大恐，編木浮甕，逃死甚急。君部家僮數十人，荷畚鍤，號之而趨，從者如雲。面水衝立，舉杖指呼，人百其力，不數時完塞，隱然無虞，脱良田數千頃。老幼遮君拜道上，曰：『微君之賜，廬舍家墓，盡爲江湖，吾將鼓鬣而遊矣。願以功聞上。』君曰：『守望相助，不敢不勉。今日之幸，天也，吾何預！』

紹聖間，將舉大父葬事❹，考卜既宜，而地並山，行徑窘澁。方秋成，不敢轥民田出入，父老知之，遽請君曰：『同社小人，飲君之惠爲久，今遠日將至，不能委拱把粟，爲挽翣除道，是無義也！惟便宜自擇。』復戒僮奴曰：『異日，無得縱放❺馬牛踐塋域百步，無得輒入中林彈射。』至今松檟修鬱，過者曰：『此必傅氏阡也。』

合一門百口，資産稍立❻，不以豢養敗子孫。即所居闢十數楹，左右圖史，命布席危坐，執經誦習。『以厚隨計，上玷奏籍一名，歸過閭巷，吾當以一尺之面見鄉人，此其志也。邑人不甚喜儒，患無以倡之。距居數里有馬先生之祠❼，人莫知其爲東漢融也。君齊潔汛掃，具樽俎，躬薦獻，羅諸兒拜庭下，觀者如堵。退而嘆曰：『先生以高才博洽，爲世儒宗，今敝里獨無其人，患不爲爾！』後生聞之，競警激，日奮事業，嶄然自見者多矣。

奉職和育，大理少卿王振姑之子也，幼孤母老，窮不能活❽。振移書託君，君爲治居室，料理生事，衣食以給。育既長，以女孫妻之。賓州從事王汝輔娣之夫，冒瘴死，旅殯道傍，久不歸骨。厚資遣其子，行萬里，扶柩以還。四方遊士聞義而至者，授館餼如在公府，舉匕箸堂上，如集鳧鴈。有所假求，不以厚薄無倦。窮冬大寒❾，羸老行乞，顛踣衢路，爲屋收之，薪火衲絮，糜糗飲藥，人與之足❿，歲得活者幾百人。

晚益喜聚書，好賓客，飭庭樹，茂林修竹，日涉成趣，酌酒笑語無虚日。天章閣待制李公師中，自汝往來，屢從宴飲，嘗有詩曰：『門無俗客盡清陰，家有藏書敵萬金。』益稱其雅尚。户部侍郎馬公點，與君同郡，平昔甚歡，既貴，君不爲俯仰，相遇如布衣時。後其子以訃聞，馬公歎曰：『自爾輕施重義，樂於爲善，與人無間，不易得如此人矣。』治門内，謹約束，無寸紙一辭干縣令。與人情義明白，人亦不忍欺。鄉鄰有鬭訟，先質於君判可否，爲解譬以理，往往毁牒而去。嗚呼！信可謂一鄉之善士矣。

元符三年九月三日，以疾終於家，享年七十七。娶宋氏，先君十三年卒。男六人：偕，舉進士；攸，將仕郎、德州司理參軍；伸，鄉貢新科明法；價，左侍禁；伱❶，敕賜青州助教；佺，鄉貢進士。女六人：長適宣德郎吴彦，次適鄉貢學究閆友直，次適進士李衮，次適進士李郊，次適通仕郎陳壬，次適登仕郎向澐。孫男十人：激、洵、涇❷、洙、深、漸、泂、沂、濤、洞，皆舉進士。孫女十人，皆歸士族。曾孫十三人，尚幼。德善之報，方逶迤衍慶❸，未易量也。將以政和四年七月十一日，葬於魚臺縣高平鄉東單村之原。佺以狀來乞銘於予，爲銘曰：

士不苟作，或以見己，所願既薄，求可而止。善善及人，何必曰仕？身則不酬，惟後人之祉。

【校】

❶底本作『覃』，『單』據無跋鈔本、文津閣本、味經書屋鈔本、陸跋鈔本改。

❷味經書屋鈔本『令』作『令』，誤。

❸底本作『特』，『持』據味經書屋鈔本改。

❹無跋鈔本、文津閣本、陸跋鈔本『父葬事』作『交襄事』，味經書屋鈔本作『□襄事』。

❺無跋鈔本、文津閣本、味經書屋鈔本、陸跋鈔本『放』作『風』。

❻味經書屋鈔本、陸跋鈔本『立』作『𠀋』，無跋鈔本作『丘』。

❼無跋鈔本、味經書屋鈔本、陸跋鈔本『之祠』二字顛倒，誤。

❽底本作『幼孤老窮不能活』，『幼孤母老窮不能活』據無跋鈔本、文津閣本、味經書屋鈔本、陸跋鈔本改。

❾底本作『塞』，『寒』據陸跋鈔本、味經書屋鈔本、文津閣本改。

❿底本作『卒』，『足』據無跋鈔本、味經書屋鈔本、陸跋鈔本改。

⓫味經書屋鈔本『伱』似作『倆』。

⓬『淫』據味經書屋鈔本、文津閣本補。

⓭無跋鈔本『逶迤衍慶』作『逶迤衍』，文津閣本作『委迤綿衍』，味經書屋鈔本作『委迤衍緒』，陸跋鈔本作『委迤蔓衍』。

吕正臣墓誌銘

君諱規字正臣，世爲兖州萊蕪人。曾祖日新，故任駕部員外郎。祖旬，教授鄉里，故不仕。父孜，故任淄州司法參軍，妣楊氏。君性嚴重簡默，若不可親者，人樂與之交。事父母盡愛以順，待❶其兄内外無間言。博學工文，不❷專記誦，務曉大意。此所聞大槩，嘗爲人稱重者。竊考其狀，參以本末，信乎一鄉之善士也。

司法君棄養，門内幾百口，飲食被服滋窘。一日，兄弟合食堂上，議所以託，君獨進曰：『斯事不敢以詒兄憂，請任其責，稍經理生事。異日餬口四方，棄廬舍，去墳墓，妻子流散，復何面目望魯[3]東門乎？』乃募工徒，斬木鍛鐵，制器利用，視他工尤精密。人人予一[4]，己獨予三；人出取三，我獨取一。凡東州之人，一農一工，家爨户㸑，其器皆吕氏作也。

會官議收榷[5]，君盡其齊量作程，利害嬴約，一切并歸之。語其族曰：『吾家世儒學，非殖貨者。方禍至艱急，日計不支，倒行逆施，何暇擇去就？昔一疏食，今兼肉矣，昔歲無褐，今重裘矣。祭祀以時，嫁娶如禮，賓至有館有餼，可以言義時也。不爾，使後生輩貪得争利，挾氣犯法，前日之積，正爲獄吏資爾。』因大闢館舍，要致一時名士，與群從游，以經術講習，稍預鄉舉。鄉人貧病不能出門户，婚葬失其時，四方遊士顛頓道路不得歸，力振翼之。

一日忽得疾，子弟左右侍，告曰：『汝知所學，又知所以爲善矣，美名高爵，行可自致[6]。吾少也困賤事，爲力不暇，比幸栖遲田里，庶幾見汝輩冠蓋入吾門，時有顯者來，布[7]衣無憾。嗚呼，歲不我與，吾今往矣。東臯有黍，亦既播之。汝食汝收，惟力無惰。』元符三年五月十八日，終於正寢，享年四十八。君先娶王氏，兖州朝散郎天錫之女，先君十一年卒。繼室閻氏，濟州承議郎仲約之女。男三人：長曰黄中，秉義郎，前淄州長山高苑兩巡檢；次早卒；次師中，縣學生。女二人：長適郡貢武士孔盤，次適鄉貢進士梁元忠。孫男二人：曰澄、曰淳。孫女三人，在室。

政和六年十一月十三日，葬于萊蕪縣朱郭村孝婦原。師中來乞銘其墓，爲之銘曰：

士不世官，或窘家食。養祭不供，惟子之責。厥初艱憂，承父之蠱。我幹我謀，乃復用裕。數粒量帛，不資其餘。他人阨窮，温飫與俱。好義則榮，知足不辱。磨之友師，俾自求福。富貴利達，天寔爲之。詔爾後人，亦既有詒。

【校】

❶無跋鈔本、文津閣本、味經書屋鈔本、陸跋鈔本『待』作『得』。
❷陸跋鈔本『博學工文不』作『博學守約不』，文津閣本作『博學約文不』，味經書屋鈔本作『博學士約文』。
❸味經書屋鈔本『望魯』二字顛倒。
❹無跋鈔本、文津閣本、味經書屋鈔本、陸跋鈔本『人人予一』作『人入予一』。
❺底本作『擢』，『榷』據無跋鈔本、文津閣本、味經書屋鈔本、陸跋鈔本改。
❻底本作『知』，『致』據無跋鈔本、味經書屋鈔本、陸跋鈔本改。
❼無跋鈔本、文津閣本、味經書屋鈔本、陸跋鈔本『布』字前有一『死』字。

宋故益州路諸州軍水陸計度轉運使直史館護軍賜紫金魚袋贈尚書工部侍郎李公神道碑

公諱某始❶，系出隴西成紀，後爲齊州金鄉人。曾祖某、祖某，襲儒服，恬晦不仕。父某，閒居讀書，教授鄉黨子弟，無求於人，人敬其有德，纍贈度支郎中。公，即度支之長子也。幼聰警篤學，有大志。初七歲，日持一卷書置几上，若有所思。群稚戲走，不顧。未晡，已默記數百言。或問之，頗曉大意。度支異之，曰：『大吾門，必此兒也。』

景德三年，以明經中第，釋褐爲陳州司户參軍。未幾，丁度支憂。終喪，再調沂州沂水尉。舉進士試禮部，偶不如❷格，公曰：『學行之上也，安用虚名？』遂棄場屋。以祖母喪去官，服除，授開封府考城縣主簿。歲大飢，朝廷責❸尹擇良吏賑給，尹狀公治行應旨。公躬行饘粥，授病者以藥，朝暮數問勞，如其家人。得活者數千人，相率謝公曰：『父母生我，能脱吾死者主簿也。世爲牛馬，以償不稱。』感泣再拜。公卿❹間由是知公有仁術可用，薦充大理寺詳斷官。每議獄，必平心定氣，審閲數十，然後麗法。法一定，慘惻終日，得從輕議，喜見顔色。暇日，一切罷造謁，惟學是務。客至，相與論天下事，纚纚然忘倦。皆愛其有廟廊之器，而不知其爲法吏也。

祥符中朝廷無事，四方奏符瑞，上方❺喜弄翰墨，圖繪太平。公作《祥源觀賦》，誇麗詼詭，放蕩排騁，幾數千言，卒之以法度，并奏疏以獻，上喜納之。改太子中允，簽❻書通州，判棣州。知達州事，並山無井，負致良苦。公破竹、架霤泉注城中，人不病汲。尋遷萊州。膠東之士喜誦數、略文義，公召郡之秀民，日與講解，執經坐堂上者滿席。因奏增歲貢，朝廷從之，自是萊之學者，數倍他郡。有大姦李翼，挾貲長雄，肆奪爲不法，陰拾吏短長，掣其手，使不得鉤擿。一日潛縛致庭下，件責其罪，黥竄遠方。人聞之，舉手加額，嘆公神明。歲終，考課第一。

撰《天聖策要》四十篇，奏於朝，其言感慨，切直中事，情願急世用五穀、絲枲，以治飢寒。仁宗愛其才，召試舍人院，賜進士第。改屯田員外郎、提點成都府路州獄。代返，擢三司度支判官，上殿賜金紫，出爲江西路轉運使。夏賊擾邊，調度方窘，公以本道羨錢二十萬助軍費，賜詔獎諭。移淮南，未行。徙兩浙數月。除成都路，遷工部郎中、直秘閣。會雅州有巨獄，罣挽數十人，吏滋不決。公夙駕馳險，行五日至。

屬道已感病，至之日遂卒，享年五十九。

公爲部使者，務從大體，去苛急[7]，訊獄平恕，不喜深致人罪，而示己精明。治財有本，未嘗操智數掊克，以斂民怨。前後兩使蜀，人狎其愛。訃聞，官吏慟泣，居民爲之罷市。公以愷悌待物，而處己莊重，故人樂其易親，而畏其不可犯。薦吏幾三百員，始疑其闊略無節，後自州縣躐美官，班班有名績，時論稱其知人。居家清儉，不妄笑語，不飲酒。俸廩所餘，不以入門内，周乎族姓之貧者，以立[8]嫁娶。

平生嗜好，一寓之墳史，有餘力必論事著書，不以世不知自廢。古今之治亂，聖賢之出處，强國乂人，治身修性，其言易知，與道同貫。至於涉世應事，得喪悲樂，吟詠情性，發於所感，寬而不迫，樂而無怨，有古詩人之作焉。凡論策章奏爲卷若干，雜文、古風、律詩爲卷者若干，櫝而藏之。異日諸子白大人，請治資産，公推櫝示之曰：『懷此待價，利不貲。能行吾言，當知[9]吾不負汝。』後三十年，子孫涖官行己，皆有能名，通朝籍者二，爲郎者三，舉於鄉者，連以文藝中第。公之言益驗[10]。

一時名士大夫，遊公之門者，多在高位。范蜀公鎮、石公揚休，皆布衣時從公講學，後致身禁從，爲時名臣。公獨奔走四方以死，命也。以某年月日，葬公於某之原。公娶扶風馬氏，宜家有令德，先公四年卒。男四人：長曰群，終國子博士；次曰安，郊社齋郎，早亡；曰牨，右朝奉郎、知成州；曰衆，終右承議郎。女一人，早亡。孫男十六人：公壽、公度，並終虞部員外郎；公約，監處州松陽縣高亭場；公淵、公裕，舉進士；公祐，以進士中第，萊州萊陽主簿，皆卒。公濟，進士出身，隰州隰川縣尉。公立、公忠、公才、公敏，未仕。孫女十人：長適秦州司理閭丘珪，次適晁損之，次適張斆，次適卞之美，次適劉師文，皆舉進士。次適廣濟軍定陶主簿崔翰，次適隰州司法魯永安，次幼。

朝奉君狀公行事，求文於某，晚進竦聞緒餘，敢不從命。謹考次先後，爲之銘曰：

士孰不學，寡見淺聞，富哉李公，涵養有源。取之其身，經世道民，器大用狹，而感子言。歲不我與，遺諸子孫，餘波渾淪，仕學滿門。左陽之西，爲公兆阡，人望松櫝，正其衣冠。死亦腐骨，其人若存，命也不厚，德名則尊。始終業履，有考斯文，大書端首，以覺後人。

【校】

❶無跋鈔本、陸跋鈔本、文津閣本『諱某始』作『諱某子』，味經書屋鈔本作『諱某字』。

❷味經書屋鈔本『如』作『入』。

❸底本作『貴』，『責』據文津閣本改。

❹味經書屋鈔本『卿』作『鄉』，誤。

❺無跋鈔本、文津閣本、陸跋鈔本『上方』作『文王』，味經書屋鈔本作『文士』。

❻底本無『允簽』，據文意補。

❼無跋鈔本、陸跋鈔本『去苛急』作『法苛急』，味經書屋鈔本作『苛法急』。

❽底本作『助其』，『以立』據《易緯乾鑿度》『以立嫁娶之義』句改，無跋鈔本、文津閣本、味經書屋鈔本、陸跋鈔本作『而立』。

❾底本作『如』，『知』據文意改。

❿無跋鈔本、味經書屋鈔本、陸跋鈔本『驗』作『念』。

張純臣墓誌銘

君姓張氏，諱仲原字純臣，濟州鉅野人。纍世隱德不仕，自君之父鼎，始應科舉，以行義聞。君生數歲，學爲文章，時有動人語，諸老先生多稱之。嘗夜讀書不寐，其母爲起滅燭❶，戒之曰：『汝父饒於財，獨一男子，當資取如意，無自苦。』君曰：『學在致禄，將以顯親也，願從其志。』

既冠，舉進士，隨計上試禮部，不中。居家治館餼，厚禮知名士，問學日益高明。父得疾纍年，晝夜憂不交睫。既棄養，盡哀毁瘠，終喪不窺門内。一日，盡捨其科舉所學，慨然嘆曰：『禄不逮親，吾將何求！宜從吾所好。』即其居東南，闢地種松竹，中爲大堂，環壁架書，邀致儔好，論説終日。時載酒相勞，酒酣賦詩，人競吐奇，彈珠投璧，磊落相射，以此爲樂，人亦從之不厭也。

河朔大荒，民流亡❷，委幼弱道上，君悉養於家，飲哺澣沐，與家❸兒等。方春，物色父母歸之。餓者踵死，枕藉相屬，募人斂收，藏以大冢，羅食物弔饗之。召浮屠氏，用其法呪誦解祓❹，以絶祟厲。士貧乏無所依，飲食居室，隨所須必具。間假求折券，不問。至有閲歲月不能去者，敬勞如初。

平生好聚書，不計所償，掇拾數千卷，指以示諸子曰：『吾爲汝曹得良産，其利不貲。非金玉守，無替汝力。』晉魏以來迄於今，以詩名世者凡百餘家，往往成誦。至啓手足時，口不能吟，猶躡躡自喜。所爲詩僅五百篇，刻意杼柚非一日，故雅麗清遠，多古人不到處。嗚呼！可謂一鄉之良士也。

元符三年五月十七日，以疾終，享年五十，鄉人皆傷之。先有治命，語家人曰：『吾先君欲改卜高原，葬我大父，未幾寢疾，泣以付我。嘗恐奄忽，負先君語，爲恨無窮。不幸疾苦，逮今彌年，甫畢大事，若有神助。死生命也，又何憾焉。』娶錢氏，武肅王之曾孫，治内有法，後君五年而亡。子男五人：曰紳，三班借職；曰詢、曰績、曰綱，鄉貢進士；曰紹。女三人：長適鄉貢進士翟光弼，次適鄉貢進士王彤，一在室。諸孫二十二人：男曰彦輔、彦忠、彦正、彦和、彦遠、彦常、彦聖、彦誠、彦珪、彦回、彦覺、彦臨、彦能。女九人，並幼。崇寧四年，十二月二十一日，葬於吕村諫議鄉之原。并錢氏祔焉，從先兆也。

昔君之父就養子❺立，無他昆弟遊膝下，逮君年未四十，子孫已十數人，歲時拜堂上，鴈❻行進退。士族相語，以爲盛事。初閒居，不復筮仕❼，有相好者告曰：『君才過人，冀及壯時，拔身取高位，何爲泯没閭巷？』笑而不答。後鄉人去仕官，奔走四方，稍稍重名爵，憂傯疾病❽，其甚者顛頓流落，殆不能活妻子。君方幅巾林下，嘯吟傲❾睨，較其利害得喪，然後服君之高。大父以貲起❿家，獨君數散施，寖失生事。家人爲憂，益自信甚篤。

自君之卒，子孫皆力學，執經庠序者數人，其一升辟雍爲貢士。借使昔日侈居養，無一毫惠善及物，士大夫過門不入，後生輩無所睹聞，庸庸⓫怠惰，至於辱身敗門户，不能如今日自好無疑。此又知其賢於衆人遠矣。將葬，其子紳來乞銘於予，予與君晚同場屋，君之父又兄弟遊也，知君尤詳。爲之銘曰：

有美斯人兮好脩，滔滔不願浮我舟。館饌奉客日與遊，圖書潤屋後世謀。起贏掩露吾隱憂，黄金禍人無久留。千首不見東諸侯，從吾所好非所求。天寔抑之夫何尤？有泉在淵滿則流，前日種耘後日收，魚罔⓬之藏其可休。

【校】

❶文津閣本、味經書屋鈔本『滅燭』作『燭滅』。

❷文津閣本『亡』作『忘』，當誤。

❸無跋鈔本、文津閣本、味經書屋鈔本、陸跋鈔本「家」作「吾」。
❹味經書屋鈔本、陸跋鈔本「祓」作「拔」，誤。
❺無跋鈔本、文津閣本、陸跋鈔本、味經書屋鈔本「孑」作「子」，誤。
❻味經書屋鈔本「鴈」字後衍一「鶩」字。
❼底本作「士」，「仕」據文津閣本改。
❽無跋鈔本、味經書屋鈔本、陸跋鈔本「憂僨疾病其」作「憂僨疾疾老」，文津閣本作「憂僨疾老」。
❾無跋鈔本、文津閣本、陸跋鈔本、味經書屋鈔本「傲」作「鶩」。
❿底本作「其」，「起」據文津閣本改。
⓫無跋鈔本、文津閣本、味經書屋鈔本、陸跋鈔本「庯庯」作「扉扉」。
⓬味經書屋鈔本「岡」作「綱」，誤。

仁壽縣君藺氏墓誌銘

夫人姓藺氏，其先開封人，左藏庫副使宗道女，嫁供備庫副使木公，封仁壽縣。建中靖國元年十月十五日，卒於寢舍，享年七十一。

夫人性明慧，遇事有識，取乎中義，動有儀矩。閨門内外，雍容調一，而無間言。事其夫尤敬，未嘗忤辭色。木氏族大，無世貲，夫人既歸於其家，婚姻之助，出奩中物，無一毫吝嗇❶。疏服之貧者，撫存尤渥，不繼輒脱簪珥與之，察其意得而後已。

供備君方謀葬考妣，不幸病且卒，夫人曰：『人子之恨，莫大於此。使長夜不瞑者，未亡人之罪也。傾其篋，爲錢二十萬，卜得其地於祥符縣栢榆之原，奉姑舅以葬，并其夫從之。負土徒跣，以助封築，行路嗟惻。平居出納有度，儉以自處，冠婚祭祀、飲食服用，不謀於人，而皆以時具。仕者厲於官，學者强於業，女即其工，婦修其職。舂爨之賤，各運其勞，而不知化。

嗚呼，夫人之德，可謂賢矣。不幸長子早卒，哭之甚哀，寢疾累月。越明年秋，疾作如故，召諸子促致喪具，親舉佛事，衣衾之制，手自紉綴。疾寖極，告諸子曰：『吾嫠居守節幾二十年，綱紀家事，一日必葺，惟恐貽乃父地下憂。汝等方壯而立，且復有子矣，吾順化無憾。然克孝克和，以續厥宗，猶有望於汝也。』言竟而逝。以其年十二月二十六日，舉其柩歸於供備君之壙，禮也。

子男四人：長曰彦輔，右侍禁、監鄆州都作院，先夫人卒；次曰彦國、彦常、彦弼，皆舉進士。女一人，適右班殿直杜士宣。孫男三人：曰詵、曰謂、曰説，皆幼。孫女六人：長適三班借職路扶，次適進士柴貽序，餘在室。余事夫人爲小功尊，而蒙愛尤厚。知本末甚詳，故爲之銘曰：

夫人之德，寔母婦師。内明外正，不介以私。於義能果，霈然克施。孤嫠立家，有養有歸。所願既獲，知死不疑。木世風顯，迨今則微。惟德可作，祉禄具依。尚爾後人，勿替爾思。

【校】

❶無跋鈔本、文津閣本、味經書屋鈔本、陸跋鈔本『吝嗇』作『閉啓』。

樂静集卷三十

壽安縣君卞氏墓誌銘

夫人姓卞氏，嫁爲故比部郎中陳公仲孫之妻，封壽安縣君。元祐二年五月十五日，以疾終。其子以五年正月十九日，葬夫人於齊州長清縣和平鄉千秋里潘封之原，從比部公之兆。前葬，狀其行求銘於予。因其事爲之銘曰：

卞曹叔後，莊以勇聞。壼晉侍中，忠孝一門。後家許昌，仕宋滋顯。震名能詩，終督郵掾。衮尚書郎，咸太府卿。贊計主漕，以風力稱。三世有庸，善德垂裕。是爲夫人，曾祖祖父。夫人幼警，姆傅不煩。言動有度，德容閒閒。母多子男，獨保女厚。孰無姬妾，願得爲婦。求儷君子，以矢其音❶。鳳凰❷鏘鏘，盍歸于陳。陳世大門，屬有疏密。緝柔惠恭，好我如一。治内有政，如吏治官。義不私己，人無間言。比部守綿，民阻凶歲。傾禄哺飢，後日不繼。請出奩具，以收殆貧。婦無外事，我寧忍人。旁孤無天，覆護猶己。冠笄聘婚，備物如禮。不幸中寡，克艱于家。四方田桑，罔有蘖芽。率身布蔬，履儉時力。弗謀于親，有祭有食。以善教子，子不廢書。論世辨物，霈然士夫。感疾告終，命諸子侍。汝父汝承，不惰吾慰。壽六十九，物數所難。天胡嗇斯，而不百年。實生三子❸，惟燮冢嗣。爲州掾曹，少官蚤世。度敏爲吏，今於須句。唐孝友聞，始登薦書。長女亦夭，幼有良配。齊之儒冠，公輔周氏。林林諸孫，綽有令姿。二女稚孩，五男學詩。陳氏之先，餘澤未匱。夫人緝之，其後必大。清源之南，體魄既歸。邦人式瞻，我母婦師。里名千秋，世藉厥祉。亦既有孫，孫復有子。

【校】

❶底本作『言卜其因』，『以矢其音』據味經書屋鈔本改。無跋鈔本、文津閣本、陸跋鈔本作『言十綦因』。

❷味經書屋鈔本『凰』作『皇』。

❸無跋鈔本、文津閣本、味經書屋鈔本、陸跋鈔本『子』作『年』。

察推閻公行狀

公姓閻氏，諱某字某，濟州鉅野人。其先世見於歐陽文忠公所撰《贈兵部侍郎曾祖某之神道碑》。祖某，光禄少卿。考某，贈衛尉卿。公少喜讀書，未就舉，以光禄恩補太廟齋郎，主濟州鄆城縣簿。臨政明速，嚴約束，不妄笑語，吏持文書，踧踧進退，庭廡肅如也。

邑壤素膏沃，屬歲大登，勸民裒穀萬斛。越明年，旱災，民不飢，多賴公以活。改京兆司理參軍。故相晏元獻公以年位持重，罕出治府事，僚吏稟白，遣親校報可否。小人因緣紉閉中外，擅移事，莫敢與辭。公庭叱之，堅請入見，因從容請元獻公曰：『朝廷倚尚書勳德鎮方面，執事之吏欲日望風采，承教命以布威惠。今使之整冠斂版，聽指顧於小校，其如人望何？』元獻公曰：『微君，孰教我。』翌旦，語坐客：『閻君骨梗有識，異日不可量。』遂薦於朝。太師潞國文公繼領旄鉞，會邊邑小警，須輕車數百乘，期令頗急，議者惶畏。公以術克[1]致，三日而足，潞公愛其才，每異禮之。

鄠縣有富民甯勝，酗酒毆人，知其必死，紿里人張存曰[2]：『是嘗惡言詬汝，今可逞。』存不察，毆之致死[3]。縣索賊，勝[4]扳[5]存以告，吏受賕狂蔽[6]，具其獄上於府，存不能自明。公測[7]知之，卒正其罪。或有譽[8]公者，公曰：『出一人死，非以邀陰惠，但理官之責當如此耳。』治獄平反，皆此類也。遷光州軍事推官。秩滿，將改官，坐簽書不當，黜[9]兩資。再[10]調洋州觀察推官。以治平二年五月十二日，卒於官舍，享年四十六。

始，衛尉棄諸子，婦人王氏[11]性[12]行嚴正，躬自教率，仕官皆有立。公尤以篤孝聞，衆兄卒，事寡嫂盡禮。嫂亡，育其孤如己子，族人亦不辨也。在仕十年，所至有聲，上官多薦其才。若元獻公、潞公、彰德太師王公，皆深相知。不幸坎壈，未究所施，遽褫其壽，非命也夫。初娶孫氏，繼室夫人任氏故參政安惠公之姪孫。男一，女一。男某，舉進士。女適某，官某。孫男三人：曰某，曰瑀，曰瑾。

【校】

[1] 無跋鈔本、味經書屋鈔本、陸跋鈔本皆無『克』字，文津閣本作『招』。

[2] 無跋鈔本、味經書屋鈔本『曰』作『日』，誤。

[3] 陸跋鈔本『致死』作『死』。

[4] 無跋鈔本『勝』作『朦』，味經書屋鈔本缺。

[5] 無跋鈔本、文津閣本、味經書屋鈔本、陸跋鈔本『扳』作『版』。

[6] 底本作『誑舉』，『狂蔽』據文意改，文津閣本作『枉舉』，味經書屋鈔本無此二字，陸跋鈔本似作

「狂詈」。

❼底本作「側」，「測」據無跋鈔本、文津閣本、味經書屋鈔本、陸跋鈔本改。

❽味經書屋鈔本「譽」作「訾」，陸跋鈔本作「吝」。

❾無跋鈔本、文津閣本、味經書屋鈔本、陸跋鈔本「黜」作「出」。

❿無跋鈔本、味經書屋鈔本、陸跋鈔本「再」作「舟」。

⓫底本無「氏」字，據文意補。

⓬文津閣本「性」校作「姓」，當誤。

趙知録墓誌銘

君諱滋字道卿，其先趙之平棘人，後三世葬滏陽，從其族居焉。曾祖昉，太子中舍。祖盛，太子中舍，贈都官郎中。父祐，殿中侍御史、三司户部判官，以鯁亮通紿，爲時名臣。慶曆中，棄養京師，君年十二，護其喪以歸，哀毁如成人。

以侍御遺表恩，授太廟齋郎，起家深州安平主簿。民力薄，歲役河上，多竄避、違約束，令數以累去。君時并饒陽郡分，人謂君少怯必敗事。逮功休，無一人私潰者，歡呼從君。太守晁公仲約始器君，以爲可用，薦于朝。遷蜀州録事參軍。永康有重囚，具獄上，君疑其冤，白守請勿治。守怒曰：『吏敢以私意變獄耶？』君曰：『特不敢妄殺人耳。』會部使者始至，引訊不復者，君造前輒分明之，叱君立庭下。時天大寒，故不問，君徐曰：『奉法無狀，願付吏以先屬。』部使者知不可屈，出濫繫者三十餘人。

調淮陽司録參軍。到官，丁永寧縣君母氏憂，遂家於下邳。服除，授湖州歸安主簿。歲大水，田里被害。資藉高者安鄉白給❶，得以時訴免常賦，窮下轉徙失期會，幸而復業，里胥追責如數。君邀令行境上閲寔，録未免者請於州，州達于轉運司。使者罪令丞姑息虧公上，非法當劾。時李公擇知州事，喜君强直，爲君報曰：『縣爲朝廷申惠澤，不可劾。』竟如所請。官滿，授漢州録事參軍。將行，謂其家人曰：『吾老矣，安能俯仰上官眉睫耶！蓬廬豆粥，以終天年，吾所願也。』竟不行。

侍御公先葬滏陽，負大河，歲苦沮洳，改卜于下邳新安里，葬云吉，歲月或逆。未幾，君得疾，且有治命，召諸子曰：『死吾所歸，獨先壠未安，恐終不得瞑，無以逃冢訟。汝輩勉之，無吾罪。』翌日遂卒，寔元祐二年三月二十九日也。君四娶：張氏，孫氏，晁氏。晁爲東州望族，夫❷人即比部郎中仲淵之女，以其家法，治内甚宜。皆先君卒。朱氏仁淑，善安恤其孤。男四人，舉進士，曰崇厚、曰崇烈、曰崇德、曰世雄。世雄力學，早亡。崇烈，大觀初以行藝貢爲辟雍生，後君十七年卒。女二人，長適進士朱訓，次適進士朱仁美。

君幼奇穎，通《左氏春秋》，博覽史傳，務曉大意，間爲小詩，以陶寫情性。爲人倜儻明給，内外洞達，人初未知，一聽其言，不復自外情臆。赴人急難，如救焚溺。嘗以事抵京師，繫舟河次，夜聞哭而哀者，訪之，乃船商載泉上供者。河水五十❸日，糧既絶，行者不保，皆竊取散去。謂君曰：『吾非死無以塞責，念家在遠鄉，寄哀一别。』君聞之，憫然曰：『倒吾槖中，冀得五百千，可紓君之急。勉自持，廬社在目中矣。』商得之，悉償於官，遂以無罪去。旅食安業坊，舉子楊澤與君同巷，流落不得歸。有小人誣澤負百千，訟于官，拘守甚窘。忽暮夜來歸，君一見，知非終窮者，乃潛脱之，與同載歸。澤涕泣愧謝，君曰：『吾非俠也，特哀君之窮耳。君自有命，故吾謀得行，吾何與焉。』後五年，澤登丙科，來訪君，而已亡矣。水部郎王謂被召，已促駕，妻病亟，將委其家以去。告君曰：『吾兒弱，萬一失所恃，恐不能葬。將如何？』君曰：『此吾責也，第❹行無恤。』數日果卒。君時亦卧疾，匍匐以往，親爲理凶事，皆如禮。遊士無託，每衣食之，客至飲酒，笑歌徹旦。家事有無，不問也。

嗚呼！正色屈人，好義能男，如君不可多得。不幸無勢以行其志，數見於里閭之小節，然亦中材所慕，薄夫鄙人畏而化者也。崇厚將以某年某月日葬君於新安，自侍御而下六喪同舉，奔走四方，以經大事。余昔從君遊最久，又喜君之有子也，爲之銘曰：

剛決不詭，可以任大事。振急如己，可以惠百世。天不攜其志，誰毀誰譽。曰放以娱，其窮於天，而達於人者歟！悲夫。

【校】

❶『白給』二字，或爲『白給』之誤。
❷味經書屋鈔本『夫』作『天』，誤。
❸無跋鈔本、文津閣本、陸跋鈔本、味經書屋鈔本『十』作『千』。
❹無跋鈔本、文津閣本、陸跋鈔本、味經書屋鈔本『第』作『弟』，同。

張廣叔墓表

士困於俗習，弊於蹇淺，汩汩遂棄於常塗者，久矣。爲能擇賢士大夫，從其所教，篤好而力行之，以自奮於一時，亦豪傑之志也。

南陽張寓字廣叔，世爲徐州古豐人。六世祖太子賓客諱延庶，晉天福間徙居金鄉，子孫家焉。曾祖肅，淳化中爲監察御史，敢言事，以亮直聞。未四十而謝事家居，士論稱其高。祖畋，隱德不仕，喜飲酒，尤工爲詩，與石曼卿爲忘年交。父孝綽，纍試進士不中，聚書教子弟，慷慨氣決，輕施重義，往來多顯人。母杜氏，豐縣令期之女；繼室，韓氏。君即杜所生也。

五歲，讀退之《進學解》，再過成誦。初志學，極意墳史。兵部侍郎王公汾，布衣時從先府君遊，館於其家，每挾疑以請，問詰有理，王公奇之，曰：『東州不乏名士，此兒吾所畏也。』縣令河南李公育，博洽能文，有盛名於時。君執子弟禮，日造其門，求所以學古、爲文之要。李公曰：『君子學以致其道，出處則有義命存焉。司馬遷、劉向、揚雄，制作之淵源也，思則得之。』君踐服其言，造適益遠矣。

既冠，四預鄉書，連服内喪，十年不得隨計。紹聖四年春，御試賜進士出身，未調歸省。屬幼弟卧病，親省方藥、調飲餌，不暇食息，惟恐貽親憂。未幾，告卒，君曰：『吾父年益高，不幸有愛子之傷，安可去庭闈！』自今不復言仕矣。

暇日負几杖，奉版輿，周覽家園，爲具肴醴，召賓客行觴、賦詩。君雍容曳綵衣，庭下再拜爲壽，鄉人榮之。一日，府君曰：『老人之情，重去鄉里，懷婚友笑語，汝能盡孝以致養，所樂多矣。汝不聞「得禄逮親，古人所喜」，使吾坐官舍，食太倉粟，霑恩上餘賜，時見貴人來，知教子之報，亦自幸也。』君始有赴調之行。既及國門，感疾而卒，享年三十五。凡鄉人之嘗與交，士大夫知其名者，莫不傷之。娶吴氏，定州法曹靖之女。男一人曰芻，好學有立志。女孫一人。以元祐七年七[1]月十二日，葬於金鄉縣進樂鄉白茅村之原。

君性明俊外晦，詳整自重，不妄取友。論古今，從容中理，文辭簡潔，不求富艷，二三讀益見微意，施於事業未易量也。嗚呼！崑崗有玉❷，其大盈尺，可以禮上帝、降福祥。追琢既成，俄折墮地，一歎而置。天之生物，果何如哉？此非人之所可知者。若夫器質文行之美，則余能知之。敢表其實，以諗來世。

【校】

❶陸跋鈔本『七』作『十』。

❷底本作『五』，『玉』據文意改。

閻宗一墓誌銘

閻氏世爲鄆人。自六代祖賓，佐唐莊宗取常山，以功封太原王。周廣順二年，改鄆州之鉅野、鄆城爲濟州，今爲濟州人。濟之諸閻，皆王後也。君諱某字宗一。曾祖某，光禄寺少卿。祖某，楚州録事參軍。父某，宣德郎致仕。

公少聰警特立，讀書能强記。人與論事，或不中理，遽面質之，問詰不少屈。嘗謂『男子之志，事無難者，自斷不疑可也』。治平間，朝廷以詩賦造士，學者或困干所習，君方從師授聲律，竊笑之曰：『此女功組織之事耳！』試操筆爲之，點綴百餘言，皆瀏亮中節，終不甚好也。

性至孝，就養唯謹。家事巨細，經理❶强給❷，不見所闕，有所須，必時至。門外之親，間有變故，不以告，惟恐傷其意。少有疾，或遇事不悦，左右俯仰，問省調適，必起居如常時，歡然❸笑語，然後旁顧却立，移就食息。里人稱之。

凡三試禮部，不中。元祐五年，始擢進士第，授濟州鉅野主簿。先是宣德君有别業在滏陽，晚年尤寄意泉石，因卜居焉。雖得其好，而墳墓之國，未嘗忘也。君既歸，賀者塞門，置酒堂上，奉觴再拜，曰：『不肖子違負慈訓，淹致養之日幾二十年。始❹得一命，效官有日，將奉版輿東歸，志願足矣。敢上千歲壽，惟大人無辭。』坐客勸侑相屬，宣德君意甚歡，徑醉。觀者指目❺榮之。某月日將赴官，感疾甚亟，顧謂從子閭曰：『命也，奈何！汝既知所立矣，無憧吾志。二子孤弱，爲我教之，無使不類吾，死無憾。』後幾日卒，里人聞之，匍匐而至，皆前日之客也。既傷君之不幸，又復念宣德君之憂無已也，哭之甚悲。

嗚呼！斗升之禄，未能供一朝之養，而七十之老反有哭子之哀。天之施報，復何賴焉。雖然，陰陽之理，各生於所極，不甚廢則不甚興，剥、復之道也。君既有子矣，爲善之力，竟將誰歸？娶某氏。男某、某，皆舉進士。以某年月日，葬公於某鄉。閭來乞銘，爲之銘曰：

盡孝以事親，禄未及酬，而殞厥身。誰其尸之，爲此不仁。尚克有悔，以貽後人。

【校】

❶底本無『理』字，據文意補。

❷味經書屋鈔本『給』作『記』。

❸味經書屋鈔本無『然』字。

❹無跋鈔本、味經書屋鈔本、陸跋鈔本『始』作『危』。

❺味經書屋鈔本『目』作『日』，誤。

附録一　佚詩佚文

跋蘭亭古帖

蘭亭舊刻，今不知所在。傳於士大夫家者凡三本，此最爲真。樂静堂成季題。

——《六藝之一録》卷一百五十四《逸少蘭亭敘》

贈李復

結交賴有紫髯翁，鶴骨嶄嶄爛修目。五言長城屹千丈，萬卷書樓聊一讀。

——《容齋隨筆·四筆》卷六《記李履中二事》

深山

日出斂蒼靄，□餘生晚凉。鳥啼人不見，花落樹猶香。

——《千家詩選》卷十四《地理門》

峰門

日出斂蒼靄，雨餘生曉凉。鳥啼人不見，花落樹猶香。

——《永樂大典》卷三千五百二十五

中頂

策足穿雲表，都無幾尺天。人寰莽何在，萬里一荒煙。

——《永樂大典》卷一萬一千九百五十一

春日遊金明池

日有江湖思，坐無車馬塵。横橋自照水，啼鳥不驚人。輦路晴飛絮，宮門暗鎖春。多情老園吏，灑地喜相親。

——《古今圖書集成·博物彙編·考工典》卷一百二十七

詩句

淮增汴水長流急。

——《方輿勝覽》卷四十七《招信軍·題詠》

東林夫子知予意。——《江湖小集》卷七《集句詩·春日郊行》

雨徑滿鷰鷰。——《韵粹》

危薨尤葛（蒻）蕘。——《韵粹》

賀劉侍郎除帥啓

肅奉明綸，薦臨巨鎮。當日之風流未遠，宜民之歌頌猶新，凡屬傳聞，莫增踴躍。恭惟某官，誠身有道，抗志不群。藴經綸之才，將兼善於天下；富淵源之學，又尚論於古人。擢秀儒林，飛英仕路，早膺簡眷，屢罄謀謨。含香握蘭，迥出諸公之右；登車攬轡，益馳八使之名。亟躋禮樂之司，爰作詩書之帥。載惟南楚，先盛星沙。夾輔畿中，爲屏翰搢紳之冠；播宣嶺表，帖華夷遐邇之情。遺愛宛然，去思藉甚。寇恂河内，居多願借之黎民；黄霸潁川，果見詔歸於舊治。竊計朝夕，入輔冕旒，輿望所同，斯言匪妄。

某千里蒙潤，一枝偷安。頃緣大斾之經過，幸獲光塵之披覩，第深山仰，尚阻鳧趨。慶抃之誠，敷宣奚盡。——《五百家播芳大全文粹》卷十七

教官到任謝監司啓

服鄉校之官，已非其任；據先生之席，尤濫於名。蓋師不可以少知，器必先於自治。苟爲無本，何所取材？竊禄太優，反躬知懼。

伏念某，性資凡闇，學識迂疏，素乏兼人之能，誤當聞道之責。聖賢可仰，何容握管以窺天；豪秀滿前，良愧奔蜂之化蠋。而况俯仰一室，沉酣六經，無簿書紛迫之勞，有朋友講習之樂。退惟僥冒，宜自激昂，敢不考上下責實之時，循終始修己之效。講道勸義，庶無曠於厥官；論世讀書，將必行其所志。

——《五百家播芳大全文粹》卷三十二

承天節道場疏

妙覺能仁，出現於大千世界；深慈救物，宣説於十二部經。形悲智以悟群生，示辨才而持正法。龍宫海藏，爰秘於經文；東夏南閻，式傳於象教。所以植衆德之本，結净土之緣，趨三寶以皈依，發一念而迴向。六時贊唄，克成上善之因；四事恭勤，用廣有爲之福。

伏願皇帝，金輪益固，玉葉彌芳，體大德以庇民，推至仁而御宇。深信内典，入不二之門；安住佛乘，享無疆之壽。永保後天之筭，長爲諸夏之尊。然後願寓縣承平，類四禪之清净；朝野多慶，蒙百福之莊嚴。止戈載洽於昌期，拂石莫量於浩劫，凡居法界，盡證菩提。

——《五百家播芳大全文粹》卷七十五

僖祖忌辰道場疏

積行纍功，肇啓千齡之運；報本反始，莫窮萬世之思。方諱日之俯臨，憑妙緣之上薦。惟願證一乘法，離六欲天，挹仙聖於九清，御神靈於四海。本支相續，與詹蔔以長榮；社稷愈安，如須彌而不動。

——《五百家播芳大全文粹》卷七十六

太宗忌辰道場疏

繼志圖功，廣規模於萬世；興文偃武，混夷夏於一區。流澤被乎子孫，餘烈昭于天地，百神幽贊，四海永懷。載更厭御之辰，肅展事存之禮，敢憑妙果，仰薦真游。伏願超最上乘，作無量福。皇家繼緒，如止于千花；法界含生，長霑于一雨。

——《五百家播芳大全文粹》卷七十六

仁宗忌辰道場疏

大德宜民，共席天雲之覆；庶邦懷惠，更深河洛之思。垂衣拱手，閒燕於四十年；示烈遺風，扶持於億萬世。顧真遊之雖遠，宜昭報之不忘，恭啓法筵，上資福地。惟願六通自在，萬行圓成。入非想天，放光明于寶座；以本願力，徧功德于河沙。子孫承不拔之基，廟社庇無疆之福。

——《五百家播芳大全文粹》卷七十六

西京無畏三藏前開啓謝雨道場疏

春陽隔井，時雨愆亢，夙祈慈力，善濟涵生。俄天澤之應期，寔邦氓之慰望，爰憑妙果，庶得靈休。

——《五百家播芳大全文粹》卷七十六

八陣論

兵陣之事，有不可以言者，有不得不言者。衛靈公在諸侯之任，當以守法爲職，不當問陣；有不仁之資，宜以修德爲務，不宜問陣。然且問之，此孔子所以不對也，所謂不可以言者也。

然孔子不對衛靈公之問，將以立教爾。至其自謂，則曰『我戰則克』。其請伐罪，則曰『以魯之衆，加齊之半，宜可克』。是則使孔子中天下而立定四海之民，其行兵用師之際必有道矣。其不肯驅烏合無律之民，以用之立死之地决矣。當是時也，兵陣之事，將習之不暇，而况於言乎？此所謂不得不言者也。

世之不善講學者，耻於戎事之不知，則未嘗不以孔子闢衛靈爲藉口。彼不知孔子之闢其旨有在，而文事必有武備，乃吾儒之所當言。儻曰『吾知道而已，兵非吾之所知』。其不當問者闢之以此，而當問者亦闢之以此，是毋乃拘而害事也哉。儒者之於天下，亦何所用也哉。

今夫古之用仁義之師者，莫如武王；爲王者之佐者，莫如太公。爲武王、太公者，疑若專以曲直老壯爲定計，凡覆殺之機，佈設軍勢之事，當絶弗道。而其《六韜》之書，乃有《烏雲山兵》《烏雲澤兵》等篇，其所以較勝負利害之際者甚詳。豈武王、太公至是而變仁義爲譎詐耶？直以爲德之不懷則兵之必用，則凡所以御兵、制敵之道，不可不講之耳。

然此尚有可諉者，曰《六韜》非太公之書，蓋戰國相傾之士借太公以爲市者。至於《詩》《書》爲帝王之遺述，豈復有可議者耶？而有扈之役則曰：『左不攻於左，汝不恭命；右不攻於右，汝不恭命；御非其馬之正，汝不恭命。』牧野之誓則曰：『今日之事，不愆於六步、七步乃止，齊焉。不愆於四伐、五伐、六伐、七伐乃止，齊焉。』宣王征徐方之詩亦曰：『綿綿翼翼，不測不克。』又何敦陣、整旅之能廢也。夫左治其左，右治其右，六步、七步之旅進，不可不同心；四伐、五伐、六伐、七伐之擊刺，不可不併力。與夫『綿綿以爲奇，而使敵不測；翼翼以爲正，而使敵不克』，自帝王之時已然。而《書》與《詩》載之，未嘗以爲耻，後世之士，乃獨耻言之，豈非好名而不適實之弊哉。

蓋聞古之制陣，其名不一。有以『三才』名者：日月、星辰、斗杓。一左一右，一迎一背，謂之天陣；丘陵、水泉，亦有左右前後之利，謂之地陣；用車、用馬，用文、用武，謂之人陣。此『三才』之辨也。有以『五時』名者：春爲牝陣，弓爲前行；夏爲方陣，戟爲前行；季夏爲圓陣，矛爲前行；秋爲牡陣，劍爲前行；冬爲伏陣，楯爲前行。此『五時』之辨也。有以『四獸』名者：使商人爲前，兵象白虎；使羽人爲前，兵象玄武；使徵人爲前，兵象朱雀；使角人爲前，兵象青龍。此『四獸』之辨也。有以『五行』名者：木之直，金之方，火之鋭，水之曲，土之圓。此『五行』之辨也。凡若是者，因類制名，固不可殫數。

而『八陣』之名，猶爲異同。若所謂一方、二圓、三牝、四牡、五衝方、六車輪、七罘罝、八鴈行，是一八陣也。若所謂金、木、水、火、土、天、地、人，又一八陣也。若所謂車箱洞當金、車上中黄土、鳥雲鳥翔火、折衝木、龍騰却月水、鴈行鵝鸛天、車輪地、虎翼人，又一八陣也。紛紜異口，其無定論如是。至於天、地、風、雲、龍、虎、鳥、蛇，以是八物制爲八名，兵家者流於此多歸焉。則八陣之定論，亦有在矣。然是八物者，亦信其所從名之當否耳。

考其根底，陣之所以八者，自有所祖述。蓋其法肇於黄帝，具於成周，而變化於諸葛孔明，非諸葛孔明之獨能爲是也。昔黄帝潛通八卦而建一都之法，默會九天而設三軍之制，是以周公則而象之。以九夫爲井，四井爲邑，四邑爲丘，四丘爲甸，四甸爲縣，四縣爲都。自九夫之井，至於四縣之都，而得乎一都之法。又以五人而爲伍，五伍爲兩，四兩爲卒，五卒爲旅，五旅爲師，五師爲軍。自五伍至於五師之軍，而合乎三軍之制。至於孔明，則又上探黄帝之微意，下採成周之遺法，因而循之，與道神之革而化之，與時宜之，而陣法備焉。故其制爲八陣，自九夫爲井而演之，縱横皆八，而有八八六十四陣者，所以通乎八卦也。立爲三軍，自五人爲伍而演之，周旋皆九，而有九九八十一陣者，所以會乎九天也。然則，孔明之所祖述者，可謂深且遠矣。非與夫古人之精神、心術流通爲一者，疇能爾哉。李興曰：『推子八陣，不在孫吴。木牛之奇，則非般模。』謂木牛非出於般匠之遺，其説誠是。若求八陣於孫、吴之書，則孫、吴之書固無有也。是不知孔明之祖述，在彼而不在此也。愚故曰：肇於黄帝，具於成周，變化於諸葛孔明，非諸葛孔明之獨能爲是也。

嗚呼！八陣之法，黄帝既以北逐獯鬻，南平蚩尤，戡黎於阪泉，省方於崆峒，底定萬國，旁羅七曜；周公既以此誅紂，伐奄，膺戎狄，懲荆舒；而孔明又以此平定南中，響震關輔，斬王雙、走郭淮、殺張郃，以成鼎足之强。則其明效大驗，已可見矣。後世之言兵，孰不欲得其遺法而師承之。然昧其法者，莫如晉之桓温；明其法者，莫如唐之李靖，此又不可不知也。壘石八行，行去二丈，此其爲武侯之遺跡，真與僞皆未可知。而桓温幸僚屬之不識，遽欺之曰：『此常山蛇勢也。』大常山蛇者，在兵法謂之率然，擊其首則尾至，擊其尾則首至，擊其中則首尾俱至。考之陣勢，特曲直一陣勢耳，烏在爲八哉。且武侯所祖在黄帝、周公，而温信於率然之説，比之李興謂不在孫、吴者，尚或有愧。故曰：『昧其法者，莫温若也。』唐太宗問李靖曰：『卿所制六花陣，出何術乎？』靖曰：『臣本諸葛亮八陣法也。大陣包小陣，大營包小營，隅落鈎連，曲直相對。古制如此，乃爲圖陳之。』夫驅馳於戎馬之間，識兵形陣法者，莫如太宗。而靖有六花之制，乃不知其所出，必待剖喻明白而後悟，則靖之於八陣深矣，又非守其緒餘糟粕者之比也。愚故曰：『明其法者，莫靖若也。』

雖然，論其深妙，固未易以立談。判考其大綱，則不過『奇』『正』二字而已。蓋古之制軍，合萬二千五百人而爲軍，其爲伍者一千一百二十五，其爲兩者二百五十。十取三焉而爲奇，餘七以爲正，四奇四正，而八陣生焉。是其分陣之數，有奇有正也。四旋九攢以象天，四平正列以象地，散涣邪直以爲風，前大後鋭以爲雲。天、地、風、雲四者，陣之正也。延邪綿直，以爲龍蟠；前合後開，以爲虎翼；彌蔓散洽，以爲鳥翔；迴屈包蓋，以爲蛇蹠。龍、鳥、虎、蛇四者，陣之奇也。是其布陣之形，有奇有正也。天子上將居中而不動，疑兵遊軍出没而無常，是其用陣之勢有奇有正也。乃若陣行之疏，陣戰之密，其人之列，面之相嚮，背之相承，陣間容陣，隊間容隊，曲間容曲，前禦其前，後當其後，左防其左，右防其右，行必魚貫，立必鴈行。長以衛短，短以救長，回軍轉陣，以前爲後，以後爲前，進無速奔，退無遽走。雖絶成陣，雖散成行，四頭八尾，觸處爲首。先動爲陽，輕疾猛厲，其勢險，其節短。後動爲陰，持重固密，不動如山。其倏忽幽闇，神出鬼没，千變萬態，而不可致窮。則又所謂奇正之相生，如環之無端者。八陣之制如此，然則爲今日計，將欲戡亂畧，可不務乎？

雖王者之兵，鼓之以道德，征之以仁義，有征無戰，善師不陣也。而其不幸有頑然不服者，以爲權謀之助，非小補也。嗟乎！物不終静，故受之以動。當純坤用事，則陰疑於陽，而飛龍野戰；當大樸既散，則聖道並起，而戎馬生郊，則有力吞八荒，争截九有，而生民之類騷然不寧。黄帝於此順殺氣以作兵法，文昌以命將而又制爲陣法，以貽後代，豈得已者哉？蓋所謂生道殺民，威不軌而成文德也。而後世經生儒士争非之，並與孔明之祖述者黜焉。一旦乘以倉卒之變，而有抗衡之事，其將若之何？然非黄帝、孔明者，既以大謬，而法之不守，德之不修，專以嗜殺、自封殖爲事者，其爲生民之禍，亦豈細故耶？故鄭之魚麗鵝鸛，魏之鶴列，晉之三行，楚之二廣二孟，徒以逞一己之欲，而挈赤子於肝腦塗地耳。其得罪於君子，不亦甚乎。孔子所以不對衛靈公，而孟子亦嘗闢善陣、善戰爲民賊者，豈非爲此等慮者哉。

夫仁義權謀，後世不可偏廢。一於仁義則拘而不通，專於權謀則浸入於詐，而無以自反於正。區區之慮，每及乎此，故歷陳武侯八陣之美，以謹後世之武備，而又闢魚麗鵝鸛之屬，以終孔子俎豆之意焉。

——《（乾隆）四川通志》卷四十三

宋故宜春縣主趙氏墓誌

自古佐命功臣，逮國家平定之後，鮮有以功名終者。唯焦氏之先，翊戴藝祖，削平區夏，其後乘輿幸洛，特以□女聯姻帝室，終始顧遇不少衰。逮後之子孫，克紹厥緒，簪紳奕奕，爲功臣族系之冠。而國家親禮不替，故與宗枝世爲婚姻，罔有疑間。

宜春縣主乃太宗皇帝之曾孫、相王允弼之孫、韓王元偓之第七女也。聰明婉淑，出人遠甚。以熙寧五年歸於焦公世隆。雖少處華顯，而克循婦道，敬奉尊屬，撫育卑幼。國朝每大禮錫慶，宜春以法得官其一子，必先其前室所出，而後其已之所生。或問之，曰：『均吾子也。顧長少有序，不肯廢。』人服其量。臨財賙濟，不爲秋豪計。每家廟時享，矜慎威儀，與祭者罔敢有惰容。故能佐佑君子，嗣其家聲。使聖君賢臣之後，敦睦締合，以傳無窮，顧不盛哉。

宜春始授平原郡君，皇祐六年改封兹邑。元祐六年五月初九日，終於寢，享年五十有七。焦公見任左藏庫副使。七男：長南叔，供備庫副使；次顔叔，東頭供奉官、閤門祗候、監西京中嶽廟；次恭叔，前濠州録事參軍；次明叔，左班殿直；次介叔，三班奉職，早亡；次莊叔、師叔，並三班奉職。四女：長適成州防禦使令軌；次適恩州防禦使仲篪；次適國學進士劉炳；次適右千牛衛將軍仲葳。孫男十一人，孫女十四人，曾孫男女各一人。將以紹聖二年五月八日，舉葬於河南府洛陽縣金谷鄉南北張村之先塋。乃爲之銘曰：

於鑠王化，基於正家。瑶枝穠茂，曄曄其華。婉彼宜春，閨房之秀。誰其配之，功臣之後。懿範方著，胡嗇其年。銘昭令德，永賁幽泉。

——中國國家數字圖書館『碑帖菁華』

宋故樂平郡君趙氏墓誌銘

治平二年，樂平郡君得疾於京師，三月二十九日終於寢，享年三十有六。紹聖二年，舉葬於河南府洛陽縣金谷鄉南北張村之先塋，求誌其墓。

蓋聞樂平實太宗皇帝之曾孫、魏王元佐之孫、平陽郡王允升之第二十一女也。生帝室隆平之世，在玉牒疏服甚邇。少失怙恃之慈養、師傅之訓，年幾及笄，已歸於焦氏。方是時皇家惇叙近屬，錫遣豐腆，綽有下嫁之餘典，聲華文物，爛其盈門。樂平已能脱貴氣，振妙齡，不自驕放，温温然有謙柔肅雝之德。奉事孀姑如母子之懿，敬順夫子猶寒士之配。上承下撫，諧協中外，罔有閒言。

維焦氏之族，望於京國，門閥高顯，居養盛强。雖崇溢侈泰，皆得如欲，而樂平反能不蠹麗服，不爽厚味，志尚女工，遵信釋學。勵諸子以儒術，既長皆得從士大夫之列。教諸女以容德，既行皆宜其家室。於是内外姻屬，皆懿其行、高其名，以謂良心淑範，發自天性，爲一時宗女之標的。焦公方資内助，以成其家道，不幸樂平之早世也，可不哀歟！厥後諸子登進禄仕，諸女憑藉貴富，著義方之顯效，而榮養報復，蔑豪忽之及。猶所謂耕不穫、獵不嚮，可不重哀耶。維天道陰騭在人，慶於積善，俾福遺繩繩，赫奕宗廟，是乃樂平之穫嚮也。

夫子焦公世隆，見任左藏庫副使。四男：長南叔，供備庫副使；次顔叔，東頭供奉官、閤門祗候；次恭叔，前濠州録事參軍；次明叔，左班殿直。二女：長適宗子成州防禦使令軌；次適宗子恩州防禦使仲篪。孫男九人，孫女十三人；曾孫男女各一人。樂平於慶曆四年賜封此郡。余姻婭之末也，嘗聞其始終，故不獲辭而書銘曰：

有淑無慝，德修以身。弗壽而夭，命知匪人。膚骨可朽，遺芳益新。閟之窀穸，永復其真。

——中國國家數字圖書館『碑帖菁華』

附録二　相關資料

無　題

熙寧中，兖州類試中選者解頭：晁補之，晁端禮，晁端智，晁損之，李昭玘，李格非，李罕。

——《西臺集》卷六《文體》原注

答李昭玘書

……獨於文人勝士，多獲所欲。如黄庭堅魯直、晁補之無咎、秦觀太虚、張耒文潛之流，皆世未之知，而軾獨先知之。今足下又不見鄙，欲相從游，豈造物者專欲以此樂見厚也耶。……

——《東坡全集》卷七十四

答李昭玘

……既拜賜《雪堂新詩》，又獲觀《負日軒》諸詩文，耳目眩駭，不能窺其淺深矣。

——《東坡全集》卷八十

信安公園亭題名記

元祐五年三月乙酉……在是會者，李周純之、盛僑晦之、王欽臣仲至、杜常正夫、崔公度伯易、陳蔡誠老、盛次仲居中、林旦次中、李德芻質夫、宋匪躬履中、孔武仲彦常、黄裳冕仲、劉唐老壽臣、李昭玘成季、徐鐸振甫、晁補之無咎、張耒文潛、韓治循之。以事不至者，黄廉夷仲、吴安詩傳正、孫樸元忠、黄庭堅魯直、元耆寧臺壽、司馬原公林、余中行老槩、仲平、廖正一明畧。

——《清江三孔集》卷十四

别鶴曲 寄李成季

……光陰百歲共有幾，空有相思淚如水。因君試寫别鶴吟，拂絃欲動悲風起。

——《潏水集》卷十

上巳，成季召會於西溪。會上賦詩，須多韻，仍用故事或舊詩十事已上，未終席而成，違者浮以三大白，罰者四人，予與成季免焉

……主人濟南舊詞伯，芸閣鉛丹事書册。載酒展席俯長流，一飯未嘗留俗客。……

——《潏水集》卷十二

書《潏水集》後

長安李履中，世以儒業稱……當代名士如張芸叟、李成季、王子發，先伯祖穆父，皆文字詩友也。

——《潏水集》後附

送提刑李學士移使東路

襟抱從前相嚮開，倡酬於此未多陪。身更寵辱談彌勝，路别東西意自哀。隱几忘言終不近，白頭青簡兩相催。孰知衰老難爲别，聲問應須續續來。

——《後山詩注》卷八

題李秀才成季負日軒李自號「天隨子」

盧敖遊八極，末至北陰墟。卒然蒙谷幽，覩一奇丈夫。淚注而鳶肩，深目玄髭鬚。軒軒迎風舞，自得樂有餘。見敖默弗言，漫然下臂趨。敖私躡其後，若士意不愉。曰子亦何爲，迷繆至此乎。此雖窮荒北，尚或逢日烏。過是有玄關，晦墨不可居。語竟若欺魄，攝身没空虚。始予讀秦記，疑是忽帝徒。今聆天隨言，乃與夸父俱。逐日下虞谷，力窮尚嗟吁。陽舒固物理，我亦安于于。若士獨何氣，幽沈山海隅。渾沌死已久，人生信多塗。

——《鷄肋集》卷六

無　題

元祐三年戊辰上：先生是歲在秘書省兼史局。正月，東坡知貢舉，先生爲參詳。按《題太學試院》云：元祐三年正月乙丑，鎖太學，試禮部進士四千七百三十二人。三月戊申，奏號進士五百人，宗室二人。子瞻、莘老知舉，熙叔、元輿、彦衡、魯直、子明參詳，君貺、希古、履中、器之、成季、明略、無咎、堯民、元忠、遐叔、子發、君時、天啓、志完點檢試卷。

——《山谷年譜》卷二十三

無　題

李成季昭玘，嘗爲起居舍人，最工四六。……有《静齋先生集》行于世。

——《四六談塵》

處事無心覺累輕

東萊先生吕居仁詩云：『忍窮有味知詩進，處事無心覺累輕。』李成季已嘗云：『静疑多事非求福，老覺無心勝攝生。』二詩雖相似，然皆佳作也。

——《能改齋漫録》卷八

雪裏梅將春信來

前輩詩話稱李成季詩曰：『日邊雁帶臘寒去，雪裏梅將春信來。』以爲美。

——《優古堂詩話》

無　題

田生以余賞之，輒秘其書，然畫實奇手也。適道姓于出《蘭亭古帖》，見伯父舍人公跋其尾謂：『所見三本，此本最真。』伯父蓄此帖，當增九鼎之重矣。適道其寶之，勿輕以示人。他日，隨銀盃羽化，當思僕言。致和丁酉五月朔，雲龕小隱書。

——《蘭亭考》卷六

李昭玘等降官制

敕具官某等。朕惟虞主之設，所以迎奉欽聖憲肅皇太后之神，以嚴祭享而致孝思者也。爾等既聯厥事，乃忘敬恭，授受之時，曾弗省察。閱實來上，爾罪甚明。先後輕重，隨以降秩，往其惕勵，服我寬恩。

——《道鄉集》卷十六

跋曾裘父贈屈待舉詩

昔李起居成季見其姪大參漢老之文，曰：『汝於文，吾不能有所與，但勿求人知耳。』余嘗愛其言，每爲士友誦之。今來江西，見其士友多妙於語言，而往往不能無求人知之意。豈於李公之誨，未之講耶。

——《晦庵先生朱文公文集》卷八十三

無　題

李成季曰：『與其求於人，曷若無欲於己；與其使人可賤，不若以賤自安。』

——《困學紀聞》卷八

無　題

《樂静集》三十卷。陳氏曰：『起居舍人鉅野李昭玘季成撰。元豐二年甲科，所居有「樂静堂」，故以名集。其侄邴漢老，爲書其後。』

——《文獻通考》卷二百三十七《經籍考》六十四

李昭玘傳

李昭玘字成季，濟南人。少與晁補之齊名，爲蘇軾所知。擢進士第，徐州教授。守孫覺深禮之，每從容講學及古人行己處世之要，相得驩甚。用李清臣薦，爲秘書省正字、校書郎，加秘閣校理。

通判潞州，潞民死多不葬，昭玘斥官地，畫兆竁，具棺衾，作文風曉之，俗爲一變。入爲秘書丞、開封推官，俄提點永興、京西、京東路刑獄。坐元符黨奪官。

徽宗立，召爲右司員外郎，遷太常少卿。韓忠彦欲用爲起居舍人，曾布持之，布使山陵，命始下。爲陳次升所論，出知滄州。崇寧初，詔以昭玘嘗傾摇先烈，每改元豐敕條，倡從寬之邪説，罷主管鴻慶宫，遂入黨籍中。居閑十五年，自號樂静先生。寓意法書、圖畫，貯於十囊，命曰『燕游十友』。爲之序，以爲：『與今之人友，或趨附而陷於禍，吾寧與十者友，久益有味也。』

初，昭玘校試高密，得侯蒙。蒙執政，思顧舊恩，使人致己意，昭玘唯求秘閣法帖而已。使陝西時，延安小將車吉者被誣爲盗，昭玘察知無它。吉後立戰功，至皇城使，遇昭玘京師，拜於前曰：『感公生存之恩，願以名馬爲獻。』笑却之。

晚知歙州，辭不行。靖康初，復以起居舍人召，而已卒。紹興初，追復直徽猷閣。

——《宋史》卷三百四十七

樂静公文集後序

東坡罷徐守時，伯父以書抵之，坡答書歷道黄張晁秦數公，且曰：『此數子者，挾其有餘之姿，而騖無涯之知，必極其所如往而後已。則此安所歸宿哉？惟明者念有以反之。』其意蓋以彼爲不然，而勉其有所至也。

惟伯父性誠乎忠厚，故其爲文横騖别驅，曲折演迤，而一貫於理，有萬折必東之勢。志樂於靖退，故其爲文，崒然其立，淵然其止，不侈衆目，而風神自遠，有久幽而不改其操之美。學博而思精，故其爲箋奏應用之作，博古切今，瑑削穩密，不傷天骨。敘事外，自爲文章，才贍而意廣。故其爲詩，奇麗愜適，章斷句絶，餘思洋溢，得詩人味外之味。此其大略也。

——《清源文獻》卷十

無　題

昭玘字成季，任城人，濤五世孫……雲龕李氏序畧云：『伯父詩奇麗愜適，章斷句絶，餘思羨溢，得詩人味外之味。』

——《宋詩紀事》卷二十八

無　題

《樂静集》三十卷，宋李昭玘撰。昭玘以黨籍廢棄，清净無營，其人品最高，其文皆光明灑落，無掩抑不吐之態，亦無憤鬱不平之氣，尤不可及。

——《欽定四庫全書簡明目録》卷十五

無題

李昭玘字成季，濟南人，第進士，以秘閣校理通判潞州。潞民死多不葬，昭玘斥官地，畫兆竁，具棺衾，作文風曉之，俗爲一變。

——《（光緒）山西通志》卷一百十二

參考文獻

〔西漢〕司馬遷：《史記》，中華書局二〇一三年版
〔北齊〕魏收：《魏書》，中華書局一九九七年版
〔唐〕李白著，〔清〕王琦注：《李太白全集》，中華書局一九七七年版
〔宋〕李昭玘：《樂静集》，文淵閣《四庫全書》本
〔宋〕李昭玘：《樂静集》，文津閣《四庫全書》本
〔宋〕李昭玘：《樂静先生李公文集》，《宋集珍本叢刊》本，綫裝書局二〇〇四年版
〔宋〕李昭玘：《樂静先生李公文集》，國家圖書館藏陸心源跋周星詒藏舊鈔本
〔宋〕李昭玘：《樂静先生李公文集》，國家圖書館藏無跋鈔本
〔宋〕桑世昌：《蘭亭考》，文淵閣《四庫全書》本
〔宋〕吴幵：《優古堂詩話》，文淵閣《四庫全書》本
〔宋〕洪邁撰，孔凡禮點校：《容齋隨筆》，中華書局二〇〇五年版
〔宋〕張邦基撰，孔凡禮點校：《墨莊漫録》，中華書局二〇〇二年版
〔宋〕劉克莊編集，李更、陳新校證：《分門纂類唐宋時賢千家詩選校證》，人民文學出版社二〇〇二

年版

〔宋〕陳起：《江湖小集》，文淵閣《四庫全書》本
〔宋〕王明清：《揮麈録》，上海書店出版社二〇〇一年版
〔宋〕高似孫：《緯略》，文淵閣《四庫全書》本
〔宋〕吕祖謙：《宋文鑑》，文淵閣《四庫全書》本、《四部叢刊》本
〔宋〕魏齊賢、葉棻：《五百家播芳大全文粹》，文淵閣《四庫全書》本
〔宋〕林駉：《古今源流至論》，文淵閣《四庫全書》本
〔宋〕尤袤：《遂初堂書目》，商務印書館一九三五年版
〔宋〕蘇軾撰，孔凡禮點校：《蘇軾文集》，中華書局一九八六年版
〔宋〕吴曾：《能改齋漫録》，上海古籍出版社一九七九年版
〔宋〕孫紹遠：《聲畫集》，文淵閣《四庫全書》本
〔宋〕陳振孫：《直齋書録解題》，上海古籍出版社一九八七年版
〔宋〕晁公武撰，孫猛校證：《郡齋讀書志校證》，上海古籍出版社二〇〇五年版
〔宋〕謝伋：《四六談麈》，文淵閣《四庫全書》本
〔宋〕李燾：《續資治通鑑長編》，中華書局二〇〇四年版
〔宋〕朱熹：《晦庵集》，文淵閣《四庫全書》本
〔宋〕朱熹：《晦庵先生朱文公文集》，《四部叢刊》本

〔宋〕真德秀：《西山先生真文忠公文集》，《四部叢刊》本

〔宋〕蘇轍著，曾棗莊、馬德富校點：《欒城集》，上海古籍出版社一九八七年版

〔宋〕晁補之：《濟北晁先生鷄肋集》，《四部叢刊》本

尹波、余星初點校：《曹彦約集》，四川大學出版社二〇一五年版

〔宋〕韓琦撰，李之亮、徐正英箋注：《安陽集編年箋注》，巴蜀書社二〇〇〇年版

〔宋〕陳均：《九朝編年備要》，文淵閣《四庫全書》本

〔宋〕章定：《名賢氏族言行類稿》，文淵閣《四庫全書》本

〔宋〕王蓮：《清江三孔集》，文淵閣《四庫全書》本

〔宋〕曾鞏：《隆平集》，文淵閣《四庫全書》本

〔宋〕周必大：《文忠集》，文淵閣《四庫全書》本

〔宋〕賀鑄著，王夢隱、張家順校注：《慶湖遺老詩集校注》，河南大學出版社二〇〇八年版

〔宋〕陳師道撰，〔宋〕任淵注，冒廣生補箋，昌懷辛整理：《後山詩注補箋》，中華書局一九九五年版

〔宋〕楊仲良撰，李之亮校點：《皇宋通鑑長編紀事本末》，黑龍江人民出版社二〇〇六年版

〔宋〕佚名：《宋朝大詔令集》，《續修四庫全書》本

〔宋〕鄒浩：《道鄉集》，文淵閣《四庫全書》本

〔宋〕王稱：《東都事略》，齊魯書社二〇〇〇年版

〔宋〕李復：《潏水集》，文淵閣《四庫全書》本
〔宋〕黄庭堅：《山谷集》，文淵閣《四庫全書》本
〔宋〕李之儀：《姑溪居士前集》，文淵閣《四庫全書》本
〔宋〕樂史：《太平寰宇記》，文淵閣《四庫全書》本
〔宋〕歐陽忞撰，李勇先、王小紅校注：《輿地廣記》，四川大學出版社二〇〇三年版
〔宋〕潘自牧：《記纂淵海》，文淵閣《四庫全書》本
〔宋〕王象之：《輿地紀勝》，《續修四庫全書》本
〔宋〕祝穆：《方輿勝覽》，文淵閣《四庫全書》本
〔宋〕王應麟：《詩地理考》，文淵閣《四庫全書》本
〔宋〕畢仲遊：《西臺集》，文淵閣《四庫全書》本
〔宋〕李心傳：《建炎以來繫年要録》，上海古籍出版社一九九二年版
〔宋〕趙升：《朝野類要》，商務印書館一九三九年版
〔宋〕宋敏求：《唐大詔令集》，商務印書館一九五九年版
〔宋〕黄昇：《中興以來絶妙詞選》，《四部叢刊》本
〔宋〕黎靖德編，王星賢點校：《朱子語類》，中華書局一九八六年版
〔宋〕陸佃：《陶山集》，文淵閣《四庫全書》本
〔宋〕馬純：《陶朱新録》，文淵閣《四庫全書》本

〔宋〕徐光溥：《自號録》，《續修四庫全書》本
〔宋〕馬端臨：《文獻通考》，中華書局二〇一一年版
〔元〕陳世隆：《宋詩拾遺》，《續修四庫全書》本
〔元〕脱脱等：《宋史》，中華書局一九七七年版
〔元〕脱脱等：《金史》，中華書局一九七五年版
〔元〕劉應李：《新編事文類聚翰墨全書》，明刻本
〔明〕李賢等：《明一統志》，文淵閣《四庫全書》本
〔明〕邵經邦：《弘簡録》，《續修四庫全書》本
〔明〕楊士奇等：《文淵閣書目》，文淵閣《四庫全書》本
〔明〕葉盛：《水東日記》，文淵閣《四庫全書》本
〔明〕焦竑：《國史經籍志》，《續修四庫全書》本
〔明〕焦竑：《俗書刊誤》，文淵閣《四庫全書》本
〔明〕郎瑛：《七修類稿》，《續修四庫全書》本
〔明〕彭大翼：《山堂肆考》，文淵閣《四庫全書》本
〔明〕祁承㸁：《澹生堂藏書目》，《續修四庫全書》本
〔明〕朱睦㮮：《萬卷堂書目》，《續修四庫全書》本
〔明〕柯維騏：《宋史新編》，臺灣新文豐出版公司一九七四年版

〔明〕李濂撰，周寶珠、程民生點校：《汴京遺蹟志》，中華書局一九九九年版

〔明〕李蓘：《宋藝圃集》，文淵閣《四庫全書》本

〔明〕黄淮、楊士奇：《歷代名臣奏議》，文淵閣《四庫全書》本

〔明〕楊慎：《升庵集》，文淵閣《四庫全書》本

〔明〕周復俊：《全蜀藝文志》，文淵閣《四庫全書》本

〔明〕陸釴：《（嘉靖）山東通志》，《四庫全書存目叢書》本

〔明〕何烱：《清源文獻》，《北京圖書館古籍珍本叢刊》本，書目文獻出版社一九九八年版

〔明〕朱明鎬：《史糾》，文淵閣《四庫全書》本

〔清〕張澍等：《諸葛忠武侯文集》，嘉慶二十一年（一八一六）沈學詩刻本

〔清〕陸心源：《皕宋樓藏書志》，《續修四庫全書》本

〔清〕陸心源：《儀顧堂題跋》，《續修四庫全書》本

〔清〕永瑢等：《四庫全書總目》，中華書局一九六五年版

〔清〕于敏中等：《欽定四庫全書簡明目録》，文淵閣《四庫全書》本

〔清〕成瓘等：《（道光）濟南府志》，道光二十年（一八四〇）刻本

〔清〕阮元等：《（道光）廣東通志》，清刻本

〔清〕岳濬等：《（雍正）山東通志》，文淵閣《四庫全書》本

〔清〕勞格、趙鉞：《唐尚書省郎官石柱題名考》，清光緒六年刻《月河精舍叢鈔》本

〔清〕和珅：《欽定大清一統志》，文淵閣《四庫全書》本

〔清〕夏力恕等：《湖廣通志》，文淵閣《四庫全書》本

〔清〕徐宗亮等：《（光緒）重修天津府志》，《續修四庫全書》本

〔清〕陳夢雷：《古今圖書集成》，中華書局一九三四年版

〔清〕朱彝尊：《韻粹》，清鈔本

〔清〕黄廷桂等：《（雍正）四川通志》，文淵閣《四庫全書》本

〔清〕徐乾學：《傳是樓書目》，《續修四庫全書》本

〔清〕倪濤：《六藝之一録》，文淵閣《四庫全書》本

〔清〕黄宗羲原著，全祖望補修，陳金生、梁運華點校：《宋元學案》，中華書局一九八二年版

〔清〕丁仁：《八千卷樓書目》，《續修四庫全書》本

〔清〕嵇璜等：《欽定續通志》，文淵閣《四庫全書》本

〔清〕孫岳頒等：《御定佩文齋書畫譜》，文淵閣《四庫全書》本

〔清〕曹庭棟：《宋百家詩存》，文淵閣《四庫全書》本

〔清〕吴士玉、吴襄等：《御定子史精華》，文淵閣《四庫全書》本

〔清〕徐乾學等：《御選古文淵鑒》，文淵閣《四庫全書》本

〔清〕張英等：《御定淵鑑類函》，文淵閣《四庫全書》本

〔清〕李清馥：《閩中理學淵源考》，文淵閣《四庫全書》本

〔清〕彭元瑞：《欽定天禄琳琅書目後編》，《續修四庫全書》本
〔清〕陳焯：《宋元詩會》，文淵閣《四庫全書》本
〔清〕吴士玉、沈宗敬等：《御定駢字類編》，文淵閣《四庫全書》本
〔清〕吴之振：《宋詩鈔》，文淵閣《四庫全書》本
〔清〕陸紹曾：《古今名扇録》，《續修四庫全書》本
〔清〕徐松輯，劉琳等校點：《宋會要輯稿》，上海古籍出版社二〇一四年版
〔清〕張玉書等：《御定佩文韻府》，文淵閣《四庫全書》本
〔清〕何焯等：《御定分類字錦》，文淵閣《四庫全書》本
〔清〕陳廷敬等：《御選宋詩》，文淵閣《摛藻堂四庫全書薈要》本
〔清〕孫梅：《四六叢話》，《續修四庫全書》本
〔清〕厲鶚：《宋詩紀事》，文淵閣《四庫全書》本
〔清〕陳邦彦：《烏衣香牒》，《養和堂叢書》本
〔清〕錢陳群：《香樹齋詩文集·詩續集》，清乾隆刻本
〔清〕陳祥裔：《蜀都碎事》，清刻本
徐繼儒輯：《曹南文獻録》，《山東文獻集成》（第三輯），山東大學出版社二〇一〇年版
《辭源》，商務印書館一九八三年版
錢仲聯等總主編：《中國文學大辭典》（修訂本），上海辭書出版社二〇〇〇年版

曾棗莊、劉琳主編：《全宋文》，上海辭書出版社、安徽教育出版社二〇〇六年版
北京大學古文獻研究所：《全宋詩》，北京大學出版社一九九一年至一九九八年版
孔凡禮：《蘇轍年譜》，學苑出版社二〇〇一年版
張希清：《中國科舉制度通史·宋代卷》，上海人民出版社二〇一五年版